책과 함께 걷는 길

독서는 본질을 발견하려는 노력과 본질이
아니라고 생각하는 것은 포기할 줄 아는 용기, 그리고
자기를 믿는 고집을 가질 수 있도록 도와주는
최고의 스승입니다.

– 박웅현, '여덟단어(북하우스)' 패러디

책과 함께
걷는 길

초판 1쇄 인쇄_ 2014년 6월 5일 | **초판 1쇄 발행_** 2014년 6월 10일
지은이_대구 서부고 독서동아리 | **엮은이_**이주양 | **펴낸이_**진성옥 · 오광수 | **펴낸곳_**꿈과희망
디자인 · 편집_김창숙, 윤영화 | **마케팅_**최대현, 김진용
주소_서울시 마포구 토정로 222 B동 1층 108호
전화_02)2681-2832 | **팩스_**02)943-0935 | **출판등록_**제1-3077호
http://www.dreamnhope.com| e-mail_ jinsungok@empal.com
ISBN_978-89-94648-66-8 43810

책과 함께 걷는 길

대구 서부고 독서동아리 지음
이주양 엮음

차례

1 함께 걷기

첫 번째 걸음 독 서
멘토링

엄마를 부탁해

저자 신경숙 | 출판사 창비

2학년 8반 정다영

  '엄마를 부탁해'는 서울로 자식들을 보러 왔다가 사람이 많은 지하철역에서 아빠가 엄마의 손을 놓치게 되고 엄마가 실종되면서 내용은 시작된다. 뿐만 아니라 이야기는 딸과 아들, 남편과 엄마의 네 가지의 시점으로 나누어 전개된다.

  엄마를 잃어버리기 전에는 성장해가면서 다른 많은 일들을 겪으면서 엄마(아내) 존재의 소중함을 잊어버리고 있다가 엄마가 실종되면서 일도 쉬고 엄마를 찾으러 돌아다니는 길에 과거에 엄마와 함께한 기억들, 해 줄 수 있을 만한 일이 있었는데 못 해줬던 일들, 아파 보이던 엄마의 모습들이 하나둘씩 떠오르고 지금까지 엄마에게 했던 행동들에 죄책감을 느끼곤 후회하기 시작했다. 결국 엄마를 찾지 못한 큰아들은 회사일과 가정 일에 치우쳐 엄마를 잃어버린 슬픔을 조금씩 잊어갔다. 마지막 장면에 작은 새 한 마리가 나오는데 이 새가 엄마라는 어렴풋이 짐작할 수 있는 문장들과 딸이 "엄마를 부탁해."라고 말을 남기고는 책은 끝나버렸다.

  읽으면서 우리는 과연 엄마에게 잘하고 있는 것일까, 우리도 나중에는 후회할 짓을 하고 있는 것은 아닌가, 우리도 '엄마를 부탁해'에 나오는 엄마처럼 컸을 즈음 책안에서의 엄마와 같이 자식들과 남편에게 모든 인생을 바칠 만큼 사랑할 수 있을까 하는 질문을 자아냈고, 특히나 딸의 시점으로 전개되는 첫 장은 '나'가 아닌 '너'라고 지칭하는 부분에서 자신의 이야기를 하는 것이 나에게 하는 말 같아 더욱더 마음에 와 닿았고 내가 이때까지 살아오는 동안 되돌아보는 계기가 되었다.

  아마 나뿐만 아니라 많은 자식들이 읽으면서 나와 같은 생각을 했을 것이다.

물론 우리는 인생 전부를 가족을 위해 바칠 수는 없을 것이라고 생각할 만큼 이 책의 엄마는 놀라운 가족애를 보여줬다. 그리고 얼마 전 엄마가 결혼하기 전에 쓰던 노트를 꺼내 같이 보면서 엄마도 꿈이 있었다고 말해 주시는데 책 속의 이 엄마의 이름이 '박소녀'였듯이 내용 속의 엄마, 그리고 나의 엄마뿐만 아니라 모든 어머니들은 누군가의 엄마이기 전에 딸이었고 소녀였다는 생각이 들면서 이때껏 태어났을 때부터 엄마라고 여겨온 존재가 내 엄마이기 전에 자신만의 꿈을 꾸었던 소녀였다는 것이 떠올랐고 사진으로밖에 보지 못한 엄마의 소녀일적은 어땠을까하는 상상도 해보았지만 내가 태어나자마자 엄마는 엄마였기에 안타깝게도 머릿속에 쉽게 이미지가 그려지지 않았다.

예전에 광고에서도 봤듯이 역시 단순히 여자였을 땐 하지 못했을 일들도 엄마가 되면서 가능하게 되는 뭐라고 설명할 수 없는 대단한 힘이 있다고 여겨지기는 하지만 겪어보지 못한 일이라 그런지 머리로는 알겠는데 사실상 깊게 와 닿지는 못했다.

아직 잘 모르는 어린나이에 읽었는데도 울컥하는 기분이 드는 내용이었는데 좀 더 성장해서 결혼하고 내 자식을 낳았을 때, 엄마가 되었을 때 다시 한 번 읽어보고 싶다는 생각이 든다. 그때가 되면 이 책 내용의 자식의 심정도 엄마의 심정도, 그리고 나의 엄마의 심정까지 함께 느낄 수 있지 않을까 하는 기대를 가져본다.

블랙 라이크 미 Black Like Me
저자 존 하워드 그리핀 | 출판사 살림

2학년 7반 노영진

이 책은 인종차별이 심하던 1950년대 미국의 백인 존 하워드 그리핀이 직접 겪은 일을 바탕으로 쓴 책으로, 저자는 평소 단지 피부색만으로 차별받는 흑인 인권문제에 대해서 고민하던 사람이었다. 그는 차별 받는 흑인들의 삶을 직접 체험하기 위해서 주변의 심각한 만류에도 불구하고 피부를 검게 태우고 흑인이 된다.

그는 피부색을 완전히 검게 만든 후 백인으로서 갔던 식당과 흑인 거리를 다시 가 보았다. 그를 바라보는 백인이나 흑인의 시선, 그를 대하는 태도는 그전에 백인으로서 방문했을 때와는 확연히 달랐다. 물론 그에게서 달라진 것은 단지 피부색 하나뿐이었다. 그러나 흑인이 된 결과 백인이 아닌 흑인이라는 이유로 음식점에는 들어가지도 못했고 목이 말라서 죽을 것 같아도 물 한잔 마실 수 있게 해주는 곳은 없었으며, 버스에서는 흑인들은 백인과 철저하게 구분지어서 앉아야 했으며 눈치를 보았고 백인들은 자리가 없어서 서서 가야 하는 상황에서도 절대 흑인의 옆에 앉지 않았으며 백인 버스기사가 자신을 무시하여 원하는 정거장에 마음대로 내릴 수도 없었다. 그리고 아무리 화장실이 가고 싶어도, 그곳이 시설이 좋지 않아 백인들이 사용하지 않는 화장실이라고 해도 백인전용 화장실이라는 이유만으로 흑인들은 흑인이라서 그 화장실을 감히 사용할 수 없다고 말한다. 심지어 버스 안에서도 백인들은 흑인들에게 "검둥이들"이라고 부르면서 철저하게 무시한다.

그는 몇 달 간의 흑인으로서의 생활을 마치고 백인으로 다시 돌아왔다. 다시 피부색이 바뀌었다. 이제 그는 예전처럼 식당에서 밥을 먹을 수 있고 목이 마르면 쉽게 물을 마실 수 있고 버스 안에서 백인들의 눈치를 볼 필요가 없었고 원하는 정거장에서 내릴 수 있었고 화장실도 마음대로 갈 수 있었다. 자신을 대하는 모든 사람들의 태도가 바뀌었지만 사실 그에게 달라진 것은 피부색 하나 밖에 없었다. 그리고 그는 백인으로 돌아와서 자신이 했던 행동들, 그동안 겪은 일을 세상에 알린다.

당시 백인인 그는 그 심한 차별에도 불구하고, 자신도 그러한 대우를 받을 것을 알고 있음에도 불구하고 직접 흑인들의 삶을 체험하기 위해서 피부를 검게 태운다. 그리고 백인으로 돌아 와서 자신의 행동이 앞으로의 안위에 어떠한 영향을 끼칠 것인지 알고 있으며 주변사람들의 만류에도 불구하고 흑인의 인권을 개선하기 위해서 자신의 체험을 사람들에게 알렸다. 결국 그는 이 일을 계기로 나머지 백인들은 그의 모형을 만들어서 불태우고 그를 비롯한 가족들에게 협박을 가한다. 결국 그는 계속되는 살해협박을 견디지 못하고 멕시코로 떠나게 된다.

책 구절 중에서 "백인은 우리를 왜 미워하죠? 우리는 저들을 미워하지 않는데."라는 구절이 있었다. 이 부분을 읽으면서 현재 내가 그 당시의 백인들처럼 행동하고 있는 것은 아닌지 다시 생각하게 되었다. 그리고 나 역시 피부색 같은 겉모습을 보고 사람을 판단하고 있었다. 흑인보다는 백인이 더 낫다고 생각하고 있었고 외국인 노동자에 대한 평소의 생각 또한 좋지 못하였다. 앞으로 그들에 대해서 피부색과 같은 겉모습으로 판단하여 부정적으로 생각하는 일이 없도록 하며 이러한 인종차별이 완전히 사라졌으면 좋겠다고 마지막으로 생각이 들었다.

동물농장
저자 조지 오웰 | 출판사 민음사

2학년 7반 최지원

이 이야기의 원인인 돼지 메이저 할아버지는 한 꿈을 꾸게 되었다. 모두가 메이저 할아버지가 전날 꾼 이상한 꿈 이야기를 듣기 위해 할아버지에게 모여들었다. 메이저 할아버지는 죽기 전에 자신이 습득한 지혜를 전해 주는 게 의무라고 생각한다며 동물들의 삶에 대해 얘기했다. 동물들의 삶은 비참하고 힘들고 짧다. 목숨을 유지할 만큼의 먹이만 먹고 일할 수 있는 동물들은 마지막까지 일을 해야 된다. 그렇지 않으면 잔인하게 도살당하여 죽게 된다.

메이저 할아버지는 이런 동물들의 자유를 빼앗는 사람들을 적으로 삼고, 처참한 상태에서 벗어나고 자신과 자손들의 자유를 얻기 위해 반란을 일으키자고 했다. 그리고 그는 인간들을 비난했다. 생산하지 않고 소비하기만 하는 우리 동물들의 적이라고 말했다. 메이저 할아버지는 마지막으로 동물들에게 영국의 동물들 이라는 노래를 가르쳐주고 생을 마감하여 죽게 된다. 동물들은 영국의 동물들이라는 노래를 부르면서 새로운 삶의 모습을 생각한다. 그리고 매주 일요일마다 큰 창고에 모여서 반란을 계획하게 된다. 그리고 동물들 사이에서 가장 뛰어난 돼지인 스노우볼과 나폴레옹은 결국 얼마 안가 주인 존스를 내몰고 동물들의 세상을 만들기 위해 농장의 이름을 장원 농장에서 동물 농장으로 고치고 '7계명'도 정했다. 이 '7계명'은 일요 집회의 장소인 큰 창고 벽에 썼다. 그런데 동물들 중 가장 똑똑한 나폴레옹과 스노우볼의 의견은 항상 반대였다. 그래서 그 둘은 경쟁상대가 되었고 결국 나폴레옹은 자신이 몰래 기르던 개를 데리고 스노우볼을 내쫓고 반란의 리더가 된다.

스노우볼이 추방된 후, 동물 농장에선 동물들의 평등함이 사라지기 시작했다. 돼지들이 침대에서 자고 술을 마시고 그 후 사람들 흉내를 내려고 두 발로 걷고 옷도 입기 시작한다. 그런 돼지들을 보면서 다른 동물들이 불만을 품거나 돼지들에 관해 나쁜 소문이 돌면 말 잘하는 스퀄러라는 돼지가 머리 나쁜 동물들을 속인다. 그래서 결국 동물들은 사소한 일이라는 듯 그 일을 잊어버린다. 그리고 동물들에게는 쉴 틈 없이 노예처럼 노동을 시키고 동물들에게 돌아오는 것은 적은 먹이뿐이다. 결국 마지막에는 동물 농장의 상급층인 돼지들과 이웃 농장인 폭스우드 농장의 상급층이 한자리에 모여 술을 먹고 카드놀이를 하다가 싸우는 장면으로 마무리된다.

이 책은 정말 사람들의 이야기를 동물들의 이야기로 바꾸어 놓은 현대판 이솝 우화인 것 같다. 그중에서도 동물농장의 사건들이 북한의 정책과 비슷해서 안타까웠고 평등을 너무 강조하다 보니 자유가 너무 억압을 당하고 끝내는 자유라는 것을 잃어버리게 된 것 같았다. 그리고 다른 동물들이 나폴레옹에게 독재당하는 것은 동물들의 무능력함 때문인 것 같았다. 그것을 가지고 동물들을 지배한 나폴레옹의 행동은 인간의 욕망과 같으며 누구나 깃들어 있는 숨겨진 욕구인 것 같다.

기억 전달자

저자 로이스 로리 | 출판사 비룡소

2학년 6반 노지희

책을 고를 때 제일 먼저 보는 것은 책의 표지이다. 책의 표지를 보면 내용도 재미있을 것 같다는 느낌을 받게 된다. 그런데 기억전달자라는 책은 표지가 어두침침하고 무섭게 생긴 할아버지한 분이 나온다. 근데 이 책이 재미있을지 없을지에 대한 판단이 서지 않았다. 그래서 읽기 시작했는데 너무 재미있었다.

한 번도 이런 책을 읽어본 적이 없어서 뭔가 신비했다. 이 책은 미래에서 존재할 것만 같은 마을이다. 그런데 이 마을의 사람들은 직업, 배우자, 자식, 환경의 모든 것을 원로들이 정해준다. 무엇인가 답답 할 거만 같은 생활이 이 책에서는 너무 평화롭고, 당연하게 여겨지고 있는 것 같다. 지금 우리가 살고 있는 시대가 이렇다면 원로들이 우리의 생활, 가족, 직업을 정해준다면 우리는 아무런 걱정도 고민도하지 않고 살아 갈 수 있을 것 같다. 이런 생각을 안 해 봤던 것도 아니다. 너무 힘들 때 내 미래를 누군가 정해놓는다면 마음이 편안할 것 같다.

그런데 다시 생각해보면 '내 앞길을 개척해 보는 것도 재미있을 것 같다'라는 생각이 든다. 이 책에는 조너스라는 아이가 주인공이다. 조너스는 그 마을에서 제일 중요한 직책인 기억보유자라는 직업을 부여 받았다. 이제 조너스는 그 마을의 모든 것을 알아야 하고, 감각이나 감정도 다 전달 받아야 한다.

처음에 조너스가 받은 기억은 눈의 차가움과 눈썰매라는 것을 가르쳐 주었다. 그러나 기억보유자라는 것은 좋은 것만 가지고 있을 수 없다. 모든 고통도 혼자만 느껴야 한다. 현재의 기억보유자는 조너스에게 그동안 아무도 몰랐던 "임무해제" 라는 것이 어떤 것인지 가르쳐주려고 비디오를 보여준다. 그 비디오에는 조너스의 아빠가 보인다. 쌍둥이가 태어났는데 몸무게가 덜 나가는 아기에게 임무해제를 시켜야한다. 조너스 아빠는 아기의 정맥에 주사를 놓았다. 그걸 조너스가 보았고 그 아기는 죽고 말았다.

　나도 이 책을 보면서 노인들이 임무 해제가 되어서 축하파티를 해주는 장면과 조너스가 기억보유자로 선정되기 전에 로즈메리라는 여자아이가 선택되었는데 기억을 전달받는 과정에서 너무 고통스러워 이 일을 그만두고 임무해제를 선택했다고 한다. 임무해제가 뭐지 하고 생각했는데 그게 죽음이었다는 게 진짜 소름이 끼쳤다. 사람을 태어나게 만들고 죽음까지도 정해주는 이런 마을은 아무도 원하지 않을 것이다.

　감정이 없어서 이런 일이 잘못된 것이라는 것도 느끼지 못하는 이 마을사람들에게 모든 고통을 주고 싶다. 조너스도 그걸 알고 기억보유자가 되는 걸 포기하고 그 마을을 떠나기로 결심한다.

　현재 기억보유자에게 같이 떠나자고 했는데 기억보유자는 자신은 모든 느낌을 다 전해주고 딸과 함께 있어야 한다 하길래 설마 하고 있었는데 그 딸이 로즈메리였다니 충격도 받았고 딸이 그런 일을 알고도 그 마을의 룰 때문에 아무것도 못하는데 얼마나 마음이 아팠을까 하며 울적해졌다. 조너스는 마을사람들에게 "감정"과 "기억"을 모두 되돌려주고 탈출에 성공한다. 이 책은 열린 결말로 끝나는데 나는 조너스가 자신이 이때까지 살았던 마을 말고 내가 살고 있는 마을에서 자신의 꿈도 펼치면서 자유롭게 선택할 수 있는 삶을 살았으면 좋겠다.

담(談)

　독서 멘토링을 하면서 많은 책을 읽을 기회가 있어서 좋았고 혼자 책을 읽을 때는 읽은 내용에 대해서 깊이 생각할 시간이 없었는데 멘토링을 통해 다른 친구들 그리고 선생님과 책 내용에 대한 생각을 공유할 수 있어서 좋았다.

시간을 파는 상점

저자 김선영 | 출판사 자음과모음

2학년 6반 박유진

독서 멘토링을 시작하고 제일 처음으로 읽은 책이다. 작년에 학급문고로 들어와 한 번 본 적이 있는데 그때는 깊게 생각하지 않고 읽었다. 하지만 멘토링을 준비하면서 꼼꼼하게 읽었고, 새로 느끼는 점도 많았다. 집안 사정으로 알바를 시작했지만 여러 가지 이유로 그만 둔 온조는 사람들의 일을 대신해주는 인터넷 카페를 오픈하게 되었다. 첫 번째 일은 같은 학교 '네곁에' 정이현의 의뢰였다. 작년에 온조의 학교에서 도난사건이 있었는데 도둑질을 한 걸 들키고 해결책을 찾지 못 한 범인은 자살이라는 극단적인 선택을 했다. 의뢰인은 자신의 친구가 PMP를 훔치는 걸 보고 그 아이가 가지고 있던 PMP를 몰래 가져와 온조에게 주인에게 돌려달라고 했다.

온조는 처음에는 거절을 하려고 했지만 의뢰를 받아들여 주인에게 돌려 주었다. 도둑질을 한 아이의 자살예고를 받은 정이현과 온조는 옥상으로 갔지만 아무도 없었고 아이는 사라졌다. 얼마 후, 아이에게 자신은 지리산으로 갔고 발톱이 다 빠지는 등 고난을 겪으며 등반을 했다고 전했고 '바람의 언덕'으로 아이들을 불렀다. 정이현과 온조, 온조의 친구 난조는 그 아이를 만나러 갔다. 그 아이를 만나서 바람이 부는 언덕으로 같이 올라갔다.

그 언덕에 혼자 있는 사람은 웃을 수 없다고 한다. 하지만 여럿이 간 사람들은 서로의 얼굴을 보고 웃음부터 터트린다고 한다. 이때 아이가 한 말이 마음에 남았다. '혼자서는 바닷가 가까이 갈 수 없었어.' 세상을 살아가면서 혼자서는 도저히 할 수 없는 일이 있다. 그럴 때 의지하고, 함께 할 수 있는 사람들이 주위에 있다는 것이 얼마나 행복한 일인지 모른다. 온조와 친구들이 서로에게 힘이 되어주는 모습이 참 보기 좋았다. 나도 힘들고 지칠 때 같이 있어줄 수 있는 버팀목 같은 사람이 되고 싶다. 책에 나온 의뢰인 강토는 온조에게 할아버지와의 식사를 부탁했다. 할아버지는 '시간은 기다려주지 않는다.' 라는 말을 하고 강토와 화해를 했다. 이 부분을 읽으면서 '시간이 약이다.' 라는 말이 떠올랐는데 시간은 약이 될 수 있지만 더 멀어지게 만드는 독이 될 수도 있다고 생각했다. 또 기억에 남은 의뢰는 '들꽃자유' 의 의뢰이다. 의뢰인은 아이들에게 편지를 전해달라고 했는데 편지를 전달하는 과정에서 온조는 의뢰인이 죽었다는 사실을 알고이익이 되지 않지만 편지를 전달한다.

이 부분을 읽으면서 가슴이 뭉클했다. 나는 나에게 얼마만큼의 시간이 주어졌는지, 그리고 그 시간을 어떻게 사용하고 있는지 생각해 본 적이 없다. 책을 읽으며 시간은 참 소중하고 내가 그 시간을 어떻게 쓰는지에 따라 미래가 변화 할수도 있다는 걸 느꼈다. 앞으로는 내 시간을 낭비하지 않고 잘 써야겠다.

99℃

저자 호아킴 데 포사다 | 출판사 인사이트북스

2학년 6반 박유진

나는 나에게도 99도의 가능성이 주어져있다는 사실을 믿지 않고, 항상 도전도 시작도 하지 않고서 '못 할거야… 못 하겠지… 해도 안 될거야.' 라는 생각으로 나를 자기 합리화 시켜왔던 것 같다. 나는 항상 하고 싶은 일이 생겨도 용기내서 쉽게 도전해보지도 못하고, 항상 생각만 가득한 아이였다. 아마도 생각해온 일들을 모두 행동으로 실천했다면, 지금의 내 모습이 조금은 달라지지 않았을까 라는 생각을 할 때가 있다. 고등학교 1학년 때 항상 시험공부를 할 때도 '이만큼만 했으면 되겠지.' 라고 생각해버리곤, 최선을 다해 노력하지 않고서 시험결과에 낮은 점수도 그저 만족하며 받아 들여왔던 내가 지금은 조금씩 변화하며 성장해나가고 있다. 아무리 어렵고 힘들어도 최선을 다해서 끝까지 노력하고 어려워했던 수학도 차근차근 천천히 공부하고 나니, 내 노력의 결실이 눈앞에 보이기 시작했다. 못 할 것이라는 생각을 깨고, 무슨 일이든 노력하고 최선을 다하는 나의 생활에는 많은 변화와 성취감을 느낄 수 있게 된 것이다. 그래서 점점 더 모든 일에 재미가 붙고, 무슨 일을 하든지 행복하고 즐거워진 것이다. "안 된다고 하지 말고 아니라고 하지 마십시오." 책 뒤쪽에 새겨진 울랄라 세션의 한마디에, 나는 정말 너무나도 공감하며, 힘을 얻을 수 있었다.

이 책을 통해서 늦었다고 생각하지 말고, 지금부터 정말 노력하고 최선을 다해서 오늘 하루를 보낸다면 나는 100도가 되어서 날아오를 수 있을 거라고 믿으며, 오늘 하루도 최선을 다하는 내가 되고 있다. 이 책에서 내 삶에 건강한 자극이 되어 준 문장은 아래와 같다.

1. 그런데 어떤 사람은 그렇게 하고 싶어도 할 수가 없어. 오른쪽 다리가 없거나. 왼쪽다리가 없거나. 심지어 두 다리가 없기 때문이지.
2. 배운다는 것은, 그런 말이 있다는 것을 아는 것에서 그쳐서는 안 돼. 그 말의 의미를 깨달아야 해. 깨달은 뒤에는 행동을 해야 하지. 하지만 나는 깨달음에 도달하지 못했기 때문에 행동을 할 수 없었어.
3. 항상 배우고 나서 그 의미를 깨닫지 않고, 배웠다는 것만으로 알고 있다고 생각한 나를 아차! 하고 깨운 문장이었다. 배운다는 것이 끝이 아니라, 그 배움으로 통해서 행동하고 실천할 수 있는 내가 되어야겠다고 생각했다.

나는 건강한 두 다리가 있는데. 아무것도 하지 않고 노력하지 않았던 것 같았다. 이 문장을 읽고 나서는 그렇게 하고 싶어도 할 수가 없는 사람들이 있는데, 나는 정말 행복하고 감사하게도 튼튼한 두 다리가 있는데 노력하고 시도하지 않고 좌절과 실패에만 주저앉아버리고 있었던 것은 아닐까? 라는 생각이 들었다. 그리고 앞으로는 도전을 하고 튼튼한 두 다리로 다시 일어나는 내가 되어야겠다고 생각했다.

담(談)

독서 멘토링을 하면서 내가 책을 읽고 느꼈던 생각과 다른 사람의 생각이 다르다는 것을 알게 되었다. 이렇게 같은 책을 읽어도 사람마다 다른 생각, 다른 감정을 느낀다는 것이 신기했고 이러한 점을 서로 공유하고 나눌 수 있어서 좋았다.

담(談)

황정인은요

책을 좀 더 읽고 싶다는 생각에 막연히 독서 멘토링을 신청하게 되었는데, 이 과정에서 서로의 생각을 나눌 수 있어서 더 좋았던 것 같다. 그리고 책을 읽을 때 좀 더 내용 하나하나에 대해 깊이 생각하면서 읽는 습관을 기를 수 있게 되어 좋았다.

멘토 상훈샘의 한마디

교사로서 부끄러운 이야기이지만 최근 몇 년간은 한권의 책조차도 제대로 읽은 적이 없었던 것 같다. 한권의 책읽기보다는 스마트폰 게임에 더 익숙한 나를 포함한 요즘 사람들에게 독서 멘토링은 바쁜 일상 속 책 한권의 여유를 배울 수 있는 좋은 시간이 되었던 것 같다. 책읽기 이외에도 멘토링 활동을 통해 학생들이 가진 생각, 고민거리를 서로 나누고 이야기 할 수 있는 시간이 되어 좋았다. 앞으로도 독서 멘토링 활동이 계속 이어져서 학생들이 책읽기를 생활화하고 이를 통해 사고할 수 있는 능력을 키울 수 있었으면 좋겠다.

독서천재가 된 홍대리

저자 이지성 | 출판사 다산라이프

2학년 4반 김예빈

나는 책을 고를 때 800번(문학)대 서가에서만 책을 고르는 편이다. 청소년 소설같이 재미있게 읽혀지는 것을 좋아하는 편이기 때문이다. 그래서 이 책을 하자고 승수 쌤이 말씀하셨을 때 좋다고 했지만 사실 너무 싫었다. 자기 계발서 였기 때문이다. 하지만 우리도 독서초보니까 이 책을 읽고 배워보자 라는 그 말씀을 듣고 용기를 내서 책을 펴보게 되었다.

나는 자기계발서이라기에 독서천재가 될 수 있는 방법을 나열해서 설명해주는 책이라 생각하고 있었다. 그런데 정말 뜻밖에도 그런 딱딱한 내용이 아닌 재미있는 소설책과 같았다. 그래서 내 예상과는 달리 굉장히 빨리 책을 읽을 수가 있었다.

이 책의 줄거리를 간략히 소개하자면, 평범했던 홍대리가 독서를 시작하면서 인생의 큰 변화를 겪고 독서 천재가 되는 이야기다. 이 책을 읽으면서 '평소 나의 잘못된 독서습관을 바로잡고, 바쁜 생활 속에서 책 읽는 시간을 좀 더 효율적으로 만들기 위한 방법이 없을까' 라는 생각을 가지고 읽었는데 해답을 얻은 것 같았다. 나 같은 독서초보들이 따라 하기 좋은 방법들이 몇 가지 있었다. 전체적인 내용이 재미있게 흘러가는 데도 그 안에 처음 독서습관을 잡는 법이나 좀 더 효율적인 독서를 하는 방법 등 유익한 내용이 많았기 때문이다. 그중 가장해보고 싶었던 〈100일 독서〉를 우리 조 아이들과 같이 해보게 되었는데 홍대리처럼 단계를 거치치 않아서 그런지 쉽지 않았다.

다음에 혼자 차근차근 단계를 밟아가며 해봐야겠다. 나의 약 7년의 독서 생활과 습관들을 되돌아보게 해주고, 자신감과 의욕을 팍팍 주는〈독서 천재가 된 홍대리〉를 추천해주신 우리 멘토 선생님이 지금은 너무 감사하다.

달에게 들려주고 싶은 이야기

저자 신경숙 | 출판사 문학동네

2학년 4반 김예빈
달이 나에게 들려준 이야기

나는 우리 집 애완동물 콩이와 함께 밤에 옥상으로 산책을 자주 나가는데 콩이가 풀을 뜯으며 뛰어다니고 놀 때면 보통 나는 멍하게 위를 쳐다보고 있을 때가 많다. 그럴 때면 멍하니 달을 올려다보며 그날 있었던 일, 힘들었던 일들을 속으로 생각하곤 한다. 그러면서 혼자 씩 웃기도 하고, 찌푸리기도 하고, 멍하기도 한다. 나는 이 책의 짧은 여러 편의 단편소설들을 읽으면서 내가 하늘을 올려다보며 느꼈던 여러 감정과 기억들을 다시금 느낄 수 있었다.

이 책은 총 스물여섯편의 이야기가 담겨있는데 편지형식, 달에게 이야기 들려주는 형식 등 다양한 형식으로 이루어져 있어 한 번에 다 읽는데도 지루함이 없었다. 이 책이 「One City One Book 책으로 하나 되는 행복도시」 책으로 선정된 이유를 알 것 같았다. 내 주변에도 많은 사람들이 이 책을 읽고 있었는데 책에 대해 사람들에게 물을 때면 소소한 이야기들이 모여 있다 보니 좀 지루했다는 사람도 있었고 너무 각각의 내용들이 결말이 분명하지 않아서 답답하다는 사람도 있었다.

그런 이야기들을 들으면서 처음에 걱정도 되었다. 나는 보통 문학책을 즐겨보는 편인데 문학책 중에서도 판타지 소설이나 자극적인 소설들을 많이 보는 편이고 열린 결말의 책을 싫어하는 편이라 나한테 잘 맞지 않을 것 이라는 불안감이 들었기 때문이다.

그런데 내가 요즘 마음이 오락가락 불안할 때 봐서 그런 건지 모르겠지만 걱정했던 것이 무색하게 각각의 이야기에 감정이입이 잘 돼서 책에 푹 빠져서 끝까지 읽을 수 있었다. 그중에서도 기억에 남는 이야기들이 몇 개가 있는데 그중 가장 내 마음을 흔들었던 건 「너, 강냉이지!」였다. 내용은 사인회장에서 동창생을 만나게 되었는데 이름은 생각나지 않고 학창시절 강냉이 빵을 도시락과 바꿔 먹어 강냉이란 별명을 가진 친구였다는 것만 기억이 나는데, 마지막 구절이 정말 가슴에 박혔었다.

"살아오는 동안 어느 세월의 갈피에서 헤어진 사람을 어디선가 마주쳐 이름도 잊어버린 채 서로를 알아보게 되었을 때, 그때 말이야. 나는 무엇으로 불릴까? 그리고 너는?" 내가 지금 알고 있던 사람들과 나중에 우연히 마주쳤을 때 나를 어떻게 기억하고 있을까? 이 이야기를 읽으면서 느낀 건 나도 누군가가 나중에 내 이름이 생각이 나지 않더라도 나를 보면 어떤 특징이나 좋은 추억이 떠오르는 그런 사람이 되었으면 좋겠다는 것이다. 또 「J가 떠난 후」라는 이야기가 기억에 남는데,

이 소설을 읽으면서 〈효〉라는 것을 내가 이때까지 어렵게만 생각하고 있었던 건 아닌가! 라는 생각이 들었다. 부모님과 가까워지기 위해 어떤 노력들을 했었나 하는 후회와 아쉬운 생각들.

이 책은 오랜만에 내가 아무런 생각 없이 나의 느낌과 생각들을 공유하고 공감하며 마음 편히 읽은 문학책이었다. 평소 "정말 눈을 뗄 수 없는 전개였다!" 뭐 이런 식으로 빠른 전개, 자극적인 내용의 책을 좋아하다 보니 책을 읽고 감동을 받은 적이 없었는데, 오랜만에 명랑하고 상큼하고, 환하게 웃다가 코끝이 찡해지는 보석 같은 이야기들을 읽은 것 같다.

작가의 말에서 "이 봄날 방을 구하러 다니거나 이력서를 고쳐 쓸 때, 나 혼자 구나 생각되거나 뜻밖의 일들이 당신의 마음을 휘저어 놓을 때, 무엇보다 나는 왜 이럴까 싶은 자책이나 겨우 여기까지? 인가 싶은 체념이 한순간에 밀려들 때, 이 스물여섯 편의 이야기들이 달빛처럼 스며들어 당신을 반짝이게 해주었으면 좋겠다." 라는 구절처럼 공부와 친구관계로 힘든 나에게 달빛처럼 스며들어 나에게 힘이 되어준 이야기들. 이 책 만나게 되어서 너무 행복하다.

두려움에게 인사하는 법

저자 김이윤 | 출판사 창비

2학년 4반 이은정

〈두려움에게 인사하는 법〉이라는 책은 내가 학교에서 독서 멘토링 활동을 하면서 접하게 된 책이다.

이 책의 주인공인 '여여'는 남들과 다르지 않은 고민을 가진 평범한 18살 사춘기 소녀이다. 하지만 명랑하고 긍정적인 겉모습과는 달리 '여여'의 마음속에는 아버지의 부재에 대한 상처를 안고 살아간다. 그러던 중, '여여'의 어머니는 암 진단을 받게 된다. 아직은 어린 나이인 '여여'에게 하나뿐인 가족이 아프다는 사실은 큰 짐이 되어 다가온다.

엄마가 곧 세상을 떠날지도 모른다는 생각에 '여여'는 두렵고 초초해지기 시작한다. 그래서 찾아간 엄마의 친구에게 모그룹 이사인 서동수가 자신의 아빠라는 사실을 알게 되고, 그가 강연하는 경제캠프에 참가하게 된다. 하지만 자신의 존재조차 모르고 자신을 강연에 참여한 학생으로만 여기는 아빠를 보며 '여여'는 혼란에 빠진다.

엄마의 병세는 날이 갈수록 더욱 악화되어가고, '여여'와 엄마가 함께 마지막이 될 여행을 떠난다. 여행에서 돌아온 후, 엄마는 '여여'의 곁을 떠난다. 엄마가 죽은 후 슬픔에 빠진 '여여'는 서동수 이사를 만나서 위로를 얻지만, 자신이 딸이라는 사실은 그에게 알리지 않는다. 이 대목에서 '여여'가 참 생각이 깊은 아이라는 생각이 들었다. 만약, 내가 '여여'와 같은 상황이라면, 엄마가 암 진단을 받았을 때 아빠를 찾으려는 시도조차 해 보지 못했을 것이다. 설령, 아빠를 찾았다 해도, 당장이라도 달려가서 당신의 딸임을 밝혔을 것이다. 하지만 '여여'는 새로운 가정을 꾸리고 행복하게 살아가는 아빠를 위해 끝까지 자신의 존재를 밝히지 않았다.

아빠와 그의 어린 아이가 함께 걸어가는 뒷모습을 보면서 서럽고 마음이 아팠을 텐데도 말이다.

'여여'는 엄마가 죽고 난 직후에 고모에게 배가 고프다고 말했다. 그러곤 허겁지겁 밥을 먹었다. 이 장면이 나에게 정말 인상 깊었다. '여여'는 배가 진짜 배가 고픈 것이 아니라, 엄마가 이제 곁에 없다는 공허함 때문에 속이 허 한 것이었다. 나는 아직 소중한 사람을 잃어본 적이 없지만, '여여'의 상실감이 얼마나 클지는 알 수 있었다. 하지만 결과적으로 여여는 어린 나이지만, 자신에게 닥친 두려움을 물리쳤다. 나도 '여여'처럼 내 앞에 닥친 두려움을 이겨낼 수 있는 용기가 있었으면 좋겠다.

담(談)

나는 책을 많이 읽는 편은 아니었지만, 책을 한권 읽고 나면 혼자 책의 내용에 대해 생각해 보곤 했었다. 그런데 이번에 독서 멘토링에 참여하면서, 나의 의견을 선생님과 친구들에게 마음껏 얘기 할 수 있는 점이 좋았다. 그리고 친구들과 선생님의 생각에도 공감하면서, 내가 생각해 보지 못했던 부분에 대해서도 알 수 있게 되어서 보람 있었다. 또 이전에는 주로 소설위주로 책을 읽었는데, 독서 멘토링에 참여하게 되면서 다양한 분야의 책을 읽을 수 있어서 뜻 깊었다.

두려움에게 인사하는 법

저자 김이윤 | 출판사 창비

1학년 11반 이은진

'두려움에게 인사하는 법'이라는 책을 보면서 솔직하게 의아함이 먼저 들었다. 두려움이라는 것은 어찌 보면 그 누구라도 무서워할만한 감정인데 그런 것에 인사를 한다는 의미를 이해하기 어려웠다. 하지만 읽고 나서 그 의문이 풀렸다. 여여가 엄마를 잃어가는 두려움. 그 두려움을 받아들이는 과정이 그것인 것 같다. 그것을 보면서 느낀 점은 여여는 참 대단하다는 것이다. 그런 어려운 상황에서도 여여는 그 누구보다 더 잘살아간다. 만일 내가 여여라면 닥친 현실을 부정하고 싶었을 것이다. 소중한 사람을 잃는다는 것이 싫기 때문이다.

'죽음'이라는 단어가 그 누구에게나 존재하고 있음을 깨달았다. 누군가 이런 말을 한 적이 있다. '사람은 누구나 죽는다. 그것이 빠르냐 느리냐의 차이일 뿐이다'라고. 그렇다. 누구든 죽는다. 아주 어린 아이가 생사를 달리하는 것처럼, 누구나 죽을 수 있다. 하지만 나는 아직 '죽음'에 관한 그런 말을 받아들일 수도 없을뿐더러 여여와 같은 상황이라면 현실을 부정하고 그런 현실이 싫어서 펑펑 울었을 것이다. 누구도 없는데 나 혼자 있는 그런 기분. 그 누구도 없는데 덩그러니 나만 있는, 아마 그런 느낌일 것이다. 그래서 나는 싫다. 그 무서운 느낌과 혼자 있는 느낌을 받아들이는 것은 참 힘들 것 같다. 그런데 책 속에서 의연하게 버티는 여여를 보면서 난 여여가 참 강하고 대단한 아이라고 생각했다.

마지막으로, 책을 보면서 누구나 죽음이란 것을 염두 해 두어야 한다는 것을 알았다. 이 책은 갑자기 혼자 남을 수도 있다는 두려움을 일깨워 주면서 주위 사람들을 더 생각하게 되고 고마움을 일깨워 준 책이었다.

담(談)

멘토링을 하면서 여러 가지 종류의 책을 접하게 되었는데, 책을 읽는 데는 독서력이 필요하다는 것을 깨달았다. 예를 들어 〈내 몸을 찾습니다〉를 읽으면서, 그리고 우리 팀에서 읽다가 중간에 포기했던 〈죽은 왕녀를 위한 파반느〉를 읽으면서 말이다. 아무리 책을 읽어도 이해가 되지 않았고, 진도가 나가지 않아서 선생님께 말씀드리고 중간에 책을 바꾸었다. 선생님께서는 앞부분이 지나고 나면 괜찮을 거라고 말씀하셨지만 결국은 포기했었다. 이 책은 나중에 기회가 된다면 다시 도전해 보겠다. 멘토링 책들이 내가 원하는 책이 아니어서 읽기가 어려웠지만 그래도 여러 가지 시점에서 볼 수 있어서 정말 좋았다. 여러 가지가 말이다. 재미있었고, 얘기할 수 있어서 좋았다.

멘토 승수샘의 한마디

독서 멘토링에 참여하는 것은 이번이 두 번째이다. 한 번 해 본 경험도 있고, 도서부원이면서 문헌정보학과를 가고 싶어 하는 은정이, 예빈이와 함께라면 즐거운 토론이 될 것이라 기대가 되었다. 그리고 이번에 처음 만나지만 밝고 적극적으로 보이는 은진이도 잘해낼 거라는 생각이 들었다. 이렇게 은진이, 은정이, 예빈이와 4월에 독서 멘토링 만남을 시작하게 되었다.

첫모임. 〈두려움에게 인사하는 법〉이라는 청소년 성장소설로 우리 모임을 시작하였다. 읽기 쉬우면서 우리가 쉽게 접근할 수 있는 이야기라 학생들과 편하게 이야기하고 소통할 수 있었다. 다만 학생들이 처음 하는 토론이라 그런지 어색해하고 자신의 의견을 말하는데 쭈뼛쭈뼛 긴장하는 것처럼 보였다. 그렇게 두 번, 세 번 독서 멘토링 활동을 하면서 우리가 함께 읽은 책들이 한 권, 두 권 씩 쌓여갔다. 쌓여가는 책만큼 우리의 생각도 깊어지고 서로 조금씩 편안해 지는 느낌이었다.

독서 멘토링을 통해 좋았던 점은 학생들과 모든 것을 떠나서 책으로 만나는 것이었다. 항상 가르치고, 그것을 받아들이는 관계를 떠나 책 읽고 서로의 생각들을 공유하는 것이 학생들과 한 걸음 더 가까워지는 느낌을 주었다. 내가 많이 부족해서 학생들과 사회, 역사 분야의 책을 많이 읽지 못한 것이 아쉬움으로 남는다. 더 많이 읽고, 더 자주 만나고, 더 많이 이야기 했으면 좋았을 걸.. 학기 초의 부푼 기대와 포부에는 미치지 못했지만 이 아이들을 만나서 행복했고 즐거웠다.

우리 멘토링 친구들에게 하고 싶은 말~

많이 만나지 못해서 미안했고, 함께해줘서 고맙다~ 남은 시간 우리가 읽지 못했던 책을 읽으며 이전보다 더 많은 이야기 나누자. 너희들 이야기 하나하나 소중하고 마음에 새기고 싶은데 그런 기회를 만들지 못했던 것이 못내 아쉬움으로 남네. 너희도 그렇지? 또 새로운 한 해가 시작될 텐데 그때는 너희가 계획했던 일들 아쉬움 남지 않도록 열심히 하길 바란다. 소중한 이쁘니들~ 파이팅!^^

달에게 들려주고 싶은 이야기

저자 신경숙 | 출판사 문학동네

1학년 11반 박혜민

신경숙 작가가 쓴 짧은 소설 모음집인 '달에게 들려주고 싶은 이야기.'

이미 '엄마를 부탁해'를 통해 접한 적 있는 신경숙 작가는 한 때 나의 꿈이었던 서울예술대학 문예창작과 졸업생이라는 이유로 내 뇌리에 박혀있는 작가였다.

그런 신경숙 작가와의 두 번째 만남이 된 이 책의 표지를 넘겨, 첫 장을 읽는 순간, 적잖은 당황이 몰려왔다.

그도 그럴 것이 여태껏 여러 가지 사건, 정확한 결말, 치밀한 복선으로 이루어진 소설책들만 읽어오던 나에게 이 책은 '심각하게 편안'하여 나를 어리둥절하게 만들었다.

솔직하게 말해선 한 이야기에 온갖 열정을 쏟아 한 권의 책을 만들어냈다는 느낌보다는 그냥 생활하면서 쉽게 접할 수 있는 소소한 일상을 생각나는 대로 주제삼아 쓴 것 같은 느낌이었다.

특히 사람이름을 알파벳으로 칭해 이야기를 풀어나가는 것이 꼭 내가 습작을 할 때 사용했던 습관을 떠올리게 만들어서 나를 더욱 편안하게 만든 것 같다.

그런데 정말 신기하게도 이게 묘한 매력이 있었는지라, 앞서 말한 소설책들을 읽을 때와는 달리 추리를 할 필요도, 심각하게 몰입할 필요도, 감동, 슬픔, 고통, 절망, 공포를 느낄 필요도 없이 어렵거나 불편하지 않은 마음으로 읽어나가는 부분에서 참신함을 느꼈다.

마치 물 흐르듯 자연스럽게 읽을 수 있는 이 책은 그와 동시에 17년, 짧다면 짧은 내 인생도 물 흐르듯 그리며 생각하게 만들었다.

아마 살면서 마주할 수 있는 흔하고도 다양한 주제들 덕분이었는지 한 문장을 읽을 때마다 어릴 적 친구들과 재미나게 놀았던 일, 내 별명, 짝사랑과 같이 겪었던 일 혹은 여행, 결혼, 취직, 육아, 노후와 같이 한 번쯤 고민해봤던, 앞으로 겪게 될 일들을 자연스럽게 그려나갈 수 있었다.

그렇기 때문에 이 책은 가볍게 읽되, 그 문장과 더불어 내 경험들과 상상들이 나를 슬그머니 미소 짓게 만들기 충분하였고 이는 내 가슴을 조금씩 따뜻하게, 그리고 포근하게 만들었다.

그래서인지 너무나도 편안한 이 이야기들은 신기하게도 '나'를 떼어놓고는 읽을 수 없게 만들어, 지루하거나 가볍기만 한 이야기가 아닌 조금은 무게감 있는 이야기로 나에게 다가왔다.

그리고 그 무게감을 결정적으로 느끼게 해 준 것이 바로 이 시였다.

> 그녀가 죽었을 때, 사람들은 그녀를 땅속에 묻었다.
> 꽃이 자라고 나비가 그 위로 날아간다.
> 체중이 가벼운 그녀는 땅을 거의 누르지도 않았다.
> 그녀가 이처럼 가볍게 되기까지, 얼마나 많은 고통을 겪었을까.

책 속에 실린 이 짧은 시가 그 날 내 마음을 왜 그리도 흔들어놓았던 것인지.

'나의 어머니'라는 이 시를 수도 없이 반복하여 읽으면서 내가 조금씩 성장하면서 어릴 땐 그토록 따르던 어머니께 점점 소홀해지는 나를 발견할 수 있었다.

그리고 훗날 내가 어머니의 자리에 섰을 때 나는 과연 어머니처럼 나를 희생할 수 있을 것인가에 대해서도 나 자신에게 물어보는 기회를 가질 수 있었다.

그리고 문득 이 또한 신경숙 작가가 독자들에게 바란 것이 아닐까하는 생각이 슬며시 들자 놀라움과 동시에 편안함과 무게감의 경계사이에 세밀하게 깔아놓은 이러한 자극들을 다시금 곱씹으며 나는 신경숙 작가의 작품들이 왜 그토록 전 세계를 열광케 만들었고 수많은 찬사를 받았는지에 대해 몸소 깨닫게 되었다.

고등학교에 올라왔으니 교내활동을 많이 하면 좋을 것 같아 찾던 중 가장 먼저 눈에 띈 것은 단연 '독서 멘토링'이었다. 독서 멘토링이란 매달 책을 읽고 친구들, 선생님과 함께 한 달에 한 번 모여 책 내용에 관련된 의견을 주고받는 활동이었는데 책을 좋아하는 나였기에 흥미롭긴 하였지만 선생님과 함께 하는 활동이니만큼 수업과 같은 어느 정도의 딱딱함을 예상하였었다. 하지만 나의 그런 걱정과는 다르게 선생님과의 첫 만남은 매우 편안하고 친근하여 내 의견을 자유롭게 말하는데 큰 도움이 되었고 친구들 또한 열심히 참여하여 한 번 독서 멘토링을 시작하면 시간 가는 줄 모르고 즐겁게 의견을 주고 받을 수 있었다. 특히 내가 가장 좋았던 점은 바로 책 내용만 말하기보단 그 책 내용을 우리의 일상생활에 연관지어 진행한 것이다. 책 속의 핵심 내용을 다루면서도 일상생활에 연관짓다 보니 나에게 더욱 깊게 다가와, 좀 더 진지하면서도 재미있는 그야말로 일석이조의 효과를 볼 수 있었다. 그 덕분에 어느덧 독서 멘토링을 시작한지도 일 년 가량이 지나와 있는 현재, 나는 여러 분야의 상식 혹은 지식이 독서 멘토링을 통해 쌓여있는 상태이다. 또한 2013년에 더 이상의 독서 멘토링 활동이 없다는 사실에 섭섭하기도 하고 아쉽기도 하며 큰 기대 없이 참여한 활동이 나에게 너무나 좋은 추억과 도움을 준 것 같아 신기하기도 하다. 내년에도 동네 오빠만큼 친근한 김정면 선생님과 착한 친구들인 지안이, 선주와 함께 독서 멘토링을 하고 싶다.

방관자

저자 제임스 프렐러 | 출판사 미래인

1년 II반 오선주

　　이 책을 접하기 전에는 방관자에 대해 구체적으로는 몰랐었다. 하지만 이 책을 읽고 나서 방관하는 것의 위험성을 깊이 느끼게 되었고 '혹시 나도 방관자이지는 않을까?' 라는 생각도 하게 되었다. 이 책의 주인공들에 대해 잠시 말해보자면 왕따이자 폭력을 당하는 아이인 할렌백과 폭력을 휘두르는 나쁜 아이 그린핀, 이 책에서 말하고자 하는 '방관자' 인 에릭이 등장한다. 나는 이 책을 읽고 책에서 등장하는 이 아이들이 현실에서 일어나는 일들에 대한 비판이라는 것을 눈치 챘고 폭력만큼 나쁜 것이 방관이라는 사실을 알게 되었다. 하지만 폭력을 신고할 수도, 겁 없이 말릴 수도 없는 방관자는 지금도 학교에서 빈번히 일어나고 있다. 이것이 큰 문제인 만큼 얼마 전에 본 네이버 웹툰 '메세지' 에서도 같은 내용을 다루고 있었다. 웹툰에서 폭력을 당하는 아이는 일기를 쓰면서 선생님에게 하고 싶은 말을 자신만의 메세지로 알린다.

그리하여 시간이 지나고 선생님도 그 아이가 폭력을 당했다는 사실을 눈치 채고 도와주려했지만 협박을 받아서 그 아이가 죽었는데에도 불구하고 선생님은 아무런 말도 하지 않았으며 심지어는 도와주지도 않는다는 내용이었다. 웹툰에도 나올 만큼 증가하고 있는 방관자들에 대한 두려움이 커졌고 왜 사람들은 정글처럼 약한 자는 강한 자에게 당해야 하는 건지 이 세상에 평등은 없는 건지 의문을 품게 만들었다. 그리고 그 질문에 대한 답은 아마도 사람들은 약한 자를 도와주면 자신에게도 보복이 가해질 것이라는 편견이 있기 때문일 것이다. 이 책은 나에게 절대 방관자가 되지 말자는 다짐을 하게 만든 책이며 앞으로 개인이 서로에게 관심을 가지고 긍정적인 생각으로 세상을 살아나가 방관자도 피해자도 가해자도 없는 세상이 되면 좋겠다.

담(談)

나는 원래 책에 대한 흥미가 없는 편이였는데 멘토링을 함으로써 책도 많이 읽게 되었고 책을 읽고 그냥 넘긴 부분들이 항상 남아있었는데 그 부분들에 대해 '왜 그럴까?'와 같이 깊은 생각을 할 수 있는 계기가 되었다. 또한 책에 대한 애정도 많이 생기게 되었고 좋은 선생님과 친구를 만나서 인생이야기와 책 이야기를 할 수 있는 좋은 시간이었다고 생각한다.

우아한 거짓말

저자 김려령 | 출판사 창비

1학년 13반 정지안

어느 날 갑자기 동생이 자살했다. 항상 웃던 동생이 죽었다면 그것도 스스로 목숨을 끊었다 하면 어떤 기분이 들까? 우아한 거짓말은 평범하던 삶에 어느 날 큰 의문을 남긴 채 갑자기 떠나버린 동생을 위한 이야기였다. 동생 '천지' 가 목숨을 끊을 수밖에 없었던 이유는 뭘까? 책에서 찾은 답은 학교폭력이었다. 그것도 아주 은밀하게 이루어졌던, 그렇기에 폭력에 대한 상처는 더욱 컸고 아무도 알아주지 못했던 것이었다.

천지는 어느 날 말도 없이 떠나 버렸지만 마지막으로 자신이 왜 죽었어야 했는지 말보다 더 깊은 메시지를 남겼다. 바로 빨간 털뭉치 5개이다. 각각의 빨간 털뭉치는 자신과 가까이 있었던 네 사람에게 전해지게 된다. 털뭉치가 향했던 사람들이 다르듯이 그 속에 담겨있는 편지의 내용 또한 남달랐다. 자신을 따돌렸던 친구를 용서하고 자신의 얘기를 들어주지 않았던 엄마에게 인사를 하는 등 각 털뭉치 속에는 슬프면서도 살아있을 땐 미처 하지 못했던 말들을 담고 있었다.

네 실뭉치를 전해준 다음 마지막으로 남은 실뭉치는 천지가 자신에게 주는 마지막 선물이 된다. 그 선물에 천지는 목을 매게 된다. 아마 천지에게 빨간 털뭉치란 단순한 놀잇감이 아니라 평소 하고 싶던 말을 실처럼 얽어매던 마음을 마지막에서나 풀기 위한 수단이었지 않나 싶다. 마지막이 된 자신의 선물로 마음을 대신했던 천지에게서 학교폭력과 미리 자신의 이야기를 들어주지 않은 주변 사람들을 떠올리게 해 더욱 안타깝고 슬픈 이야기였다.

담(談)

　멘토링이란 단어는 왠지 딱딱하다. 책을 읽고 형식에 맞추어 의무적으로 한마디씩 해야만 할 것 같다. 하지만 내가 함께한 멘티 친구들과 멘토 선생님과는 그렇지 않았다. 오히려 너무 자유롭고 자신의 이야기들을 꺼내놓고 싶어 했다. 처음엔 솔직히 막막했었다. 새학기 초 얼굴도 모르고 대화는 당연히 한 번도 안 해 본 선생님과 친구들과 과연 어떤 이야기를 나눌 수 있을까 걱정하기도 했지만 시간이 갈수록 함께 읽은 책은 쌓여갔고 서로 나눈 이야기들은 더욱더 높아져 마음속에 담기기 시작했다. 막상 가장 좋았던 이야기 하나를 딱 말해보라고 하면 말 못하겠다. 왜냐하면 함께 나누었던 모든 이야기 하나하나가 개성 있고 즐거웠기 때문이다. 책을 읽고 멘토링 활동을 하는 것이 학생부에 남기 때문이 아니라 선생님을 인생선배로 친구를 나와 같이 꿈을 가지고 살아가는 사람으로서 대화할 수 있어 좋았다. 책 하나를 고르는 작은 일 하나하나도 함께 대화하고 책을 읽고 이야기를 하다 내가 전혀 생각지 못했던 이야기들을 들으며 놀라고 배웠던 순간순간은 혼자 책을 읽고 감명 받는 것과는 또 다른 배움을 주었다. 멘토링을 그냥 책을 읽고 책 내용을 토론하는 것으로 마무리할 수도 있겠지만 나에게 멘토링이란 사람과 대화하는 법을 배우고 좀 더 뜻 깊은 고등학교 1학년 학창시절을 만들 수 있게 해준 꿈길이다. 지금은 학교에서 했던 활동 중 하나로 느낀 점을 쓰지만 나중에 돌아보면 좋은 추억이 되어 그리워질 것 같다.

멘 토 정 면 샘 의 한 마 디

　인생을 살면서 직접 경험하지 못하는 것에 대한 간접 경험, 마음의 양식, 한 달에 한권은 꼭 읽어야 하는 것. 책에 대한 무수히 많은 명언들이 있다. 그리고 그러한 명언들은 다시 책으로 전해진다. 하지만 나에게는 여전히 멀고 무겁게만 느껴지는 존재였다. 전공분야의 책이 아니면 어느 순간부터는 관심조차 갖지 않는 경우가 많았다. '독서 멘토링'이라는 활동을 처음 시작하게 되었을 때, 여러 이유로 부담을 가졌지만 한편으로 그동안 소홀했던 독서를 할 수 있게 되리라 기대가 되었다.

독서 멘토링을 하면서 여러 종류의 책을 읽을 수 있었다. 청소년 필독 도서, 단편소설, 경제도서, 사회 문제를 다룬 도서까지... 여러 분야의 책을 읽으며 새로운 사실도 많이 알게 되었고, 책 읽는 재미도 다시 한 번 느끼게 되었다. 활동을 하면서 또 한 가지 좋았던 점은 우리 학생들의 현재 관심사나 고민, 학교생활에 대한 직접적인 이야기 등, 멘티들과 진솔한 대화를 하며 인간 대 인간의 만남을 가질 수 있었다는 것이다. 우리가 읽었던 책의 내용과 느낀 점을 이야기하면서 학생들의 현실과 비교도 해보고, 여담으로 학교생활 이야기를 나누며 평소에 교사와 학생의 관계에서 하지 못했던 이야기를 나눌 수 있었다. 멘토링 활동을 하며 나는 학교 교사도 되었지만, 멘티들의 인생 선배도 되었다. 그러면서 자연스럽게 교사로서 학생들에 대한 학교교육과 생활지도에 대해 더 깊게 생각해보게 하는 계기도 되었다.

새로운 일을 맡게 되어 귀찮고 힘들었다는 불만을 가질 수도 있지만, 나는 독서 멘토링을 하면서 읽은 책의 새로운 내용들은 물론, 현실을 살아가는 고등학생들의 생각과 그에 맞는 교사상 등 많은 부분을 생각할 수 있게 하는 좋은 활동이었다.

우아한 거짓말

저자 김려령 | 출판사 창비

2학년 7반 성민경

주인공 천지는 언니 만지와는 달리 학교에서 공부도 잘하고, 할 일도 스스로 혼자 잘하고, 엄마 일도 잘 도와주는 착한 아이다. 하지만 자신의 고민을 털어놓을 사람이 없어 힘든 일이 있어도 혼자 꾹 참고, 자신의 의사를 잘 표현하지 않는다. 그런 천지는 친했던 친구 화연이에게 이용당하며 소위 왕따를 당하다가 끝내 자살을 하게 되고, 천지가 자살하기 전 곳곳에 남겨놓은 쪽지들을 언니인 만지가 찾고 그 안에 담긴 뜻들을 추리해 내게 된다.

혼자서도 잘 해내는 천지가 자살하게 된 것을 알게 된 천지 엄마와 만지는 얼마나 죄책감이 들었을까. 내가 만약 천지라면 그런 일들을 겪고 혼자 꾹 참지만은 않았을 것 같다. 물론 자신을 친구들 앞에서 이용하고, 왕따 시킨 것은 화연이의 잘못이다. 하지만 천지는 자신을 사랑해주는 가족을 위해서라도 꼭 자살을 택했어야만 했을까? 자살 말고도 얼마나 많은 방법들이 있는데 죽음을 선택하게 된 천지가 참 불쌍하다.

고등학생, 중학생, 심지어는 초등학생까지 자살한 아이들에 대한 뉴스를 볼 때면 단순히 왕따 문제라고만 결정지어 버리고 솜방망이 처벌을 하는 것을 보면 한숨이 나온다. 그리고 보통 사람들이 자살한 아이들에게 '친구들에게 괴롭힘 당하는 게 그렇게 힘들었으면 부모님이나 선생님, 도움을 줄만한 곳에 말이라도 하지.' 라고 쉽게 말하기도 한다. 하지만 조금만 생각을 바꾸어 보면 그게 가능했다면 자살까지 하지는 않았겠지? 라는 생각이 든다. 만약 내가 천지의 입장이 되어 왕따를 당하고 있는 상황이라면 하루하루 학교 가기가 싫고, 아침에 눈뜨기도 싫고, 밖에 나가는 것조차 악몽일 것 같다. 괴롭히는 아이들, 알면서도 묵인하고 있던 친구들, 14살 천지가 겪기엔 너무 힘든 일이 아니었나 싶다.

책 속에서 천지를 괴롭히는 주동자인 화연이의 부모님은 중국집을 운영한다. 화연이의 부모님은 매우 부지런해서 중국집의 장사는 잘되었다. 하지만 그렇게 중국집이 잘되면서 부모님은 화연에게 그만큼 관심을 가져주지 못하였고, 관심을 받지 못한 화연이는 자신에게 조금의 관심을 표했던 천지가 마음에 들었던 것 같다. 관심을 주는 법을 몰랐던 화연이가 관심의 또 다른 표현으로 천지를 괴롭힌 것은 아닌가 하는 생각이 든다. 화연이가 천지를 진짜 싫어해서 괴롭힌 거라면, 천지가 자살하고 난 뒤 화연이가 천지를 그리워 할 이유가 없을 것이기 때문이다. 어떻게 보면 어릴 때 사랑을 많이 받지 못하고 자랐고, 제일 친한 친구인 천지를 잃게 된 화연이가 제일 불쌍한 인물인 것 같다.

만약 화연이가 관심과 사랑을 받고 자라 천지를 괴롭히지 않았더라면, 미라가 천지에게 비수를 꽂는 말을 하지 않았더라면, 천지의 엄마와 만지가 천지에게 한 번만이라도 힘든 일이 있냐고 물어 봤더라면, 그 상황은 달라졌을지도 모른다.

나도 동생이 있는데 만약 내가 만지라면 천지가 남긴 쪽지들을 찾기 싫을 것 같다. 왜냐하면 동생이 죽었는데 그 쪽지를 찾자고 동생의 아픈 과거를 자꾸 캐묻고 알게 되는 것도 마음 아프고, 그 쪽지들을 찾으면 찾을수록 동생이 더욱 생각나고, 그리고 동생이 죽기 전에 내가 못 해줬던 것들, 잘해주지 못한 후회 등이 나를 괴롭힐 것 같다.

사람들은 항상 일을 저질러 놓고 후회하게 된다. 나 역시도 그렇다. 화연이도 자신의 관심의 표현이 다른 누구에게는 힘들고, 괴로운 하루하루라는 것을 알았더라면 천지를 괴롭힌 것에 대해서 많이 후회했을 것이다.

이 책을 읽고 누군가에게 상처를 주는 말이나 행동을 하고 그 뒤에 사과하더라도 그 사람이 이미 입은 상처는 다시 없애기 힘들고, 친했던 사람이라면 더욱 큰 상처가 될 것이라는 것을 깨달았다. 그리고 내가 나도 모르게 다른 사람들에게 상처를 주고 있지는 않은가라는 생각을 하면서 나를 되돌아보게 되었다. 한 번씩 생각하지 않고 무심코 말이 그냥 튀어나올 때도 있는데 한 번 더 생각하고 말을 해야겠다. 그리고 많은 사람들이 『우아한 거짓말』이라는 책을 읽어보았으면 좋겠다. 천지처럼 겉으로 보여 지는 모습이 다가 아니라는 사실을 알고, 그 아이에게 주변 사람들이 조금 더 잘해주었다면 그래도 자살하게 되었을까? 그렇지 않다고 생각한다. 그래서 나도 이제부터라도 내 주변사람들에게 조금 더 관심을 갖고 잘해주어야겠다고 다짐해본다.

담(談)

처음에는 한 달에 한 번 책을 읽고 책에 대한 내용들에 대해 토론하는 활동이라고 해서 재미있을 것 같아 독서 멘토링을 신청하게 되었다. 한 달에 한 번 책 읽기도 힘들었는데 이 활동으로 인해 시간을 쪼개서라도 책을 읽다보니 얻게 된 것이 많은 것 같다. 책도 정기적으로 읽게 되고, 집중력도 생긴 것 같다. 또한, 표지만 봐도 지루할 것 같던 책도 읽다보면 다음 장면이 궁금해지고 한 번 읽으면 끝까지 읽고 싶어지는 것이 책 읽는 재미를 알게 된 것 같아 기분이 좋았다. 이 독서 멘토링도 12월이면 마지막이라서 한편으로는 아쉽기도 하지만 재미있게 참여한 것 같아 후회는 없다.

키싱 마이 라이프

저자 이옥수 | 출판사 비룡소

2학년 7반 안누리

하연이는 남자친구 채강이의 부모님께서 집에 안 계실 때 채강이의 집에 공부하러 갔다가 불미스러운 일이 생겨 임신을 하게 된다. 하연이 자신조차도 임신을 한지 모른 채 생활을 하다가 두 달 정도 지나고 난 다음에야 자신이 임신을 했다는 사실을 알게 되었다. 처음에는 아무에게도 말하지 않고 자신만 아는 비밀로 하려고 하다가 절친 진아에게 자신의 임신 사실을 알린다. 진아는 남자친구 채강이에게 임신 사실을 밝혔냐고 묻자, 하연이는 채강이가 모른 척 할까봐 아직 알리지 않았다고 말한다. 진아는 당장 채강이에게 임신 사실을 말하라고 하고 생각 끝에 채강이에게 그 사실을 알리게 된다.

그 소식을 들은 채강이는 하연이에게 잠깐 생각할 시간을 달라하고 하연이는 그러라고 한다. 그러고 난 후 며칠 동안 연락이 되지 않던 채강이에게서 연락이 와 아이를 낳자고 하고, 하연이도 아이를 낳기로 마음을 먹게 되었다.

하연이는 엄마에게 임신 사실을 숨긴 채 집에서 생활하다가 엄마에게 미안한 마음을 느껴 집을 나오게 되었다. 처음에는 진아와 진아의 남자친구, 채강이가 아르바이트를 해서 모은 돈으로 하연이가 아이를 낳을 때까지 보살펴 주기로 하지만 점점 생활이 어려워지고 결국 미혼모의 집으로 들어가게 된다.

이 책을 읽고 내가 만약 하연이처럼 임신을 하게 되었다면 어떻게 했을까? 라는 의문점을 가지게 되었다. 부모님께는 죄송하지만 내가 임신을 하게 되었다면 나는 아이를 낳았을 것 같다. 그러면서도 한편으로는 내가 하연이와 같은 처지가 된다면 어떨까? 정말 내가 아이를 낳을 수 있을까? 부터 시작해서 아이를 낳는다면 잘 키울 자신이 있을까? 라는 수많은 생각이 들었다. 그리고 부모님께도 죄송한 마음이 들어 그 시련을 잘 견딜 수 있을지 모르겠다.

이 책을 읽으면서 10대의 나이에 임신을 하게 되어 아이를 낳은 사람들이 아이를 낳은 것에 대해 후회를 할까? 라고도 생각을 해보았다. 그 사람들도 어리고 사람인지라 후회를 한 적은 있을 것 같다. 그렇지만 시간이 흘러 아이들이 다 컸을 때는 그런 후회를 한 것에 대해 오히려 아이에게 미안한 마음이 들 것 같다.

만약 내가 이 나이에 나의 남자친구와 아이를 가지게 된다면 남자친구는 어떻게 행동할까? 하는 깊은 고민에 빠져 보았다. 하연이의 남자친구 채강이처럼 나의 남자친구도 아이를 가진 것에 대한 책임감과 부성애를 가지고 있었으면 좋겠다. 채강이는 나이가 어린데도 불구하고 하연이와 하연이 뱃속의 아이에 대한 책임감이 대단한 것 같다. 물론 하연이의 모성애도 말이다.

내가 아이를 임신한 상태로 집에 들어간다면 우리 엄마, 아빠는 과연 나에게 무슨 말들을 하실까? 라고 생각해 보니 일단 많이 혼날 것 같다. 우리가 그렇게 어리석게 너를 키웠냐면서 말이다. 다음 날 당장 아이를 지우러 산부인과에 가자고 말할 것도 같다. 하지만 나는 부모님들을 설득해 아이를 낳을 것이다. 만약 나의 어리석은 행동 한 번으로 생긴 아이가 세상 밖의 빛 한 번 보지 못하고 죽는다면 얼마나 억울할까? 라는 생각이 들기 때문이다. 나의 행동으로 인한 결과는 내가 책임지는 것이 옳은 일인 것 같다.

담(談)

독서 멘토링을 처음 신청할 때는 공부 때문에 책 읽을 시간이 없지 않을까 해서 걱정이 되기도 했다. 하지만 독서 멘토링을 계기로 한 달에 한 권이라도 책을 읽을 수 있게 되어서 좋았다. 특히, '헝거 게임'이라는 책을 읽었을 때는 너무 재미있어서 전체 시리즈를 한 달 만에 다 읽어 버리기도 했다. 고등학교를 올라온 후 한 달동안 내 의지로 책을 이렇게 많이 읽은 것은 처음이었다. 이처럼 독서 멘토링은 나에게 색다른 경험을 하게 해준 특별한 프로그램이다.

멘토 지영샘의 한마디

평소 취미는 독서라고 이야기하는 나지만, 실제로 읽은 책을 헤아려보면 손에 꼽기가 힘들었다. 왜 책을 읽지 못하냐고 물어보면 마음은 책을 읽고 싶지만 일이 너무 많아서, 수업 준비를 해야 해서 등등 책 읽을 시간이 없다며 핑계를 대고 있었다. 올해도 새 마음 새 뜻으로 책을 많이 읽어야겠다고 마음먹고 있던 차에 우리학교에서 '교사와 학생이 함께하는 독서 멘토링'을 한다고 해서 어떻게든 읽어보자는 마음으로 참여를 하게 되었다.

독서 멘토링 활동이 끝나가는 시점에 생각해보니 이 활동을 통해 나 혼자 책을 읽었을 때보다 여러 가지를 배우고 느끼는 기회가 된 것 같다. 예를 들

면, 평소에는 내 맘대로 책을 고르고 다 읽으면 그냥 제목을 기록해두는
정도였는데 독서 멘토링 활동을 하면서는 책을 고르는 것부터 고민이었
다. 학생들이 어떤 책을 좋아할까? 어떤 내용이 도움이 될까? 다양한 분
야의 책을 골라야 하는 건 아닐까? 등등 많은 고민을 하면서 신중하게
책을 고르게 되었다. 또한 학생들보다 조금이라도 먼저 읽고 나의 생각

을 정리해보고,
학생들과 토론
할 주제, 생각할
거리들을 찾아
보고 고민하게
되었다. 그리고
학생들과 책에
대해 토론하면
서는 내가 미처
생각하지 못했
던 학생들의 창
의적이고 다양

한 생각들을 들을 수 있었고, 또한 수업이 아닌 계기로 학생들과 만나 친
해지고 소통할 수 있는 기회가 되었다.
　한 달에 한 번 책을 고르고, 함께 읽고, 토론하고, 기록하는 이 독서 멘
토링 활동이 가끔은 벅차게도 느껴졌지만, 한편으로는 일상생활에서 일
이 아닌 다른 생각을 할 수 있고, 책 읽는 여유를 느낄 수 있었던 소중한
시간이었다.

아빠, 나를 죽이지 마세요

저자 테리 투르먼 | 출판사 책과 콩나무

2학년 8반 오가영

이 책의 주인공 숀 맥 다니엘에게는 나쁜 소식과 좋은 소식이 있다. 나쁜 소식은 숀은 뇌성마비에 걸려서 자신의 의지대로 움직이지 못한다는 것과, 하루에도 여러 번씩 발작을 일으키는 것, 그리고 숀의 부모님께서 이혼을 하셨다는 것이다. 좋은 소식은 숀에게는 어떤 말이든 한 번 들으면 그것을 전부 완벽하게 기억하는 재능이 있다는 것이다. 그러나 불행히도 이 대단한 재능은 다른 사람들은 알 수 없다는 사실이다.

숀의 부모님께서 이혼하신 이유는 숀 때문이다. 왜냐하면 아빠가 숀이 발작을 일으키고 하는 모습을 보고 있기 힘들어서이다. 그런데 숀의 아빠는 숀을 죽이려고 한다. 그 이유는 숀의 고통을 끝내주는 게 현명할지도 모른다고 생각했기 때문이다. 그리고 숀을 사랑해라고 말을 하지만, 결정적으로 숀은 죽고 싶지 않아 한다.

마지막 장면에서 숀의 아버지가 쿠션을 만지작거리며 갈등하는 모습이 그려지고 있는데 왠지 내 생각에는 아버지가 숀을 죽이지 않았을 것 같다. 숀을 죽이려 했다면 그전에 죽였을 것 같다는 생각이 들었다. 왠지 아버지도 숀이 죽고 싶어 하지 않는 것을 알고 있었던 게 아닐까 하는 생각이 든다.

담(談)

독서 멘토링을 하면서 책을 읽고 그에 대해 내 생각을 이야기 할 수 있는 게 좋았다. 그리고 다른 사람의 생각을 들을 수 있어서 재미있고 즐거웠다. 원래 책도 잘 안 읽었지만 이번 기회를 계기로 책도 많이 읽게 되어 좋았다.

엄마를 부탁해

저자 신경숙 | 출판사 창비

2학년 8반 박다슬

이 책은 중3때 다니던 공부방 선생님의 추천으로 읽게 된 책이었는데, 이번 독서 멘토링을 계기로 다시 읽었더니 새롭게 와 닿았다.

『엄마를 부탁해』는 엄마가 지하철역에서 아버지의 손을 놓쳐 실종되는 것부터 전개되는데, 시점이 조금 특이하다. 모두 네 개의 장과 에필로그로 되어있는데, 1장은 큰딸의 시점에서, 2장은 큰아들 형철, 3장은 아버지가 서술자가 되어 자신의 이야기를 하고, 마지막 4장은 엄마가 남은 가족들(딸, 아들, 남편)에게 작별을 한다. 그리고 마지막엔 자신의 엄마의 품으로 돌아간다. 에필로그에서는 다시 큰 딸의 시점으로 돌아가는데, 엄마를 잃어버린 후 찾아 헤매면서 뒤늦게 엄마와의 추억을 생각하고, 엄마가 좋아했던 것과 엄마의 삶이 어떠했는지 다시금 생각해보게 된다.

이 책을 읽으면서 나는 문득 우리 가족이 생각났다. 우리 가족도 학교에 다니고, 일을 하느라 다들 바빠서 대화를 할 시간이 별로 없다. '우리 이야기하는 시간 많이 갖자.', '같이 지내는 시간을 많이 갖자.'고 하지만 서로 시간을 맞춰 함께 하기가 늘 힘들다. 그렇게 다들 바쁘게 지내지만 엄마는 일도 하시면서 집안일도 다 하신다. 그런데도 지금까지 나는 '그건 엄마로써 당연한 일이니까.'라고 생각하면서 제대로 도와드리지 않았던 것 같다. 그 때는 엄마가 힘드실 거란 생각을 하지 못했다. 그런데 이 책을 읽고 나서 이제는 엄마를 많이 도와 드려야겠다고 생각했다.

문득 생각해 보았다. 항상 내 곁을 지켜주는 엄마가 책에서처럼 사라진다면 어떨까. 하루아침에 기댈 곳이 사라지면 나는 처음엔 정말 아무것도 못하다가 점점 엄마한테 죄송했던 것, 잘해드리지 못했던 것처럼 이런저런 생각에 후회가 늘어날 것 같아 두려웠다. 그래서 앞으로 나는 엄마를 더욱더 소중하게 생각할 생각이다. 이제는 엄마께 이야기도 많이 해드리고, 엄마 이야기도 더 많이 들어드리려고 한다. 나중에 후회하지 않을 만큼 많이. 그리고 내가 지금보다 더 자라 어른이 되면, 엄마가 지금까지 나에게 해주신 것만큼은 안 되더라도 최선을 다해 그 은혜를 갚을 것이다. 그리고 다른 식구들과도 많은 대화를 나누며 지금 함께 하고 있는 이 순간 서로를 생각하는 마음을 길러 가야겠다.

담(談)

우선 독서 멘토링을 통해 가장 많이 바뀐 점은 책 읽는 것에 흥미가 많이 생겼다는 것이다. 그전까지는 일 년에 책을 다섯 권도 읽지 않을 만큼 책에 흥미도 없고 책 읽는 것도 지루해했는데, 독서 멘토링을 시작한 후론 내가 자발적으로 책을 찾아 읽게 되었다.

독서 멘토링을 하면서 읽게 된 책 중에 예전에 읽었던 책이 있었는데, 두 번째 읽고 나니 한 번 읽었을 땐 알지 못했던 점을 알게 되고 책 내용이 훨씬 이해가 잘 되었다. 그것을 통해서 책은 여러 번 읽을수록 좋은 것 같다는 생각을 했다.

그리고 책을 읽고 나서 선생님이랑 이야기를 할 때, 선생님께서 어떠한 부분에 대해서 질문을 하시면 대답하기 어려운 것이 있었는데, 같이 이야기를 하면서 해결을 하는 것도 좋았다. 혼자 읽었다면 그 부분에 대해 생각도 해 보지 않았을 것이고, 생각을 했다 해도 해결을 내지 못했을 것 같다. 또, 매 달 책을 읽을 때 책을 항상 샀는데, 한 권씩 책이 늘어날 때마다 뿌듯하고 기분이 좋았다. 내가 이런 기분을 느끼게 된 것이 신기하다.

키싱 마이 라이프

저자 이옥수 | 출판사 비룡소

2학년 7반 이소라

평소 책을 읽는 습관이 없는 나는 책을 읽다가 그만두는 경우가 대부분이거나 끝까지 다 읽는데 오래 걸린다. 하지만 이 책은 10대들이 겪을 수 있는 이야기를 사실적으로 나타내서 그런지 재밌게 금방 다 읽을 수 있었다.

이 책은 평범한 열일곱 살 소녀 하연이가 미혼모가 되면서 겪는 이야기를 들려준다. 어쩌면 우리 주변의 10대 누구라도 겪을 수 있는 일을 주인공 하연이의 눈을 통해 현실감 있게 묘사하였다. 열일곱 살 여고생인 하연이는 공부도 열심히 하고 자신의 진로를 고민하며 성실하게 생활한다. 하지만 하연이의 평범한 일상은 남자친구 채강이와의 우연한 관계에서 원하지 않는 임신을 하게 되면서 뒤바뀐다. 하연이는 낙태를 하려고 병원을 찾지만 생명을 죽인다는 죄책감에 사로잡히고, 결국 채강이와 아기를 낳고 뒷마무리는 열린 이야기로 끝이 난다.

이 책은 십대 미혼모라는 주제를 다루면서, 그것이 어느 한쪽의 일방적인 잘못 때문에 생겨난 일이 아니라 누구에게나 일어날 수 있는 일이라는 시선으로 이야기를 풀어놓는다. 하연이가 한순간의 실수로 임신을 하게 되고 아기를 낳기까지의 과정이 생생하게 그려진다. 실제 미혼모의 집을 방문하고 이옥수 작가는 우리들이 평소에 쓰던 언어들로 청소년들의 성에 대한 이야기를 잘 이끌어냈다.

이 책을 읽으면서 어쩌면 나에게도 저런 일이 있을지도 모른다는 생각에 더욱 집중해서 읽고 감정이입이 더 잘된 것 같다. 그리고 하연이가 처음 아기를 가진 것을 알았을 때 얼마나 무섭고 힘들었을지, 또 얼마나 많은 생각이 들었을지 생각을 하니 마음이 무거웠다. 또 하연이가 이 사실을 처음부터 부모님께 말씀 드렸으면 더 행복하지 않았을까 하는 생각도 들었다.

이 책을 읽으면서 좋았던 점은 남자친구인 채강이는 도망을 가지 않고 끝까지 하연이 곁을 지켰다는 것이다. 책임감 없는 요즘 아이들과는 달리 채강이가 생각하는 게 조금 다른 것 같아 내가 마치 하연이가 된 것 마냥 기분이 뿌듯했다. 세상에 있는 모든 어린 엄마, 아빠들도 채강이와 하연이처럼 책임감 있는 행동을 하고 꿋꿋하게 잘 버텨서 아기와 함께 행복하게 잘 살았으면 좋겠다.

마지막으로 책의 표지에 적혀있는 작가의 말이 내 기억 속에 오래 남아있다.

누가 뭐래도 자기 삶의 주인은 자기 자신이다. 누가 대신 인생을 살아줄 순 없다.

어떤 어려움이 닥치더라도 아픔을 이겨내고 건강하게 자존감을 가지고 힘내서 kissing my life .그렇게 살다보면 언젠가는 어른이 될 거고 어른이 되면 사춘기의 고통은 추억 속에 묻혀버린다.

 담(談)

평소 책을 즐겨 읽지 않던 내가 책을 읽어보겠다고 용기를 내서 참가한 독서 멘토링이다. 처음엔 친하지 않던 친구들과 같은 그룹이 되어서 어색했지만 금방 친해질 수 있었다. 그리고 재미있는 책도 함께 읽고, 느낀 점도 이야기했다. 이런 기회 덕분에 우리 그룹 친구들도 몰랐을 것이고 좋은 선생님과의 교류도 할 수 있었다는 생각이 들었다. 이 기회를 통해 앞으로 책을 더 많이 접할 것이고 이런 활동을 더 많이 참가할 것이다. p.s 김현자 쌤 알러뷰♡

멘토 현자샘의 한마디

　처음에 독서 멘토링에 참여해 보겠냐는 제의를 받고 시작하기 전까지는 많이 부담스러웠던 것이 사실이다. 하지만 예쁜 여학생 세 명(다슬, 가영, 소라)과 함께 같은 책을 읽고 함께 이야기를 나누는 시간이 점점 즐겁게 느껴졌다. 각종 행사와 여러 가지 일로 다들 바쁘게 지내다보니 한 달에 한 번밖에 만나지 못 했고, 더 재미있고 다양한 장르의 책을 읽지 못 한 것이 약간의 아쉬움으로 남는다. 그리고 처음에 막연하게 시작했던 활동이지만 함께 한 학생들이 잘 따라줘서 고맙게 생각한다. 이번 기회를 통해 앞으로도 가끔 좋은 책은 서로에게 소개해 주면서 이야기를 나눌 수 있는 인연을 이어갔으면 하는 바람도 가져본다.

기억 전달자

저자 로이스 로리 | 출판사 비룡소

2학년 8반 남수연

　처음 이 책의 표지를 접하고 무슨 내용일지를 생각해보았지만 전혀 알지 못했고, 재미있을까하는 의문도 들었습니다. 하지만 책을 읽으면서 그러한 의문은 눈 녹듯이 사라졌고, 읽으면서 점점 빠져들어 재미있게 읽었습니다. 어떻게 작가가 이런 생각을 가지고 이 책을 썼는지에 대해 정말?대단하다고 생각했고, 또 한편으로는 이런?새로운 듯한 내용을 써주셔서 덕분에 정말 재미있게 읽어서 감사하다는 생각도 했습니다.

　이 책의 줄거리를 간단히 소개하자면, 여기의 주인공은 조너스입니다. 조너스는 늘 같은 상태의 세계에서 살고 있습니다. 그 세계는 모두가 똑같은 형태의 가족을 가지고 동일한 교육을 받고 열두 살이 되면 그들의 직위도 정해집니다. 그런 세계에서 조너스는 열두 살 기념식에서 '기억보유자' 라는 직위를 받습니다. 기억보유자는 과거의 기억을 유일하게 가지고 있어야하는 사람으로 조너스가 그 직위를 받기 전까지 그 마을의 기억보유자였던 노인에게 매일 기억을 전달받고 노인은 이제 기억보유자가 아닌 기억전달자가 됩니다. 매일 기억전달자에게서 기억을 전달받던 조너스는 늘 같음 상태에서 벗어나고 싶은 마음이 생겼고 그래서 조너스는 성장이 더디고 희망이 없어 임무해제가 확정된 아기인 가브리엘과 함께 아버지의 자전거를 타고 기억전달자의 도움으로 기억전달자에게서 받았던 기억의 언덕에 도착하게 됩니다.

　제가 이 책을 읽으면서 인상 깊었던 구절이 4개정도 있습니다. 첫 번째는 "눈에 대한 기억을 전달하려고 한다." 이 말은 기억전달자가 조너스에게 처음으로 기억을 전달하는 장면에 나오는 말입니다. 처음으로 기억전달자가 조너스에게 주었던 기억이어서 인상 깊었던 것 같습니다. 두 번째로는 "오늘 이 순간부터 네가 기억보유자란다. 난 오랫동안 기억보유자였지. 아주 긴 시간동안 말이다. 무슨 말인지 알아듣겠니?" 라는 기억전달자의 말입니다. 이 말은 기억전달자와 조너스가 처음 만났을 때 기억전달자가 조너스에게 했었던 말입니다. 이 말에서 저는 기억보유자라는 직위는 외롭다는 느낌을 받았습니다. 세 번째로는 "이제 나를 기억전달자라고 부르렴."라는 말입니다. 이 말은 조너스에게 기억을 전달함으로써 기억보유자에서 기억전달자가 된 노인이 했던 말입니다. 마지막으로는 "그렇게 하겠습니다, 기억전달자님. 그렇게 하겠습니다, 기억전달자님. 원하시는 일이라면 뭐든 하겠습니다, 기억전달자님. 사람을 죽이겠습니다, 기억전달자님. 노인들을요? 어린아기들을요? 그들을 죽인다면 행복하겠습니다, 기억전달자님. 지시해주셔서 감사드립니다, 기억전달자님. 무엇을 도와드릴……"라는 말입니다. 이 말은 조너스가 기억전달자의 권한으로 아침에 있었던 보육사인 아버지가 쌍둥이를 임무 해제하는 모습을 영상으로 찍은 것을 보고 충격을 받고 했던 말입니다. 이 말을 통해 조너스가 아버지는 물론 이런 상황에 얼마나?충격을 받았는지 느낄 수 있었던 말이었던 것 같습니다.

저는 이 책을 읽고 나서 들었던 생각은?늘 같은 상태세계가 아닌 색깔도 있고 자유가 있는 세계라서 다행이라고 생각도 하게 되었고, 또 한편으로는 늘 같은 상태세계처럼 내 미래가 다 정해져있다면 지금처럼 아무런 고민 없이 살 수 있겠다는 생각도 해보게 되었습니다. 또한 결말이 열린 결말이어서 저는 결말을 조너스와 가브리엘이 늘 같은 상태가 아닌 새로운 세계에서 함께 잘 살 것이라는 상상을 해보았습니다. 그 만큼 둘만이라도 그런 틀에 박혀 사는 것이 아니라 색깔도 있고 자유도 있는 그러한 세계에서 남은 인생을 살았으면 하는 저의 간절한 소망이 들어있는 상상이었습니다.

저는 정말 이때까지 읽어보았던 책 들 중에서 가장 재미있는 책이 무엇이냐고 누군가 제게 묻는다면 주저하지 않고 〈기억전달자〉였다고 말할 수 있을 정도로 이 책의 매력에 흠뻑 빠져있습니다. 이 책을 읽을 수 있어서 정말 다행이었고, 읽는 내내 지루함 없이 정말 재미있게 읽어서 또다시 이러한 책을 만났으면 하는 바람입니다.

담(談)

　독서 멘토링을 하면서 그동안 읽어야지만 생각하고 읽지 않았던 책들을 많이 읽게 된 그런 좋은 점도 있었고, 또 독서만 하는 게 아니라 독서를 하면서 이 책의 내용에 대해 많은 생각을 가지게 해주어서 책을 읽을 때 이전과는 다른 느낌을 가지게 되었다. 또한 많은 생각을 하게 됨으로써 생각의 폭이 넓어진 것 같고, 또 다른 책들에게도 관심을 가지게 되어 꼭 멘토링 책이 아니어도 도서관을 자주 들러서 재미있어 보이는 책들을 찾아보고 읽어보기도 했다. 이렇듯 독서에 대한 나의 생각과 행동을 많이 바꾸게 해주었고, 멘토링 하는 것도 역시 재미있게 했다. 앞으로도 이런 기회가 있다면 또 참여할 수 있도록 할 것이다.

기억 전달자

저자 로이스 로리 | 출판사 비룡소

2학년 6반 정민주

　이 책에 나와 있는 동네에 비하면 지금 우리가 사는 세상은 얼마나 다채롭고 생동감 넘치는가?

　이 세밀하게 규칙으로 짜여진 세계가 현실과는 얼마나 다른 이질적인 세계인지는 잘 느껴지지 않는다. 이 마을의 사람들은 색깔도, 직업을 선택할 자유도 갖지 못한다. 정해진, 주어진 환경 안에서만 움직일 수 있다. 주어진 배우자 신청해서 배정받는 아이들, 내 적성, 성격에 따라 주어지는 직업, 모두 원로들이 정한다.

인간 세계의 위험을 배제하고자 사람들은 일률적인 메뉴얼을 만든다. 그리고 과거에 존재하던 자유와 위험이 공존하는 시간을 기억에서 모두 지운다. 그리고 그 기억은, 마을의 단 하나의 존재 기억보유자에게만 허용한다. 그리고는 이를테면, 한 마을, 한 나라의 조언자로서 활동하도록 한다. 그래서 그들은 색깔을 모른다. 색깔 때문에 일어나는 인종 차별, 싸움을 막기 위해 그들은 기억에서 색깔이라는 것을 없애버린다. 또한 그들에게 선택의 자유란 없다. 직업도, 아이들도 모두와 똑같이 배정받고, 이를 수용한다 하는 아주 사소한 일에 대한 규칙도 깐깐하게 통제된다. 모든 장소에는 이드의 말투나 행동을 감시하는 스피커가 켜져 있고, 무례한 말을 뱉거나 규칙 위반에 해당되는 놀이는 철저하게 감시된다. 또한, 산모를 제외한 성인들은 아이를 가질 수 없다. 그러니 사춘기를 지나면 성욕을 제어하기 위한 약을 평생토록 복용한다. 그러니 가족의 사랑도 제한된다. 기능을 극대화하기 위한 마을의 통제는 혈육을 없애고 기능적인 가족을 형성하게 만든다. 개인의 삶은 존중되지만 가족은 기능으로써 존재한다.

과연 이런 세계가 가능한 걸까. 규칙과 일률적으로 통제되는 삶. 언뜻 답답해 보이지만 책에는 너무도 평화롭게 설명되어 있다. 기억보유자만 제외하고는 위험으로부터 그들은 모두 안전하다. 그래서 그런 평화로운 분위기에 동화돼 처음에는 참 편하겠단 생각도 잠시 들기도 한다. 이 책의 주인공인 조너스에게 기억보유자 자리를 물려주는 기억전달자의 이야기처럼, 선택하는 기쁨은 없지만, 그만큼 위험이 적어지기 때문이다. 사람들은 고통을 모르고, 주어진 쳇바퀴를 그래도 굴리며 살아갈 뿐이다. 불안한 미래 때문에 고민할 필요가 없다. 그래서 이런 삶은 언뜻 긍정적으로 보인다. 선택은 항상 책임이 따르는데 나이를 먹으면서 책임의 무거움을 점점 버겁게 느끼기 때문이다. 그러니 선택하지 않고, 누가 내 삶을 결정해줬으면, 누구나 한 번쯤은 이런 삶을 바랄지도 모른다. 그러나 안전하지만, 너무나도 제한된 삶은 책 페이지가 넘어갈수록 주인공 마음처럼 함께 그 빛을 잃는다.

결국 위험을 통제하기 위한 이유로 몇 명의 사람들 위에 군림하는 원로들이 사람들의 과거를 지우고 사람들은 누군가 조작해놓은 세계에 갇혀있는 것과 다름없기 때문이다. 고통스러운 과거라고 기억을 지우는 것이 과연 인간을 위한 일일까? 생각해 본다. 있을지 없을지 모르는 위험을 막기 위해 사람들의 자율적 선택을 모두 차단하면 사람들은 지금보다 더 행복할까? 사람들은 과거의 고통을 통해서 지금 현재에 더 만족하기도 하고, 더 변화무쌍하게 변하기도 한다. 행복은 상대적인 것이기에 두려운 마음이 있더라도 선택하고, 그 일을 극복하면서 더 큰 보람을 느낀다.

그런데 그런 행복을 누릴 자유도 함께 앗아가는 기억의 통제. 이건 과연 누굴 위한 것일까.

기억보유자라는 감투를 씌운 채 희생당하는 한 명의 개인을 생각해도 이 마을은 이성적으로 용납될 수 없는 마을이다. 그러나 이런 웃기고, 말도 안 되는 마을을 책을 통해 간접 체험하면서 우리는 웃기게도 별안간 잊고 있던 감사함을 느끼게 된다. 그리고 교훈을 얻게 된다. 선택의 자유란 얼마나 값진 것인지, 우리 모두가 기억보유자인 것이 얼마나 위대한 일인지, 이를 잃게 되면 어떤 상실감이 오는지, 우리는 조너스를 통해 느낀다.

'세상이 비록 고통으로 가득하더라도, 그것을 극복하는 힘도 가득하다.' 라는 헬렌켈러의 문구가 있다. 안 쓰는 기능은 몸에서 자연히 퇴화된다고 하던가? 고통을 극복하는 능력도, 경험에 따른다.

내적 고통에서 해방되면 동시에 그만큼 우린 나약해지게 된다고 생각이 든다. 그러니 모든 기억을 소중히 해야 한다. 과거의 시간들이 미래를 방어 할 수 있다고 말한 기억보유자의 말이 옳다. 따라서 우린 그 권리를 한 사람에게 위임하면 안 된다.

이 책을 통해 작가가 하고자하는 말이 아주 명확하게 들린다. 우리의 과거와 지금 순간의 기억, 사람, 배고픔, 아픔 모두 우리는 소중히 해야 한다. 그것이 작가가 이 책을 탄생시킨 이유가 아닐까.

담(談)

독서 멘토링 활동을 하지 않으면 딱히 책을 시간을 내서 읽는 편이 아닌데, 이번 활동으로 인해 책을 읽는 습관을 들일 수 있게 되어서 좋다.

또한 생각해 볼거리나 인상 깊은 구절 등을 통하여 좀 더 깊이 있게 책을 볼 수 있다는 점도 마음에 든다. 앞으로 이런 기회들이 더 많아졌으면 좋겠다.

기억 전달자

저자 로이스 로리 | 출판사 비룡소

2학년 8반 정신혜

내가 이 책을 읽게 된 동기는 학교에서 하는 독서 멘토링 활동 때문에 읽게 되었다.

이 책의 줄거리는 한 마을에 사는 조너스라는 아이가 직업을 부여받으면서 일어나는 얘기이다. 이 마을에서 원로위원회는 주민들에게 직업, 배우자 등을 모두 정해주고 감정과 피부색, 언어의 차이가 모두 제거된 곳이다. 그리고 명령을 따르지 않고 세 번 이상 잘못을 하면 임무해제당하여 마을에서 사라져 버린다.

12살이 되면서 조너스는 원로위원회에서 기억전달자라는 직업을 받게 된다. 그래서 기억보유자와 조너스는 함께 훈련을 하게 된다. 훈련을 하는 과정에서 조너스는 색깔, 감정 등을 느끼게 된다. 그러다가 보육사인 아버지가 일란성 쌍둥이의 임무해제를 하는 영상을 보게 되고 조너스는 탈출을 하기로 결심한다. 그러다 집에서 돌봐주고 있는 가브리엘 이라는 아이가 임무해제 될 것이라는 말을 듣고 가브리엘과 함께 마을을 탈출한다.

내가 이 책에서 인상 깊었던 부분은 조너스가 훈련하기 전 임무해제 당한 기억전달자가 있었다. 그 사람이 바로 기억보유자의 딸인 로즈메리였다. 이 사실을 기억보유자가 조너스에게 말해주는 부분이 책에는 행복하게 표현하였지만 나에게는 슬프고 찡한 그런 느낌 때문에 인상 깊었다. 또 조너스가 기억보유자와 처음 훈련했을 때 '눈'을 느꼈는데 그 부분은 책읽으면서 내 자신도 생생하게 경험하는 것 같은 느낌이 들어서 인상 깊었다. 또 조너스가 영상으로 아버지가 쌍둥이아기에게 1명을 임무해제 하는 영상을 보고 분노가 치밀어 올라 탈출을 계획하는 부분이 인상 깊었다. 아무래도 조너스가 살면서 아버지의 그런 모습을 처음 봐서 그런 게 아닐까 생각했다. 나는 처음에 이 책을 읽기 전에 겉표지만 보고 '재미없고 딱딱하겠다'라고 생각했는데 점점 읽으면서 글이 생생하게 느껴지고 정말 재미있었다. 이 책을 다 읽고 나서 처음에 '재미 없겠다'라고 똑같이 생각한 친구와 같이 반성했다.

담(談)

평소에 공부를 한다고 책을 아예 읽지 않았는데 이번에 멘토링을 하면서 책도 많이 읽게 되었고 배운 것도 많았고 친구들과 재미있게 이야기해서 즐거웠다. 시간이 부족하겠지만 내년에도 한다면 한 번 더 해보고 싶다.

멘토 경아쌤의 한마디

독서토론을 통해서 정기적으로 양질의 책을 읽을 수 있어서 좋았다. 학생들과 함께 책에 대해 토론하는 과정을 통해 학생들이 어떤 생각을 가지고 있는지 알 수 있었고, 학생들 간에 의견을 교환하며 생각의 질을 높일 수 있는 기회였다.

우아한 거짓말

저자 김려령 | 출판사 창비

2학년 5반 최혜련

　내가 이 책을 접하게 된 동기는 박소영 멘토 선생님께서 독서멘토링 책으로 추천해주셔서 읽게 되었다.

　이 이야기는 어린 나이에 자살을 한 '천지'라는 아이의 죽음에서 시작된다. 그 자살의 원인이 여러 가지 있었다. 가족들의 무관심, 친구의 왕따, 그냥 바라만보고 있는 방관자가 원인이었다. 책에서는 제일 화근이었던 건 '화연'이라는 아이가 천지를 왕따 시킨 것에서 비롯된다. 생각해보면 요즘 사회에서 왕따의 심각성을 인식하고는 있지만 그 해결대책만 주구장창 내세울 뿐, 좀 더 깊은 곳, 즉 피해자와 가해자와 방관자들의 내면에 가지고 있는 속을 자세히 들여다보지 않는 것 같다. 추상적으로 혹은 객관적 자료로만 내면을 다루고 잠깐의 관심 뒤엔 다시 그 사건에 대한 사회적 무관심이 기다리고 있다는 느낌이랄까? 아무튼 내 생각은 그렇다. 하지만 내가 생각하는 제일 화근이었던 건 가족들의 무관심이 아닐까하는 생각이 든다. 평소에 내성적이었던 천지는 자신의 속마음을 털지 못하여 끙끙 앓고 있던 중에 생전 남 사이인 도서관에서 만난 아저씨와 만나 자신의 속마음을 터는 모습을 보였다.

　그 속마음은 공부가 좋아서 하는 것이 아닌, 공부라도 잘해서 남에게 무시당하지 않으려고 공부를 열심히 했던 것이다. 나는 천지를 보면서 안타까웠다. 제일 거리적으로 가까이에 있고 가장 항상 곁에 있는 시간이 많았던 존재가 가족인데 가족이 천지에 무관심에 몰아넣음으로써 천지가 우울증 걸리게 하다니. 그런데 이런 존재가 현실 속에도 있다는 생각을 하면 더더욱 안타깝다. 특히 내 소중한 친구가 천지와 같은 처지라면 정말 도와주고 싶다. 적어도 나한테만은 기댈 수 있게 하여 '자살'이라는 끔찍한 선택은 막을 수 있게 해주고 싶다.

이 책은 천지가 죽기 전에 남겨놓은 붉은 털뭉치 5개를 천지 언니인 만지가 직접 찾아 나서며 천지를 괴롭게 했던 존재에 대한 천지의 용서와 사랑을 알 수 있었다. 난 천지가 죽기 전까지도 '착했다' 라는 것을 앎과 동시에 '그렇게 밖에 무관심을 관심으로 돌려놓는 방법을 찾지 못하였을까' 라는 생각도 들었다. 꼭 극단적인 선택을 했어야 했을까. 자살이라는 방법 말고도 다른 방법이 분명히 있었을 텐데 말이다.

내가 가장 인상 깊었던 장면이 두 가지가 있었다. 두 장면 다 천지가 살아있었을 때의 시기인데, 첫 번째는 천지가 자신의 엄마가 일하시는 마트에 가서 천지가 한 가지 깨닫고 간 사실이다.

그것은 바로, 자식을 위한 어머니의 희생이다. 매일 쉬지 않고 서서 일하시니까 다리가 부운 것만으로 알고 있었던 천지는, 그것 말고도 매일 퇴근길에 오르막길 오르다가 다리가 부운 것을 알게 된 것이다. 자식 앞에서는 힘든 기색을 하지 않지만 자식 보지 않는 곳에서는 힘들어하는 모습을 상상할 수 있었다. 거기서 나는 마음의 감동이 울려 퍼진 듯하다.

두 번째는 우연 혹은 필연적으로 화연이가 살고 있는 아파트 근처로 천지 어머니와 만지가 이사와 근처 화연이의 부모님이 장사하시는 짜장면 가게로 천지 어머니가 찾아 들어가 짜장면을 시켜먹는데 과거에는 천지가 짜장면이 싫다고 할 때는 말뜻을 이해하지 못하고 '애가 무슨 자장면 때문에 서러워 해' 했지만 현재는 딸과 같은 마음으로 자신도 짜장면이 싫다고 말할 때가 나에겐 인상 깊은 장면이다. 비록 죽은 후에 딸에게 관심을 돌렸지만, 뒤늦게라도 딸을 이해하고 생각한다는 것에는 책 속에는 의미가 작게 담겨있지만 나에게는 크게 그 의미를 담았다. 그래서 나에게 이 장면이 인상 깊었다.

나에게 가장 인상 깊었던 구절은 '자식을 잃고 흘리는 어미의 눈물은 배 속의 창자를 후비고 눈을 찌르며 나오는 눈물이다. 쉽게 위로할 수 없고, 쉽게 위로받을 수도 없는, 한 깊은 눈물이다.' 이다. 이 구절을 읽으면서 나에게 지난 일들에 대해 많은 생각을 하게 해 주었고, 그것에 대해 많은 반성을 하게 해 주었다.

이 책은 천지와 비슷한 시기에 세상을 등지고 싶은 유혹에 빠질 뻔한 작가의 직접적 경험에서 이야기가 나왔다고 한다. 친구문제, 따돌림, 자살이라는 흔한 소재를 다루고 있지만 단순히 피해자와 가해자 둘로 나누는 것뿐만이 아닌, 인간관계의 이면을 파고들며 인간에 대한 연민의 끈을 놓지 않는다. 누군가의 한마디가 사람을 죽음에 이르게도 하지만, 벼랑 끝에 선 사람을 구하는 것 역시 누군가의 한마디라는 메시지를 전하는 이 작품을 지금 이 순간 천지와 비슷한 나이에 괴로워하고 있는 사람에게 '이 책을 읽으면 그나마 마음의 위안이 되지 않을까' 라는 생각을 해봄으로써 추천해주고 싶다.

담(談)

한 해 동안 독서 멘토링을 하면서 책과 가까워지는 유익한 시간을 보냈다. 다행히 적극적이고 좋으신 선생님을 만나서 독서토론을 수월하게 했었다. 평소에 책을 줄거리 파악하기 바빴던 때와는 달리 독서토론을 하면서 책에 대해 다양한 시각에서 접근할 수 있었고, 그런 다양한 시각으로 보는 자세로 개선되었던 계기가 되었다. 매달 1번씩 토론해서 부담이 없었고 생각보다는 힘들지 않았다. 이번에 독서 멘토링이 끝나서 정말 아쉽다.

고백

저자 미나토 가나에 | 출판사 비채

2학년 5반 김소희 & 2학년 5반 남현주

미나토 가나에의 고백이란 책은 담임선생님의 딸을 죽인 두 학생에 관한 이야기입니다. 이 책은 이 사건에 대해 여러 등장인물들의 시각으로 서술합니다. 시점에 따라 시점의 주인공들에 대해 이야기해보겠습니다.

제1장 성직자 선생님인 유코의 시점에 대해 이야기해 보겠습니다.

김소희 : 저는 성생님인 유코가 제일 이해되지 않는 인물이었습니다. 자신의 딸을 죽인 범인을 알고도 저렇게 담담하게 대처한다는 것이 가능한 일인가 싶기도 하고 내가 저런 일을 겪었더라면 저렇게 대처하지 못했을 것 같다는 생각을 했습니다.

남현주 : 선생님의 입장에서 쓴 글을 보면 감정이 없고 담담한 사람같습니다. 만약에 저라면 나의 딸을 죽인 학생 앞에서 남의 이야기를 하듯이 그렇게 얘기할 수 없었을 것 같았기 때문입니다. 그리고 만약 내가 선생님의 입장이라면 학생들의 선생님으로써 행동해야할지 딸의 엄마로써 행동해야할지 생각해보게 되었습니다.

제2장 순교자 반장인 미즈키의 시점에 대해 이야기해 보겠습니다.

김소희 : 애들이 슈야를 살인자라는 것에 대해 슈야를 괴롭히고 있는데 애들은 미즈키에게 우유를 주며 슈야에게 던지라고 하는데 미즈키는 결국 애들의 등쌀에 밀려 우유를 던지게 되는데 우유를 던지고는 사과를 한다. 그리고 그 사과한 것을 애들이 듣고 미즈키도 같은 편이라며 괴롭힌다. 만약 내가 미즈키였다면 사과를 못하지 않았을까 하는 생각도 들고 괴롭히고 있는 대다수의 아이들 중 한명이 아니었을까 하는 생각도 들었다.

남현주 : 미즈키는 슈야를 다른 아이들만큼 싫어하진 않는 것 같지만 결국 아이들의 시선 때문에 슈야에게 우유를 던지는 모습을 보면서 남과 다르게 행동하는 것은 역시 어려운 일이라는 생각이 들었습니다.

제3장 자애자 나오키 엄마의 시점에 대해 이야기해 보겠습니다.

김소희 : 여기서는 엄마의 일기를 보게 된다. 그 일기에는 변해가는 나오키의 모습이 담겨져 있는데 그것을 쓰고 있는 나오키의 엄마를 생각하니

나오키의 엄마가 안쓰러웠습니다. 나오키는 점점 변하게 되고 나오키의 엄마는 결국 나오키의 자백을 듣고는 견디지 못하고 같이 죽을 생각을 한다. 이 부분에서 아들이 잘못을 저질렀는데 그것을 묻어두고 같이 죽는 것이 잘하는 것인가라는 생각이 들었다.

남현주 : 저는 이 책에서 가장 불쌍했던 사람이 나오키의 엄마였습니다. 변해버린 아들의 모습을 보면서 정말 마음이 아팠을 것 같고 결국 마지막엔 자신의 아들과 함께 자살하려고 했지만 자신의 아들에 의해 죽여지는 것을 보면서 안타까웠습니다.

제4장 구도자 소년B 나오키의 시점에 대해 이야기해 보겠습니다.

김소희 : 나오키는 친구가 없었다. 그래서 슈야가 먼저 말을 걸어준 것에 기뻤고 그의 기분을 맞추기 위해 담임의 딸로 하자고 제안하였다. 일을 저지르고 나서 슈야는 나오키가 필요 없어졌고 그런 슈야의 행동에 나오키는 충격을 받게 되지만 슈야를 살인자로 만들지 않기 위해 아이를 물에 던져버린다. 그 장면에서 나는 나오키가 아이가 눈을 떴음에도 불구하고 아이를 던진 것에 이해가 되지 않는다. 그리고 나오키는 자신이 에이즈에 걸렸을 거라 예상하고 가족에게 옮기지 않으려 이상해진다. 그러다 마지막에 엄마가 나오키에게 갈 때 나오키는 경찰에 가자하겠지 라고 하는 부분이 나는 뭔가 슬펐다. 나오키가 원하던 것은 엄마가 생각하던 죽음이 아니었는데 엄마는 견디지 못하고 아이를 죽이려했다. 여기서도 나는 엄마의 생각이 잘못된 것이 아닌가 하는 생각이 들었다.

남현주 : 나오키는 다른 아이들에게 자신을 과시하고 싶어서 사건에 개입되었는데 저는 남에게 과시하고 싶어서 살인사건에 개입한 나오키가 잘 이해되지 않았고 또 한 순간의 잘못된 선택이 비극을 불러오는 것을 보고 생각을 신중히 하고 자신이 원하는 것을 얻기 위해서라도 상식에 어긋나는 행동은 하지 않아야겠다고 생각했습니다.

제5장 신봉자 소년A 슈야의 시점에 대해 이야기해 보겠습니다.

김소희 : 슈야는 엄마에게 인정을 받기위해 일을 저질렀다. 이것을 보면서 만약 슈야가 제대로 된 집에서 자랐다면 굳이 엄마에게 인정을 받으려 이런 일을 저지르지 않을 것이라는 생각이 들었다. 이장을 보면서 나는 가정에 대한 소중함을 알았다.

남현주 : 슈야는 생명에 대한 경외감이 부족한 것 같았습니다. 또 만약 슈야가 정상적인 가정에서 엄마의 사랑을 잘 받으며 컸다면 이런 일이 일어나지 않았을 수 도 있겠다고 생각했고 또 슈야의 행동이 엄마에게 투정을 부리는 것 같아 불쌍했습니다.

제6장 전도자 선생님인 유코의 시점에 대해 이야기해 보겠습니다.

김소희 : 슈야가 학교에 설치했던 폭탄이 슈야가 이일을 저지르게 된 원인인 엄마의 연구실로 폭탄을 옮기게 되므로 슈야에게도 복수를 하게 된다. 나오키는 에이즈에 대한 정신적으로 고통을 받고 나오키의 엄마가 죽음으로써 가정이 깨지게 된다. 이를 보면서 처음에는 선생님의 담담했던 모습에는 화가 났지만 복수를 한 모습에 뭔가 모를 통쾌함을 느꼈다.

남현주 : 처음에 선생님이 덤덤하게 말을 하는 모습을 보고 선생님은 감정이 없는 것 같다는 생각을 했는데 결국 우유를 통해 나오키가 정신적으로 고통을 받아 결국 나오키의 가정이 깨지고 또 슈야가 계획했던 폭파사건을 슈야의 엄마에게로 옮기면서 슈야에게서 엄마를 뺏으면서 자신이 겪었던 고통을 똑같이 겪게 해주는 복수를 한 것 같아 대단했었습니다.

담(談)

　혼자서는 잘 읽지 않을 책도 독서 멘토링을 통해 읽게 돼서 좋았고, 혼자서는 생각 못했던 부분까지 얘기를 통해 알게 된 점이 좋았던 거 같다.
　&
　독서 멘토링을 하면서 적어도 한 달에 한 번 책을 읽게 되었고 한 권의 책을 가지고 네 명이서 토론을 하니까 내가 생각하지 못했던 새로운 생각을 알 수 있었고 책을 구석구석 알 수 있었다. 또 선생님의 이야기를 들으니 그 책에서 작가가 말하고자 하는 점과 책을 어떤 관점에서 봐야하는지에 대해 잘 알게 되었고 독서 멘토링을 같이 하는 선생님과 친구들과 가까워질 수 있었다.

램프와 빵 – 기형도의 시

1학년 9반 김보근

처음 제목만 보고 이 시를 골랐을 때는 '램프와 빵'이 이국적인 느낌이라 좀 더 철학적인 내용이 들어가 있을 것이라고 기대했었다. 그러나 내 예상과는 다르게 이 시는 겨울의 연작시로 겨우 3줄 정도의 짧은 시였다. 나는 이 시의 내용과 제목이 무슨 연관성을 띠는지 전혀 알 수가 없었다. 인터넷에 검색도 해봤지만 주제나 풀이는 나오지 않았기 때문에 다른 사람들의 시평이나 시에 대한 느낌들을 읽어보았다. 대체로 흔한 것들에 대한 소중함을 알게 해 준다는 따뜻하고 교훈적인 것들이 많았다.

하지만 나는 왜 그런 것 들이 램프와 빵인지 왜 겨울인지 아직 이해가 가지 않았다. 나는 내용만 보고 유추해 보기 힘들었기 때문에 생각을 달리해서 겨울의 램프와 빵의 모습을 상상해 보았다. 식물도 해도 일찍 져서 빈곤한 느낌이 들었고 방에 램프 빛이 나는 따뜻한 느낌도 들었다. 이렇게 해 본 후에야 사람들이 왜 그런 교훈을 얻었는지 이해가 갔다. 빵과 램프는 흔한 물건이지만 아무것도 없는 겨울에는 굉장히 소중한 물건일 것이다. 나는 평소에 가지고 있었던 물건이나 늘 만나던 친구도 졸업을 하거나 잃어버리게 되었을 때, 그제서야 연락을 하고 찾아보곤 했다. 부모님도 마찬가지다. 평소에는 틱틱 투덜거리고 부모님 속만 썩이다가 나중에 효도를 하겠다고 하기보단 평소에 잘해야겠다는 생각이 들었다. 학교에서 선생님과의 대화를 통해 이 시는 다른 시들과는 달리 상상으로 내용을 짐작할 수 있다는 것을 알게 되었다.

이런 시는 사람에 따라 더 다양하게 해석될 수 있을 것 같았다. 여태까지 배운 시들은 시의 문장 하나마다 함축된 내용이 있고, 주제가 드러나고, 분석하는 그런 시였다. 내가 늘 어렵다고 생각했던 시를 이런 식으로 표현 할 수 있다는 점에 대해 엄청 놀라웠다. 이런 표현은 자주 언급되는 흔한 교훈을 가깝게 다가오게 만들었다. 이렇게 시를 읽어보는 것도 재밌겠다고 생각했다. 앞으로는 더 다양한 시들을 읽어보고 싶어졌다.

줄무늬 파자마를 입은 소년

저자 존 보인 | 출판사 비룡소

1학년 9반 김보근

우리는 이 책을 제목만 보고 골랐다. 그러고 보니 그렇게 책을 고른 경험이 많았구나. 처음에는 제목을 보고 평범한 10대 아이들이 파자마 파티를 즐긴다거나 그런 내용인 줄 알았는데 아니었다. 죄수복을 이렇게 밝은 이미지로 표현한 것에 대해 충격을 받았다.

이 책은 나치 시절의 독일을 배경으로 한다. 군인인 아버지를 따라 아우슈비츠로 간 독일 소년 브루노는 쉬뮈엘을 만난다. 쉬뮈엘은 유대인으로 쉬뮈엘의 집 옆의 유대인 수용소에서 살고 있었다. 매일 즐겁게 노는 브루노와 달리 매일 힘든 일을 하고 밥도 제대로 먹지 못해 말라간다. 똑같은 아이들인데 이런 일을 겪는다는 게 안타까웠다. 이 책에는 나치의 악행 중 유대인들에 대한 차별과 학살이 드러나는데 그중 웨이터 파벨이 알고 보니 본래 의사였다는 점이 기억에 남는다. 브루노가 그네를 타다가 무릎을 다쳤을 때 치료해줬던 파벨은 후에 와인을 쏟았다는 이유로 코틀러 중위에게 무차별적으로 맞게 된다.

나는 유대인이라는 이유로 사람을 치료해야하는 의사가 웨이터로 전락해버리고 군인 아버지를 둔 브루노를 치료해준 착한 사람이 이렇게 폭력을 당하는 모습이 충격적이었다. 또 2차 세계대전 때의 피해자로 롤러 씨가 나오는데 머리에 총을 맞아 바보가 되어버린 사람이다. 이 모습을 보고 전쟁은 정말 끔찍하고 많은 사람들을 망치는 거라고 다시 생각하게 되었다.

나중에 브루노는 쉬뮈엘과 함께 놀고 싶은 마음에 몰래 죄수복을 입고 수용소로 들어가게 된다. 두 사람은 결국 가스실에서 죽게 된다. 브루노의 아버지는 브루노가 죽은 뒤 충격을 받고 정신을 놓은 것처럼 살다가 끌려가게 된다. 불쌍했지만 부모님의 반대에도 일을 한 잘못이 있다. 내가 만약 브루노의 아버지처럼 그런 일에 참가하게 된다면 어떻게 될지 생각해보았다. 아마도 나 역시 많은 사람들에게 동조되어서 하자는 대로 끌려가지 않을까 싶다. 다수결의 원리라는 것을 우리는 가장 민주적인 것이라고 믿는다. 하지만, 가끔 어리석거나 광기에 빠져 논리와 이성을 잃은 사람들이 내뿜는 다수결은 얼마나 끔찍할 수 있을지 잠깐 생각에 잠겨 본다. 어떤 상황에서도 인간으로서 논리와 성찰의 자세를 잃지 않는다는 것이 얼마나 소중한 일이며 꼭 필요한 일인가 다짐한다.

줄무늬 파자마를 입은 소년

1학년 12반 서진영

'줄무늬 파자마를 입은 소년'은 브루노라는 독일소년과 쉬뮈엘이라는 폴란드계 유대인소년이 철조망을 경계로 우정을 쌓는다는 이야기이다. 아우비츠로 이사 온 브루노와 쉬뮈엘이 친구가 되었지만 1년 후에 다시 베를린으로 돌아가게 된다. 마지막으로 만나는 날에 브루노는 쉬뮈엘의 아버지를 찾는 것을 도와주기 위해서 줄무늬 파자마를 입고 철조망 안으로 들어간다. 하지만 행진을 강행하는 독일 군인들에 의해 유대인들과 함께 가스실에 들어가 처형을 당한다. 마지막 순간까지 앙상하게 마른 쉬미엘의 손을 쥐어지고 있던?장면이 너무 감동적이었다.?이런 친구가 있으면 좋겠지만, 그렇게 하고 싶으면 내가 노력을 해야 하는데 나는 그렇게 할 수 있을지 잘 모르겠다. 이 소설의 내용처럼 이런 상황이 아니라 다른 상황이라도 그렇게 친구를 위해 해줄 수 있을지 모르겠다. 예를 들면,

친구가 다른 애들한테 오해를 샀다거나 친구가 해서는 안 되는 짓을 했다거나 이런 경우에는 보통 아무런 말없이? 아니 무시한다는 것이 맞겠지. 그리고 멀리서 모르는 척을 하겠지. 그리고 얽히기 싫어하겠지. 내 일이 아닌 것처럼. 하지만 나는 이렇게는 하기 싫다. 그렇게 될지 안 될지는 모르겠지만 나는 브루노가 쉬뮈엘을 도와준 것처럼 친구를 도와줬으면 좋겠다. 나도 브루노처럼 노력 해야겠다.

그리고 이 이야기는 제 2차 세계대전 당시에 독일을 배경으로 쓴 책인데 이때 히틀러는 유대인의 뛰어난 머리를 두려워해서 유대인을 학살하는 이야기이다. 이 이야기에서 그렇고 그 당시에도 그렇고 아돌프 히틀러는 엄청날 정도로 나쁜 일을 했다. 하지만 그런 상황에서 아무 것도 모르는 아이들이 우정을 쌓아간다는 것은 대단한 이야기인 것 같다. 만약에 브루노가 빨리 나치의 정신을 받았다면 쉬뮈엘이 유대인이 아니었다면 둘이 아예 만나지 않았다면 이런 여러 가지의 경우가 나오는데 나라의 위치상 서로 적의 위치에 있는데 우정을 쌓아간다는 이야기는 대단한 것 같다.

나의 자존심 선언 – '버지니어 새티어'의 시를 읽고

나는 나다.
내가 가지고 있는
모든 것은
나의 것이다.

다른 사람이
뭐라고 하든
나는 나다.

똑같이 보이는
쌍둥이라도
그 중 하나는
나 자신이다.

아무리 비슷한
형제라도
나는 나다.
나는 나다.

언니의 독설

저자 김미경 | 출판사 21세기북스

1학년 9반 채연진

시원하게 사회를 비판하는 책을 읽고 싶어서 고른 책이었다. 읽기 시작하고 욕을 듣는 대상이 '나'가 되어서 당황했지만 재밌게 읽었다. 책 표지에는 30대를 위한 책이라고 적혀있었지만 개인적인 감상으로는 30대에 읽으면 좀 늦은 시기일 것 같다. 10대가 읽기에는 조금 이르고. 회사 이야기나 시댁 공략하는 방법은 나한테는 별로 공감되지 않았지만 간단한 팁은 기억난다. 큰 기념일은 꼭 챙기라던가 하는 말. 작가는 회사에서 여자들이 승진 하는 게 남자들보다 힘든 이유가 여자들이 제대로 못해서라고 생각하는 것 같다.

맞는 말인 것 같지만 책에서 말하는 대로 다 할 수 있는 여자가 몇이나 될까. 작가 본인은 여자가 많은 회사에서 일하니까 그런 말을 좀 더 쉽게 할 수 있지 않을까 하는 생각도 들었다. 책에서 하라는 대로 하려면 얼굴에는 상당한 두께의 철판과 엄청난 친화력을 가져야만 할 수 있을 것 같다. 소심하거나 숫기 없는 사람이 어떻게 남자들과 술자리를 같이 하면서 이야기를 나누고, 부장님께 먼저 술 한 잔 하자고 말하겠냐 말이다. 그렇지만 한편으로는 한 회사에서 이 책을 읽은 여자사원이 많다면, 부장님께 힘들어하는 모습이 보일 때 전부 같이 술 사드린다고 달려든다면 부장님이 곤란할 것 같기도 하다. 행복한 부장님이 될 수도?

제일 재미있게 읽은 주제가 있었다.

바로 가난한 남자를 만나서 멋지게 만들어라. 비슷한 제목이었던 것 같다. 얘기를 해보자면, 연상을 만난다고 해도 여자보다 2~3년 늦게 직장에 취직하는 남자가 모을 수 있는 돈은 여자랑 비슷한 정도. 기껏해야 3000만 원 정도인데 돈 많은 남자를 찾는 건 말도 안 된다는 얘기였다. 남자 잘 만나서 돈 많은 시댁에서 집 사주고 차 사주는 친구들? 언젠가는 결국 받은 것 때문에 시댁에 더 얽매이게 된다고 하면서 둘이 작게 시작해서 시댁에 손 벌리지 않고 성장해 가는 게 좋다고 말했다. 이 부분은 정말 공감이더라.

그래도 본인들끼리 다 해결하고 성장해 가려면 다른 사람들보다 더 많은 노력을 필요로 할 것 같다. 이 이야기 하면서 길라임과 현빈은 세상에 없다고 말하시던데 너무 현실적이라 받아들일 수밖에 없었다. 말투도 직설적이고 내용도 재미있었다. 지금보다는 이런 충고가 더 필요할 때. 직장생활에 가까워지고 더 현실적인 문제에 부딪힐 때. 그런 20대에 꼭 다시 읽어야지. 그 때는 지금보다 더 많은 것을 배우지 않을까 싶다.

줄무늬 파자마를 입은 소년

저자 존 보인 | 출판사 비룡소

1학년 9반 채연진

영화로 만들어졌을 만큼 유명하고 인지도 있는 책이라 도서관에서 빌려서 읽기 시작했다. 파자마라는 단어가 뭔가 즐겁고 좋은 느낌을 주는 단어라서 내용도 산뜻하고 가벼울 거라고 생각했지만 전혀 달랐다. 배경은 독일의 나치정권 때이고, 수용소에 수감되어 버린 유대인들이 나온다. 장군의 아들인 브루노는 수용소 안의 쉬미엘과 친해졌다. 브루노는 지금 살고 있는 집을 떠나기 전에 사라져버린 쉬미엘의 아버지를 찾아주기로 약속하고 줄무늬 파자마라고 일컫는 죄수복을 입고 철조망 안으로 들어간다. 그리고 쉬미엘과 브루노는 손을 꼭 잡은 채로 가스를 마시고 죽는다. 굉장히 비극적인 결말이다.

나는 철조망 속으로 들어갈 때만 해도 브루노가 쉬미엘의 아버지를 찾지 못하고 다시 밖으로 나와 성장해서 히틀러에 맞서는 멋진 어른이 될 것이라고 생각했다. 그래서 슬픈 결말을 예감하고는 슬펐다. 처음에는 해피엔딩으로 끝나지 않은 것이 아쉽기만 했지만 지금은 그렇게 끝났으면 너무 가벼운 결말이거나 이만큼 여운이 남지는 않았을 것이라고 생각한다.

이 책을 읽으면서 많은 것을 느꼈다. 브루노가 처음 이사 올 때는 친구들과 절대 떨어지지 않을 거라며 울었지만 새 친구 쉬미엘과 친해지면서 소중했던 친구들의 이름조차 제대로 기억하지 못할 땐 나의 모습도 생각났다. 나또한 그런 친구가 있기 때문이다. 또 웨이터 파벨이 한때는 의사였다고 말하던 장면. 남을 지배하려고 하고, 자신의 마음대로 하려는 못된 마음이 훌륭한 의사를 남에게 맞고, 욕설을 듣는 비참한 사람으로 전락시켜버렸다. 브루노에게 과거를 말하던 파벨은 어떤 마음이었을까. 직접 느끼지 않고서는 잘 상상되지 않는 감정이다. 다른 장면들도 물론 마음에 남고 좋았지만 가장 감명 깊었던 부분이 있다. 바로 마지막에 브루노가 죽은 후 가족들의 반응이다.

다 읽고 난 후에 여러 번 다시 본 부분이다. 브루노의 누나와 어머니가 옛날에 살던 집으로 가서 브루노를 기다리고, 누나는 동생이 처음으로 그립다고 느낀 장면뿐만 아니라 아버지가 브루노가 죽었다는 것을 알게 된 장면. 그리고 자상한 장군에서 아들을 생각하며 슬퍼하느라 더 이상 자상하지 않은 장군이 된 결말. 책의 주된 내용은 아닐지 모르지만 정말로 와 닿았다. 아들이자 동생을 잃은 슬픔이 묻어났다. 생각지도 못한 가족의 죽음은 그야말로 절대 있지 않았으면 하는 일이 아닐까. 인간의 욕심과 다른 사람에 대한 배려나 도덕적 관념이 부족하다면 지금도 어딘가 에서는 비슷한 일이 일어나고 있을지도 모른다. 우울한 내용을 읽어도 괜찮은 누군가가 나에게 책을 추천해달라고 하면 주저 없이 추천 해주고 싶은 책이다. 주인공이 죽고 배경도 나치 정권인지라 자칫하면 지루하기 만 한 책이 될 수도 있었으나 흥미롭게 풀어놓은 작가가 대단하다.

초승달과 밤배

저자 정채봉 | 출판사 샘터

교사 박은경
응답하라,

누구에게나 특별한 기억으로 남는 책이 한권쯤은 있을 것이다. 내겐 이 책이 그렇다. 정채봉이라는 작가를 안 것도, 국문학을 전공한다는 대학생으로서도 부 끄럽게 대학교를 졸업하고 나서였다. 그 때 내 인생에서 정말 소중한 남자를 만 났고, 그 남자가 내게 읽어준 책이 난나 이야기였다. 그래서 난나는 내게 처음이 라는 말과 동의어였다.

소중한 그 남자의 목소리는 지금도 다른 사람들에게 칭찬받는 톤이었는데, 노 을이 지는 저녁 인문대학 잔디밭에서 들려주던 그 목소리는 노을빛처럼 깊고 그 윽하였다. 한동안 아니, 지금까지도 내가 바라보는 저녁 달 속에는 떡방아를 찧 는 토끼 대신 여자의 브래지어를 귀마개로 갖고 노는 귀엽고 맹랑한 아이 난나 가 있었다.

난나는 소외계층이다. 돈도 없고 백그라운드도 없고 부모조차 없는 아이이다. 나 이 많은 할머니와 장애인 동생과 함께 사는, 그럼에도 세상의 잣대에 굴복하지 않는 강하고 연한 아이~ 그래서 나는 난나를 사랑할 수밖에 없었다. 난나의 말을 흉내내 고 머릿속에 난나의 삶을 그려보면서 나는 대학원을 졸업하고 사회에 나왔다. 어쩌 면 바닷가 마을 초등학생 난나는 나보다 더 큰 어른이었던 것 같다. 나는 덩치만 큰

성인이지만, 마음 속 세상은 난나보다 더 상상력이 부족하고 이해심도 부족하고 사랑도 그랬다. 그 이후로 『초승달과 밤배2』를 읽고 난나가 사춘기를 호되게 겪으며 어른이 되어 가는 과정을 지켜보며 눈물 흘리고 가슴 아파했다.

아직 난나는 내게 바닷가를 뛰어다니는 소년이다. 아마도 언제까지나 그럴 것이다. 첫사랑처럼 달콤하고 쌉쌀하고 아련한 아픔이자 그리움으로 그래서 내게 난나는 사랑이다. 마치 요즘 '응답하라 1994'가 우리 나이 또래에게 끝없는 그리움과 아픔, 추억을 불러일으키듯이 말이다.

담(談)

연진이는요 …… 이랬대요.

독서량이 부족한 것 같아서 시작한 멘토링이 읽은 책의 양을 늘려줬을 뿐만 아니라 내 생각의 범위를 넓게 만들어주고 다른 사람의 의견도 더 잘 받아들일 수 있게끔 도움이 된 것 같다. 좋은 선생님과 마음 맞는 친구들이랑 함께 해서 더 뜻 깊고 기억에 남는다. 좋아하는 분야의 독서만을 하는 버릇이 있었는데 사회에 관한 책이나 환경에 관한 책, 자기계발 도서까지 가장 다양한 분야의 책을 읽은 1년이 된 것 같다. 서로 일정을 맞춰가면서 만나고 돌아가며 책의 발췌도 하면서 배려하는 마음도 늘어난 것 같다. 지금 같이 하는 친구들과 선생님과 또 같이 할 수 있을지는 모르겠지만 내년에도 독서멘토링을 신청하고 싶다.

담(談)

보근이는요 …….

도서관에서 우연히 듣게 되어 신청하게 되었다. 책을 읽고 할 얘기가 딱히 있을까 싶었는데 생각보다 재미있었다. 사람들마다 생각하는게 다 비슷비슷하다고 생각해왔는데 얘기를 하다 보면 내가 상상도 못했던 생각이나 의견들이 많았다. 맨날 문학, 소설 쪽만 읽어오다가 다른 분야의 책을 읽고 얘기하는 것도 어렵긴 했지만 색다르고 좋았다. 독서 멘토링이 아니더라도 평소에 훨씬 더 많고 다양한 책을 읽어보려고 노력해야겠다.

진영이는요···

　나는 멘토링 이라고 하면 뭔가 딱딱하다고-해야 되나? 그런- 분위기를 생각했었는데 생각 이상으로 재미있었다. 나는 멘토링, 토론 등 이런 분위기를 가진 것을 별로 좋아하지 않는다. 재미없고 할 일이 별로 없기 때문이다. 다른 애들이 하면 다 진행되기 때문에 꼭 참가하지 않아도 된다. 하지만 독서 멘토링은 같이 하는 사람이 적어서 꼭 참가해야 하기 때문에 안 하던 사람도 하면서 '재미있다.' 라고 느낄 수 있을 것이다. 그런 점에서 좋은 장점이다. 다른 사람도 해보는 것이 좋다고 생각한다. 아마 재미있어서 내년에도 할지도 모르겠다.

멘토 은경샘의 한마디

2013 은경와 세 두부공주의 이야기

　은경이는요··· 세 공주에게 말해요. "땡큐~"

　2013년 나와 함께 책읽기를 시작한 우리 두부들··· 연진이와 보근이, 그리고 진영이···

　세 두부라고 이름 지은 것은 책읽기를 거듭하면서 연진이가 지닌 강직함, 진영의 엉뚱함, 보근이의 다정함이 부침용 두부, 찌개용 두부, 순두부를 닮았다고 느꼈기 때문이다. 함께 읽어온 책들이 우리 세 두부공주에게 어떤 느낌이었는지 잘 모르겠지만, 착하고 이쁜 우리 공주들이 2013 우리에게 다가온 세상의 삶보다 더 아름답고 훌륭하고 지성적인 세상을 만들어가는 데 보탬이 되기를 바라는 마음이다. 올해는 유난히 책의 마력에 빠져든 해이다. 아는 만큼 느끼고, 보는 만큼 사랑하고, 가까이할수록 아름다운 것이 책이라는 것을 두부공주들, 잊지 말아라. 그리고 우리가 함께 한 짧은 시간들도 잊지 말아줘. ~

아기 공룡 둘리의 슬픈 오마주

저자 최규석 | 출판사 길찾기

2학년 1반 이충언

이 책은 옴니버스 형식 구성인데, 전체적으로 분위기가 암울했다. 사회적 약자에 대한 이야기를 재미있는 만화로 만든 작품이다. 내가 읽은 에피소드 중 가장 인상적인 작품은 둘리였다. 과거 명랑 만화 속 주인공이었던 아기 공룡 둘리가 어른이 된 이야기로 또치는 동물원에 팔려가고 도우너는 사기꾼이 되어 고길동에게 사기까지 치게 된다. 또 마이콜은 노래를 부르며 힘들게 살아가고 고길동의 아들은 니트족이 되어 둘리가 힘들게 번 돈으로 연명을 해 가며 희동이는 깡패가 되어 엄청난 충격을 주는 만화였다.

순수하고 밝았던 인물들이 현실이라는 커다랗고 무거운 이름 앞에 순수했던 모습은 더 이상 없어지고 피폐해지며 근심이 많은 인물이 되어가는 이야기이다. 현실의 무게를 아직은 가늠할 수 없는 나이이지만 만화 속에 숨겨진 뜻은 많은 감정을 느끼게 해 주었고, 살아간다는 것의 고단함에 대해 다시 한 번 생각해 보게 되었다.

2학년 1반 강경래

이 책을 처음 접하게 되었을 때는 뭐랄까 '동심파괴'라는 단어가 생각났는데 다 읽고 나니 나름대로 블랙 코미디도 괜찮은 것 같았다. 이런 생각을 하게 되었는데 이유를 말하자면 분명 옛날에 나온 책이지만 지금 당장 읽어보아도 마음에 남고 생각하게 되는 블랙 코미디였다 하나를 정해서 말하자면 '둘리'가 있는데 이 둘리 편을 보면 기존 둘리에서의 귀엽고 사랑스러운 가족이 아닌 오직 서로를 이용하고 속고 속이는 그런 현재를 보는 듯하다. 2003년에 작가가 생각하던 세상을 나타낸 거라지만 지금도 가족을 못 믿는 세상이라 이런 점을 생각하면서 다시 읽다보면 울적해 질수 밖에 없는 이야기인 것 같다.

하나 더 말하자면 책을 펴면 먼저 나오는 편인 '사랑은 단백질' 이라는 편이 있는데 여기서는 자기아들을 튀겨서 팔수 밖에 없는 아버지와 그저 남의 일이라고 생각하는 자신 밖에 모르는 사람, 불쌍하지만 살기 위해 어쩔 수 없이 같은 짓을 하는 사람 이렇게 현실의 사람들이 잘 나타나 있는 이야기인데 내가 눈여겨보았던 건 돼지 저금통을 본 치킨을 배달해준 돼지였다.

아무리 자신의 친구의 아이더라도 자신의 가족이라도 자신이 살기위해 그들을 버려야했던 돼지는 내가보기에 지금 현실의 중하층의 속하는 사람들로서 도와주고 싶지만 자기 자신도 살기 힘들어 하는 불쌍한 인물이었던 것 같다.

꿈꾸는 다락방

저자 이지성 | 출판사 국일미디어

2학년 1반 강경래

솔직히 말하면 난 이 책을 제대로 읽지 않았다. 그렇지만 다른 친구들의 이야기를 들어 보니 어떤 내용인지는 알게 되었지만 뭐랄까 둘 다 이 책에 대해 생각이 달라서 이해하기가 어려웠다. 왜냐면 한명은 자신의 꿈이 확고해서 이 책에 내용에 공감하였고 나머지 하나는 정확한 꿈이 정해지지 않아서 꿈을 꾸고 노력을 하더라도 안 되는 건 안 되는 거라며 공감 하지 않았다.

그래서인지 이해하기가 다소 어려웠고 중립적으로 생각해보니 나 같은 경우는 꿈이 너무 많고 이것저것 다하고 있었다. (공부 빼고) 그래서 결론을 내린 게 어쨌든 그 끝에 정하는 건 자신이고 그것에 얼마나 할애 하느냐에 따라 다르다고 생각했다. 하지만 이렇게 말하면 책이나 다를 바가 없지만 나는 좀 다르게 다가가는 게 좋을 듯하다. 내가 말하는 것은 일단 꿈을 크게 꾸고 지금 자신이 얼을 수 있는 힘을 끝까지 얻어라 그리고는 그때 선택해라 그때쯤이면 좀 더 성숙해진 자신이 진정으로 원하는 것을 하게 되지 않을까 라고 생각한다.

지문 사냥꾼
저자 이적 | 출판사 웅진지식하우스

2학년 1반 강경래

이 책을 맨 처음 접하게 된 과정을 말하면 좋아하는 '아프리카TV BJ'가 직접 자신의 목소리로 이 책에 나오는 '음혈 인간으로 부터의 메일' 이라는 이야기를 읽어 줄 때 처음 알게 되었다. 그때 어려서 판타지한 요소가 좋아서 읽었지만 지금 와서 생각해보면 현실의 부끄러운 모습, 안타까운 모습 같은 몽상가들을 위한 책이 아닌가하는 생각을 한다. 비록 이 책이 현실을 비판하는 책이라고 해도 나는 읽으면서 비판한다고 생각하지는 않았다 읽으면 읽을수록 그 내용들에 빠져들어 눈앞에 이미지가 그려지듯 심취해 읽다보니 's.o.s', '고양이', '자백', '제불찰 씨 이야기' 에서 안타까움과 사소한 것에서의 공포와 무서운 현실을 느끼게 되었다. 그 중 고르면 '제불찰 씨 이야기' 를 많이 이야기하겠지만 's.o.s' 에 대해서 이야기 하고 싶다.

이 이야기를 내 나름 풀이하면 아마도 이 남자는 사창가 아니면 어느 여성이 감금 당한 집 아래층에 살 것이다. 그리고는 언제나와 같이 매일 모르는 남성이 자신이 상상하는 여성과 자는 상상을 하며 그 소리를 아마도 경청하고 있을 것이다. 그리고 모든 게 끝날 때쯤 여성의 발자취를 따라 자신 또한 화장실로 들어가 기다리면 탕.탕.탕 탕.탕.탕. 탕.탕.탕 거리는 소리를 들으며 자신도 똑같이 쳐주며 그 상상의 여성과 교감한다고 생각할 것이다. 하지만 잘 생각해보면 이 소리는 위층의 여성의 도움을 청하는 소리일 것이다. 또한 이것을 모르는 남자는 만날 수는 없지만 지금 이렇게 교감을 하는 여성과의 지금상태에 그저 만족하는 지금 현대의 그저 지금의 상태를 만족하는 학생 또는 무기력한 사람이 아닐까 라고 생각한다.

담(談)

이번 독서 멘토링 을 참여하면서 블랙 코미디에 대해 다시 생각하게 되었다 뭐랄까 이런 종류의 책도 생각 할 요소가 많구나 하고 느끼게 되었다. 읽으면 읽을수록 생각을 다르게 하게 되는 책 새롭고 앞으로 종종 이런 책을 찾을지도 모르겠다. 그리고 이런 멘토링을 함으로서 다른 사람에게 내 생각을 이야기하고 토론을 할 수 있고 내가 생각하지 못했던 이야기도 알 수 있는 이런 점이 장점이며 이런 독서 멘토링의 묘미인 것 같다. 이번 독서 멘토링이 끝나면 독서 친구를 만들어야 할 것 같다. 책 한권과 음료 하나면 몇 시간 동안 휴대폰 없이도 이야기를 나누며 즐겁게 있을 수 있을 것 같다.

지문 사냥꾼
저자 이적 | 출판사 웅진지식하우스

2학년 1반 이충언

〈지문사냥꾼〉은 12편의 단편으로 이루어진 소설집이다. 이 책을 처음엔 읽었을 때 약간 머리가 복잡했는데, 평소에 주로 판타지 소설이나 삶의 지침이 되어주는 책을 주로 읽었던 터라, 조금은 생소한 내용이었기 때문이었다.

이 책에서 주는 전혀 상상할 수 없는 4차원적이며 환상적인 내용은 이때까지 책을 통해 느껴보지 못한 새로운 느낌을 주었다. 특히 제불찰씨 이야기는 이 책에서 두 번째로 긴 단편인데 제불찰씨는 현실에서 점점 작아지는 자신에 절망을 느끼기도 하지만 사람들의 귀청소라는 즐거움을 발견하여 이구소제사라는 직업을 갖고 사람들의 귀를 파주며 살아가다 우연한 사건으로 사람들의 정신세계를 들여다보게 된다. 그렇게 사람들의 귓속으로 들어가 귀를 파고 정신세계에 들어가 엄청난 모험을 하며 지내다 과거에 자신을 괴롭혔던 소년과 다시 재회하게 된다.

소년은 사회에 엄청난 영향력을 끼치는 사람이 되었는데 제불찰씨는 이 소년에게 당했던 과거에 분노하여 그의 귓속에 들어가 정신세계를 망쳐놓게 된다. 결국 사회적 약자였던 제불찰씨는 거미로 변하여 더 이상 인간으로서의 삶을 살 수 없게 되는데 이 비극적인 결말은 사회적 약자에 대한 주위 사람들의 그릇된 시선과, 그것을 극복할 수 없는 환경에 처해 있는 사람들이 배척당하는 현실의 모습을 보는 것 같아 씁쓸함을 느꼈다.

꿈꾸는 다락방

저자 이지성 | 출판사 국일미디어

2학년 1반 이충언

꿈꾸는 다락방을 읽고 참 많은 것을 느낀 것 같다. R=VD라는 공식처럼 생생하게 꿈꾸고 실현시키는 사람들을 보면서 나도 생생하게 꿈꾸며 나의 꿈을 향해 노력해야겠다고 생각했고, 나의 미래에 대하여 진지하게 생각해보는 계기를 갖게 되었다. 그리고 독서 멘토링을 통해 꿈꾸는 다락방을 읽은 팀원들의 의견을 들어보았고, 서로의 의견을 말하는 시간을 가지면서 다른 사람이 생각하는 꿈, 그리고 꿈이 없음으로 인하여 생기는 문제점과 같은 여러 가지 생각을 나누는 토론을 통해 나 자신에 대해 조금 더 생각해 볼 수 있는 시간을 가진 것 같아 좋았다.

독서 멘토링을 시작하게 된 계기는 그냥 막연히 책을 좀 더 읽을 계기를 마련하기 위함이었다. 그러나 독서 멘토링 활동을 하면서 단지 책을 읽는 것에 그치는 것이 아니라 독서를 하면서 자신이 느낀 감상과 생각을 토론을 통해 비교해 가면서 책을 좀 더 폭넓게 이해하는 과정을 통해 많은 점에 있어 성장할 수 있었다. 또한 평소 내가 즐겨 읽던 분야의 책 말고도 다른 사람들이 관심을 갖고 좋아하는 분야의 책을 함께 읽으면서 다방면의 지식도 얻을 수 있었고 함께 멘토링을 하는 친구들에 대해서도 깊이 있게 알게 되어 좋았다. 고등학생이 되면서 독서할 시간이 줄어들었지만 독서 멘토링을 통해 조금씩 조금씩 읽고 공부했던 책들은 앞으로도 나에게 큰 도움이 될 것 같아 뜻깊은 시간이었다.

지문 사냥꾼

저자 이적 | 출판사 웅진지식하우스

2학년 12반 김병준

〈지문사냥꾼〉이라는 책을 처음 읽었을 때는 이 책이 어떤 내용인지 이해하기가 힘들었다. 하지만 12편의 이야기 중 '지문사냥꾼'을 읽고서 이 책은 사회적 약자 혹은 무시당하고 상처를 받으며 살아가는 사람들에 관한 책이라고 생각하게 되었고, 다른 부분의 내용도 읽어보니 책에서 말하고자 하는 바가 무엇인지 이해할 수 있었으며, 이 책의 저자인 이적이라는 사람은 음악만 하는 줄 알았는데 사회에 대한 관심을 갖고 이러한 책을 써 냈다는 것이 놀랍고 존경스러웠다.

이번 멘토링을 하면서 단순히 책을 읽고 내용을 이해하고 넘어갔던 나와는 달리 같이 멘토링을 하는 친구들과 선생님께서는 그런 내용의 요점을 잘 파악하고 그것이 상징하는 바를 이해한다는 것에 부러움을 느꼈다. 또한 그 내용과 비슷한 사례들을 연관 지어 우리들에게 설명을 하고 그 속에서도 찬반으로 토론할 수 있는 내용을 찾아 독서 멘토링을 진행하는 과정에서 많은 것을 배웠다. 비록 몇 번 만나지 못하였지만 이렇게 이야기를 이어가고 그 속에서 글쓴이의 생각과 핵심을 찾는 법 등을 많이 배운 것 같고, 다른 친구들과 다르게 많은 이야기를 하지 못하고 듣고만 있다 보니, 다음 토론 때에는 나도 적극적으로 참여할 수 있도록 다양한 시선으로 책을 읽고 토론을 준비해야겠다는 생각을 하였다.

꿈꾸는 다락방

저자 이지성 | 출판사 국일미디어

2학년 12반 김병준

평소 읽어 보고 싶었던 책인 〈꿈꾸는 다락방〉을 독서 멘토링에서 선정하여 읽어보았다. 주변 친구들이 R=VD라고 하여 자신들의 원하는 바를 적어놓은 글귀를 본 적이 있었지만, 그 뜻이 무엇인지는 잘 몰랐는데 이 책을 읽고 무슨 말인지 알게 되었다. '생생하게 꿈꾸면 이루어진다.'는 말로 책의 앞부분에서는 이것을 믿고 실천하여 성공한 사례들을 보여주고 있었다.

명확한 꿈이 없는 나로서는 이 명제에 대한 믿음이 없었는데 함께 토론을 하는 친구들의 생각은 나와 달리 자신의 꿈이 확실하고 앞으로 어떤 노력을 해야 하는지 알기 때문에 R=VD라는 명제가 와 닿는다고 하였다. 생각해 보니 자신의 성향과 환경, 가치관에 따라 똑같은 내용이라도 받아들이는 바가 다르다는 것이 느껴졌고 아직 뚜렷한 꿈이 없는 내가 꿈을 꾸는 친구들을 보니 멋지고 자신의 목표가 있다는 점이 부러웠다. 나도 언젠가는 꿈을 가지고 R=VD라는 공식이 와 닿는 날이 왔으면 하고 생각하게 되었다. R=VD 꿈은 이루어진다.

담(談)

　학기 초에 희망 진로가 비슷한 친구들과 선생님이 짝이 되어 독서 멘토링이 시작되었다. 이과를 지원하여 공부하고 있지만 문헌정보학에 관심이 있던 터라 평소 알고 지내던 문과 친구 2명과 국어선생님이신 서미선 선생님과 한 팀이 되었다. 2학년이 되면서 시간이 없다는 핑계로 책을 멀리하였는데 독서 멘토링에 참여하게 되면서 책을 읽고 토론하기 위하여 시간을 내어 책을 읽게 되었다. 첫 독서 멘토링 활동에서는 독서와 독서 토론에 좀 더 쉽게 접근할 수 있도록 만화책을 선정하여 읽었는데 부담 없이 활동에 참여할 수 있어서 좋았다. 독서 토론을 통해서 내가 무심코 지나갈 수 있는 부분들에 대한 다른 친구들의 감상과 평을 듣고 이야기를 나누며 서로에게 배울 것이 많겠단 생각이 들었고, 독서 멘토링에 참여하길 잘 했다는 생각이 들었다. 또한 모임을 진행하면서 실제로 많은 부분을 배우고 성장하는 계기가 되어 앞으로도 기회가 된다면 더 열심히 활동을 해 보고 싶은 생각이다.

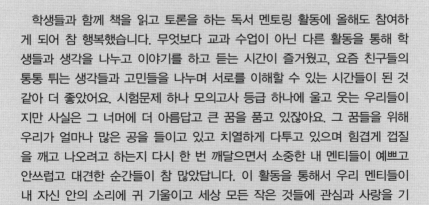

멘토 미선샘의 한마디

　학생들과 함께 책을 읽고 토론을 하는 독서 멘토링 활동에 올해도 참여하게 되어 참 행복했습니다. 무엇보다 교과 수업이 아닌 다른 활동을 통해 학생들과 생각을 나누고 이야기를 하고 듣는 시간이 즐거웠고, 요즘 친구들의 통통 튀는 생각들과 고민들을 나누며 서로를 이해할 수 있는 시간들이 된 것 같아 더 좋았어요. 시험문제 하나 모의고사 등급 하나에 울고 웃는 우리들이지만 사실은 그 너머에 더 아름답고 큰 꿈을 품고 있잖아요. 그 꿈들을 위해 우리가 얼마나 많은 공을 들이고 있고 치열하게 다투고 있으며 힘겹게 껍질을 깨고 나오려고 하는지 다시 한 번 깨달으면서 소중한 내 멘티들이 예쁘고 안쓰럽고 대견한 순간들이 참 많았답니다. 이 활동을 통해서 우리 멘티들이 내 자신 안의 소리에 귀 기울이고 세상 모든 작은 것들에 관심과 사랑을 기울일 줄 아는 멋진 사람들이 되어 가는 것 같아 뿌듯합니다. 도움을 주는 사람이 멘토이지만, 이 시간들을 통해 학생들만 자라는 게 아닌 것 같아요. 같이 성장해 나가는 너무나도 소중한 순간이었음을 다시 한 번 느끼며 이 녀석들의 멋진 미래를 기대해 봅니다.

우아한 거짓말

저자 김려령 | 출판사 창비

1학년 10반 채아영

14살 차분했던 천지가 갑자기 자살을 했다. 평소 뜨개질을 좋아했던 천지가 자신이 만든 붉은 실에 목을 매달아 죽고 말았다. 죽기 전에 천지가 했던 행동을 이상하게 생각하던 만지는 동생이 왜 죽었을까에 대한 의문이 들기 시작했고, 천지가 죽은 후에야 천지의 표정이 슬펐다는 것을 깨닫고, 천지가 했던 행동들이 이해가 되면서 죄책감에 시달린다. 하지만 천지가 자살한 이유는 화연 때문이라고 생각한다. 화연은 천지를 정말 교묘하게 괴롭혔기 때문이다. 예를 들어, 화연의 생일파티 시간을 천지에게만 시간을 늦춰 천지를 아이들이 있는 앞에서 망신을 준다거나… 등 그런 말로만 친구인 그런 사이였다.

그렇게 해서 천지가 자살을 한 것이다. 그렇게 천지의 자살을 조사하던 만지는 천지가 화연의 괴롭힘 때문에 자살한 것을 알게 되었고, 천지가 남긴 실을 풀어가면서 화연을 이해하고 용서하게 된다. 나는 이 책을 읽고 왕따가 있으면 그 아이에게 다가가고 말을 걸어줘야겠다고 생각 했다. 아무래도 친구가 있다면 천지처럼 이런 나쁜 생각을 가지게 되지 않을지도 모르기 때문이다.

담(談)

독서 멘토링이라 길래 처음에는 '그냥 책 읽고 독후감만 말하면 되는 건가?'라고 생각했지만 하고 나니 정말 도움이 많이 되었다. 멘토링을 하지 않았다면 고1이라서 책 읽을 여유시간도 없을 뿐더러 그 책에 대해서 깊이 파고들지도 못했을 것이라고 생각한다. 그리고 고2때는 더더욱 학교 공부 때문에 힘드니까 이번에 독서멘토링을 한 것이 잘한 일이라고 생각한다. 그리고 책을 읽으면 자세히 읽지 않았지만 책 내용에 내가 지나쳤던 것들의 의미를 알게 되니 정말 신기했던 것 같다.내가 혼자 책을 읽었더라면 교훈과 내용을 생각하지 않았을 것 같다. 정말 도움이 많이 되었다.

죽음의 수용소에서

저자 빅터 프랭클 | 출판사 청아출판사

1학년 10반 최지현

이 책은 유태인 학살에 대한 책이다. 유태인인 프랭클 박사는 2차 세계대전 당시 독일군에 붙잡혀 아우슈비츠에 들어가게 된다. 평소 정신학을 연구하던 의사였지만, 목숨보다 소중했던 연구 결과도 뺏기고 사람대접도 못 받으면서 수용소 생활을 시작한다. 빅터는 많은 고통과 일을 겪었지만 수용소에서 살아 나가기 위해 몸부림을 치며 열심히 생활한다. 꼬박꼬박 안에서 있던 내용을 기록했다. 밥도 조금 먹고 일하고 밥도 맛없고 영양가 없는 그런 밥이다. 사람들은 그걸 먹어서라도 살기 위해 악착같이 먹는다. 거의 살아나갈 수 없는 상황에서 빅터는 조금이라도 희망을 찾고자 살아가게 된다. 원래 대부분은 수용소에 들어가면 아무 희망도 없이 사는데 그 반면에 빅터는 살아서 나가기 위해 열심히 생활한다는 것은 신기할 따름이다. '나 같았으면 희망을 찾지도 않고 결국 죽는다' 라는 극단적인 생각만 가진 채 살아갔을 것이다.

그런데 나는 이 책을 읽으면서 책 읽는 데에 너무 어려웠다. 이해도 잘 안 갔고 무슨 얘기인지도 모르겠고 나한텐 어려운 책인 것 같았다. 책을 많이 읽어봐야 할 것 같다.

방관자

저자 제임스 프렐러 | 출판사 미래인

1학년 10반 최지현

이 책은 우리또래의 학교폭력을 가정하여 글을 쓴 책이다.

주인공 에릭은 새로운 동네로 이사를 오게 된다. 새로운 동네에서 그린핀과 그리핀의 패거리를 만나게 된다. 근데 에릭은 그리핀을 그다지 좋은 친구로 느껴지지 않는다. 그런데 그리핀은 사람들에게 많은 인기를 받는데, 악한 마음을 품고 있는 즉, 학교폭력의 피해자이다. 그리핀은 에릭을 자기 패거리에 합류를 시키는데 에릭은 그다지 좋아하지 않았다. 왜냐하면 그리핀은 할렌백이라는 아이에게 자꾸 학교폭력을 하고 못되게 굴기 때문이다. 그런데도 할렌백은 뭐가 좋은지 계속 그리핀에게 인정받으려는지 그리핀이 시키는 족족 다한다. 에릭은 그런 할렌백이 불쌍하여 할렌백을 도와주려고 하는데 그리핀은 에릭이 할렌백을 도와주려는 것을 눈치 채고 할렌백을 자기 패거리에 끼워 주겠다고 하고, 에릭을 밟으라고 한다. 에릭은 할렌백에게 당하고 있을 때 그리핀과 그리핀의 무리들은 맞고 있는 에릭을 보고 웃고 있다. 이로써 에릭과 그리핀의 사이는 멀어진다.

이 이야기와 같이 학교에 학교폭력을 당하고 있는 아이들이 있으면 무조건 누구에게 도움을 청해야한다. 에릭과 같이 옆에서 지켜보는 방관자 역할을 하지 말고 도와줘야 한다.

나는 이 책을 읽고 에릭이 맘에 안 들었다. 왜냐하면 학교폭력을 당하는 사람이 있으면 옆에서 지켜보고 있는 사람이 더 나쁘고 치사한 일 이라고 생각한다. 그래서 앞으로 학교폭력을 줄이려면 에릭과 같이 옆에서 지켜만 보지 말고 누구에게 도움을 청하고 이제 앞으로 더 이상은 방관자 같은 아이들이 없었으면 좋겠다.

담(談)

　독서 멘토링을 하면서 많은 책을 읽었다. 독서 멘토링은 처음 하는 거라서 첨에 긴장 했었는데 하다 보니 책도 한 달에 1권씩 읽고 다양한 책을 읽을 수 있게 되서 좋았다. 책을 읽다 보면 어려운 책도 있었고 재미있는 책도 있었고 읽기 싫은 책도 있었지만 그 중에서 첨에 읽은 '방관자'가 젤 기억에 남는 것 같다. 책을 차차 읽다보면 점점 단계가 어려워지는데 내가 이정도로 책을 안 읽었나 싶을 정도로 후회했었다. 그래서인지 책을 열심히 읽긴 하는데 책을 꾸준히 읽는 습관이 없어서 나중에 한 번에 몰아서 보니까 읽기 싫어지고 귀찮았다. 그래도 독서 멘토링을 한 덕분에 책을 조금이라도 읽게 되어 좋은 기회였던 것 같았다. 2학년 때도 시간이 있다면 독서 멘토링을 하고 싶다. 독서 멘토링으로 인해 선생님이랑 친구들이랑 같이 친해진 계기가 된 것 같았다.

줄무늬 파자마를 입은 소년

저자 존 보인 | 출판사 비룡소

1학년 9반 최보금

　이 책에서는 나치정권 시기에 유대인에 대한 차별을?내비추고 있다. 나는 이 책을 읽기 전까지는?이 시대 상황에 별로 관심이 없어서 아는 바도 거의 없었다. 그래서 읽는 동안에 잘 공감되지 않고, 이해가 잘 되지 않는 부분도 종종 있었다. 그러나 독서토론을 하면서 이 시대에 자세한 내막을 알게 되어 조금 놀랐다. 내가 살아가고 있는 현재는 종교를 가지고서 탄압하거나 차별을 두는 사회가 아니기 때문이다. 그래서 '내가 이 시기에 유대인이었다면?', '나치정권에 속해있는 사람이었다면?' 하는 생각이 들었다. 유대인들이 아무런 잘못 없이 수용소에서 죽음을 맞이했어야만 했던 그시기에 유대인이 나였더라면??

내가 이 책에서 가장 인상 깊었던 부분은 브루노가 친구 슈무엘과 마지막을 함께 하는 결말 부분이다. 상상도 못했던 결말이었고 동시에 너무도 비극적인 결말이었기에 나에게는 너무도 신선한 충격으로 다가왔다. 또한 이 시기에 유대인들에 대한 무자비함이 잘 표현되어있는 부분이라고도 생각한다. 유대인들을? 밀어 넣고는?가스로 독살해버리는 마지막 장면이 말이다. 나는 이 책에서 나오는 것과 같이 같은 인간끼리의 차별을 경험 해 본적은 없다. 그러나 주위에서는 이것과는 다르지만 같은 차별을 종종 보곤 한다. 인종 차별자들의 시선에서 바라본?흑인, 백인우월주의자의 시선에서 바라본?외국인노동자. 목숨을 가지고 쥐락펴락 하지 않는다 뿐이지 다를 바가 무엇일까??그 사람들에게 이 책을 권해주고 싶다.

담(談)

1학년 1학기 초, 의미 있는 학교생활을 해보고자 열정에 불타오르던 시기에 다양한 학교프로그램 중 나의 눈에 띈 것이 '독서멘토링'이었다. 선생님과 같이 책에 대해 토론한다는 것이 나에게는 굉장히 신선하게 다가왔다. 생소한 선생님들이 많은 나에게 선생님과의 유대감을 형성할 수 있다는 것에서 상당한 메리트가 있는 프로그램이었다. 또한, 신입생 오리엔테이션부터 서부고에서 내내 강조하던 '독서'를 토론과 함께 해 볼 수 있어서 좋은 경험이 될 거라고 생각했다. 시간이 어떻게 지났는지도 모르게, 벌써 2학기 후반이 되었다. 나의 기대처럼 독서멘토링으로 나는 많은 것을 배울 수 있었다. 내가 처음에 기대 했던 것은 선생님과의 유대감 형성이었으나 그 뿐만 아니라 오히려 '토론'을 통하여 많은 것을 배울 수 있었다. 자기 의사와 주장을 분명히 밝히는 것이 중요한 요즘, 토론으로서 말하는 능력을 늘릴 수 있었다. 물론 독서멘토링 초반에는 나도 몰랐었는데, 내가 굉장히 말을 어렵게 하려고 하는 경향이 있음을 알게 되었다. 선생님께서 조금 더 쉽게 말을 풀어서 했으면 더 좋을 것 같다고 하시면서 나도 개선하려고 차차 노력을 하게 되었다. 그래서 지극히 내 생각으로는 초반보다는 말하는 능력이 좀 길러진 것 같다.

무엇보다도 선생님의 독서노트를 보고 나도 독서노트를 쓰게 되었다.

선생님처럼 복사해서 붙이는 등 지극정성으로 작성하고 있진 않지만 책을 읽으며 두고두고 보고 싶은 내용, 읽고 나서 느낀 점 등을 간략하게 메모한다. 이처럼 멘토링 자체를 통해 배운 것 외에도 너무도 많은 것을 배울 수 있었다. 한 달에 한 번 씩 하다 보니 그렇게 많이 모여서 한 것 같지도 않은데 벌써 끝이라니 아쉬울 따름이다. 같은 조 친구들도 재밌었고 좋으신 선생님과 함께한 너무도 즐거운 멘토링이었다. 내년에도 다시 꼭 참여하고 싶은 프로그램이다.

멘 토 지 원 샘 의 한 마 디

학생들과 같이 책을 읽고 토론한다는 점에서 독서 멘토링은 상당히 매력이 있는 활동이다. 다만 학기 초에 너무 의욕이 앞서 학생들의 수준을 생각하지 못하고 내가 읽히고 싶은 책을 선택했던 게 아닌가 반성하게 된다. 내년에는 학생의 수준에 맞게 조를 편성한다면 더 알찬 활동이 될 수 있으리라 본다. 하지만 그럼에도 불구하고 책 읽기 방법, 다른 사람과 의견을 나누는 방법, 자신의 생각을 말과 글로 표현하는 방법을 알려줄 수 있다는 점에서 독서 멘토링은 학생에게도 교사에게도 좋은 활동이다.

미생물의 힘

저자 버너드 딕슨 | 출판사 사이언스북스

2학년 7반 류예정

내가 이 책을 읽게 된 이유는 평소에 내 주변에 살고 있는 많은 미생물들이 궁금해서이다. 이 책을 읽으면서 책의구성이 되게 흥미롭게 진행되어서 과학에 관한 책이 어렵다는 나의편견을 깨주었다. 이 책은 제 5부의 부제목이 있고 부제목당 15개의 소제목으로 이루어져 있다. 우리는 이 책에서 미생물에 대한 정보와 새로운 지식을 얻을 수 있다.

미생물은 석유, 음식, 음료 그리고 생물공학과 유전공학의 출현에도 공헌을 하는 등 인간에게 이로운 점도 많지만, 탄저병, 에이즈 같은 병으로 동물의 생명을 빼앗고, 건물과 기념물을 파괴하는 등 해로운 점도 적지 않게 있다.

지구는 지금 지구온난화라는 재난으로 계속해서 온도가 오르고 있다. 온도가 오르면서 빙하가 녹아 해수면의 높이가 올라가고 몇몇 섬은 이로 인해 잠겨버릴 것이다. 그리고 이 때문에 농업이 피해를 입고 몇몇의 생물들이 멸종 할 수도 있다. 이를 해결하기 위해 일본에 미생물학자인 '마쓰나가 다다시'와 '미야치 시게토'라는 학자가 '시네코코쿠스'라는 세균에 희망을 걸고 있다. 이 세균은 발전소나 각종 산업체 설비에서 만들어지는 이산화탄소를 제거한다. '시네코코쿠스'는 시안세균의 한 종류로 바다나 강 또는 육지에 산다. 그러나 어떤 종류는 강이나 바다에서 갑자기 웃자라 〈물꽃〉현상을 나타내면서 동물들에게 해로운 독소를 분비하여 피해를 주기도 한다. 마쓰나가와 미야치는 생물반응기 안에 이산화탄소를 골고루 넣어주면 시네코코쿠스를 배양 할 수 있다고 말한다.

마쓰나가는 도쿄농업기술대학교에서 연구한 끝에 600개의 아주 가느다란 광섬유가 들어있는 2리터 용량의 생물반응기를 만들었다. 지금까지의 전형적인 광섬유와는 달리 이 광섬유는 섬유 전체에서 빛을 발하므로 용기 구석구석에 적

당한 빛을 비춰준다. 덕분에 유전적으로 재조합시킨 시네코코쿠스 균주의 집단
이 잘 자라났다. 그러나 발전소와 공장에서 나오는 이산화탄소의 공기 중 비율
은 일반 공기의 0.03% 보다 훨씬 높았다. 이 가스가 광합성 식물에겐 필수라고
하지만 그 양이 과도하게 높으면 분명히 피해를 입힌다. 이 책을 읽으면서 내가
몰랐던 사실들도 물론 알았지만 미생물에 관한 재미있는 이야기 덕분에 책에 더
욱 몰입할 수 있었던 것 같다.

담(談)

처음 독서 멘토링을 신청하게 된 계기가 책과 친해지기 위해서 신청을 하
게 되었다. 그래서 독서를 처음에는 강제적으로 했지만 선정한 책의 스토리
가 재미있어서 점점 빠져들게 되었다. 좋은 책을 선정하는 것도 중요하다는
것을 알게 되었다. 멘토링을 하면서 다른 사람의 생각을 함께 공유하면서 여
러 가지 문제에 관해 깊은 생각도 해볼 수 있는 좋은 기회였던 것 같다.

스프링 캠프
저자 정유정 | 출판사 비룡소

2학년 4반 이지은
준호와 규환이는 절친한 친구이다.

어릴 때부터 서로의 집에도 잘 찾아가고, 서로 재미있게 노는 친구인데, 규환
이의 형이 5.18 민주화 운동에 운동권 핵심인물로 활동하면서 경찰들이 규환이
의 형을 쫓아다니고, 규환이의 형은 경찰들을 피해 다녔다. 그런 규환이의 형을
쫓기 위해서 집도 조사하고, 전화통화 하는 것 까지 감시하고 듣는데, 규환이는
아직 어리다는 이유로 경찰들이 큰 관심을 두진 않았다.

규환이의 형은 도피하기 위해서 뉴질랜드로 가려고 했다. 몰래가기 위해서 불법어선으로 가려 하기 때문에 규환이는 그런 형을 돕기 위해서 문서와 돈을 전해주려고 새벽에 광주로 가는 승주네 막걸리 트럭을 타고 가려고 한다. 그런데 가기 전에 갑작스럽게 사고를 당해서 병원에 입원 하게 되었다. 그래서 가지 못하게 되어 준호에게 대신 전해주라며 부탁을 하였다.

준호는 받아들이고 규환이의 형에게 돈과 문서를 전해주겠다고 약속하고 꼭 가져다주겠다는 다짐을 하고 새벽에 승주네 막걸리트럭 뒤에 몰래 탔다.

그런데 그 순간 승주가 어디서 나타났는지 트럭 뒤에 올라타고 정아의 아버지와 정아의 개가 정아를 쫓아다니는데 정아도 트럭에 몰래 탔다. 그리고 정아의 개 루스벨트도 함께 타게 되었다. 그리고 어떤 할아버지도 같이 탔다.

처음엔 루스벨트가 준호를 물고 준호는 훈련을 시키고, 트럭 안에서 피곤하고 시끄럽게 지나가다 준호가 잠에 들고 다시 차가 멈추고 나가서 길을 찾아갔다.

각자의 톡톡 튀는 성격이 강해서 서로 다투고 잘 안 맞는 부분도 있었지만 시간이 지나면서 서로 알아가면서 서로를 배려한다. 이들은 사실 준호는 엄마가 버려서 가출을 했고, 승주는 마마보이였지만 엄마의 지나친 관심으로 집을 나왔고, 정아는 술과 폭력을 일삼는 아빠 때문에 라는 각자 나름대로의 가정에서 상처입고, 각기 다른 이유로 우연히 만나게 되어 뭉쳐져서 규환이의 형에게 가는 과정에서 이들이 억압된 상황에서 좀 더 자유롭게 그리고 서로를 챙겨주는 모습이 보기 좋았다.

그리고 각자의 집에서 받은 상처를 다른 것으로 탈선하며 나쁜 길로 간 것이 아닌 우연이지만 자유를 찾아가는 모습을 보면서 이들이 다시 일상으로 돌아가서 그 전보다 좀 더 강한 마음으로 좋은 마음으로 생활할 수 있을 것 같다.

처음에는 규환이의 형의 민주화운동에 개입하는 내용이 나와 심각한 내용으로만 나올 줄 알았는데 읽다보니 중학생들의 조금은 자유로운 모험과 과정에 대한 내용이라서 재미있게 잘 읽었던 것 같다.

담(談)

독서 멘토링을 통해 여러 주제에 대한 책을 접할 수 있어서 좋은 기회가 되었던 것 같다. '왕따'나 '복제인간', '지구 온난화' 등의 사회문제에 대해서 깊이 생각해 볼 수 있는 계기가 되었고 토론을 통해 다른 친구들이 무슨 생각을 가지고 있는지도 알게 된 유익한 시간이 된 것 같다. 앞으로 독서 멘토링 활동이 아니더라도 꾸준히 책을 읽는 습관을 길러야겠다고 생각했다.

수학 귀신

저자 H. M. 엔첸스베르거 | 출판사 비룡소

2학년 8반 장유리

수학에 관한 책? 수학감상문? 역사는 시대의 흐름을 표현하였고, 과학은 실험과 원리에 관한 설명을 쉽게 설명하였고… '수학분야의 책? 공식 증명을 이야기로 쉽게 설명해 주나?' 역사나 과학의 경우 책을 통해 흥미와 재미를 느껴 거부감을 줄일 수 있는 계기가 되었는데, 수학에 대한 책은 왠지 모르게 나에게 더 큰 부담감을 줄 것만 같았다.

하지만 새로운 도전을 하고 싶어 선택한 이 대회를 위해 수학연구실로 향했다.

인물에 대한 설명문부터 소설까지 생각 이상의 많은 책들이 있었다. 한 번도 읽어보지 않은 분야라 책 한권을 고르는데 시간이 꽤나 걸렸다. 남이 보면 비웃을 수도 있지만 그 중 '수학 귀신'을 택했다. 몇 년 전까지는 '수학 귀신'이 너무 두꺼워보였고 어렵게 느껴져 끝까지 읽지 못했는데 '이번에는 아주 완벽히 읽어보자'라는 생각으로 열심히 읽었다.

악몽을 자주 꾸는 로베르트라는 아이가 있었다. 로베르트는 복잡한 계산을 하는 수학을 싫어했다. 그러던 어느 날 로베르트의 꿈에 '수학귀신'이 나타났다. 로베르트는 꿈에서 그에게 수학에 관한 것을 배우게 되었다. 그러면서 자신도 모르는 사이 자연스럽게 수학을 좋아하게 되었다. 어느 날 밤 수학귀신은 수학 지옥/천국에서 온 초대장을 가지고 왔다. 그래서 그는 로베르트와 함께 그곳에 가게 된다. 거기서 둘은 수많은 수학자들을 보게 되고 로베르트는 어떤 질문을 받게 되는데 그 문제를 맞춰 시험면제를 받고 저학년으로 입학을 하게 된다. 그리고 입학의 증거인 오각형의 목걸이를 받았다. 그런데 잠에서 깨어나서도 그 목걸이는 사라지지 않았다. 로베르트는 기뻐하였고, 그 후 지겹고 싫기만 했던 수학시간에 문제를 멋지게 풀 수 있었다.

'수학 귀신'은 수의 규칙성을 궁금해 본적도 없고, 기본적인 몇 가지만 알고 있는 나에게 놀라움, 웃음, 멍함을 느끼게 해주었다.

난 항상 제 시간에 풀어야 하는 '수학 시험'을 위해 공식의 원리보다는 결과위주로 배우고 공부 했었다. 하지만 그것보다 더 효과적인 방법은 시간은 더 오래 걸리겠지만 공식의 원리를 제대로 이해하고 내 것으로 만드는 것이라는 걸 깨닫게 되었다. 칠판에 적혀지는 공식의 원리를 몇 번이나 봐도 이해하기 어려운데 수학적 원리를 단순한 대화로 나타내다니… 정말 대단한 책이었다.

이 책을 읽으면서 느낄 수 있었다. 내가 수학을 어려워하면서 제일 좋아하는 이유는 푸는 과정에서 느낄 수 있는 아리쏭함, 결과에서 얻을 수 있는 놀라움& 짜릿함이라는 것을…

"헤엄을 쳐서 건널 순 없어. 물살이 세어서 네가 떠내려 갈테니까. 그런데 강 한가운데 커다란 돌멩이가 몇 개 놓여있어. 그렇다면 너는 어떻게 하겠니?"

"서로 가까이 놓여 있는 돌들을 골라 하나씩 차례차례 건너뛰겠어. 운이 좋으면 빠지지 않고 건널 수 있겠지."

"증명의 경우도 바로 그렇단 말이야. 우리가 수천 년 동안 강을 건너려고 온갖 방법들을 다 시도했기 때문에 넌 처음부터 시작할 필요가 없지. 강에는 네가 마음 놓고 디뎌도 되는 돌들이 수없이 많이 놓여 있어. 그 돌들이 안전한지를 우리가 수백만 번이나 확인해 보았으니까."

"수학자만 없었더라면 이런 공식을 배울 리 없었을 텐데…" "커서 계산과 관련된 일안할건데… 왜 배우지?"

어렵다는 이유로 불평만 늘어놓고 포기하는 사람들의 생각이 언젠가 꼭 변화되었으면 좋겠다. 그들은 그저 다 짜여 지고, 계산되어진 원리를 배우는 것뿐인데, 말 그대로 다 차려진 밥상에 수저하나 놓았을 뿐이면서 수학의 겉부분만 본채 어려움만 느낀 채 뒤돌아 서버리는 것은 수학의 탓이 아닌 그들의 의지, 노력이 부족한 탓인 것 같다.

누구에게나 일을 성취할 수 있게 해준 계기를 다양한 상황, 매체를 통해 갖게 된다.

여기서 로베르트는 꿈을 통해 수학의 신을 만나 거부감은 멀리 수학의 흥미를 느끼게 되어 입학증까지 받게 된다.

그래서 '수학 귀신'을 수학이 어려워 두려움만 느끼고 있는 사람들에게 추천해 주고 싶다. 단순히 수학원리만 표현한 설명문이 아닌 둘 사이의 오가는 여러 감정, 언어유희와 재치있는 표현을 사용하여 재미있게 표현되어있어 쉽게 빠져들 수 있는 책이기 때문이다. 또한 실제 생활에서는 들을 수 없는 여러 가지 용어 들이 많이 나온다. 예를 들어 거듭제곱 '깡충뛰기' 소수 '근사한 수' 제곱근 '뿌리' 무리수 '이치에 어긋나는 수' 등 본 용어의 특징을 살려 쉬운 단어로 표현하고 있다. 이 책을 읽는 사람을 자연스럽게 수학의 세계로 데려가, 끊임없는 질문과 상상, 온갖 놀라운 비밀의 세계로 데려가는 '수학 귀신'을 통해 앞으로는 많은 사람들이 두려움, 포기는 멀리한 채 '도전', '노력', '끈기'를 가지고 알면 알수록 재미있는 수학의 세계로 빠져들길 바란다.

담(談)

　책의 두께가 두껍다는 이유로, 소재가 큰 관심을 일으키지 않는다는 이유로 피했던 책들 중에서 독서 멘토링을 위해 억지로 읽기 시작했던 책이 세 권 정도 있었다. 하지만 중간쯤부터 두께 생각나지 않을 만큼 너무 재미있었던 '잉여인간 안나', 마음 아픈 소재라 읽기 싫었지만 다 읽고 나서 많은 걸 생각할 수 있었던 '우아한 거짓말' 등. 지나칠 뻔한 멋진 책들을 읽을 수 있어서 좋았다. 다만, 작년처럼 책 하나를 정해 조마다 생각 발표하면서 의견 공유하는 시간이 없어서 아쉬웠다.

멘토 소현샘의 한마디

　처음 독서 멘토링 담당 교사로 선정되었을 때 1년을 어떤 식으로 끌고 가야 아이들에게 도움이 될까 많은 생각을 했었다. 매 달 책의 주제를 선정하고 아이들에게 관심 있는 분야와 읽고 싶은 책을 묻고, 지금껏 내가 읽었던 책들을 떠올리며 매 달 읽을 책을 정했다. 독서 멘토링을 진행하면서 지속적으로 책에 관심을 가질 수 있어서 좋았고, 아이들의 생각을  알 수 있어서 좋았다. 서로 시간을 맞추기가 힘들어서 긴 시간동안 못 본 것이 아쉽긴 하지만 1년 동안 잘 따라준 아이들에게 고마움을 느낀다.

엄마를 부탁해

저자 신경숙 | 출판사 창비

2학년 8반 남수연
엄마도 태어날 때부터 엄마는 아니었다.

〈엄마를 부탁해〉는 치매에 걸린 엄마를 잃어버린 가족의 이야기이다. 서울에 있는 아들집에 방문하기 위해서 서울로 올라왔다가 아빠는 치매 걸린 엄마의 손을 놓치게 된다. 그 날부터 가족들이 여기저기 열심히 엄마를 찾아 나서지만 엄마를 찾을 수가 없다. 엄마가 사라지면서 평소에는 느끼지 못했던 엄마의 흔적들이 가족들의 눈에 보이기 시작한다.

그러면서 가족들은 엄마가 사라진 것이 모두 자신의 탓이라고 생각한다. 가족들이 자신의 잘못을 뉘우치는 모습을 보면서 '우리 엄마가 사라져버리면 나는 어떻게 할까?' 하는 생각이 들었다. 가족들에게 엄마는 항상 희생하는 것이 당연하고 편하게 대하는 존재였다. 가족들은 엄마는 그냥 원래 엄마라고 생각했지만 엄마는 엄마이기 이전에 여자이고 딸이었다. 엄마는 아빠의 외도에 마음 아파했고, 엄마의 엄마를 보고 싶어 했다. 이 부분을 읽으면서 나도 우리 엄마의 모습이 생각났다.

예전에 엄마가 외할머니와 통화하면서 '엄마'라고 부르고 외삼촌에게 '오빠'라고 부르는 모습을 보면서 굉장히 어색한 느낌이 들었다. 엄마는 외할머니의 딸이고 외삼촌의 여동생인데 그 날 전까지는 나는 그 당연한 사실을 생각하지 못하고 있었다. 나를 위해서 날마다 요리를 하시고 빨래를 하시는 모습이 당연하다고만 생각했는데, 엄마도 나를 위한 일이 아니라 엄마가 정말 하고 싶은 일이 있겠다는 생각이 들었다. 엄마에게 미안한 마음이 들었고 나를 위해 희생만 하신 엄마가 안타깝게 느껴졌다. 그리고 내가 나중에 자식을 낳으면 우리 엄마처럼 이렇게 자식을 위해서 살 수 있을까 하는 생각이 들었다. 친구들이 이 책을 많이 읽고 나처럼 엄마의 소중함을 깨달았으면 좋겠다.

죽은 왕녀를 위한 파반느

저자 박민규 | 출판사 예담

2학년 8반 이지영

외모지상주의에서 벗어나자

「죽은 왕녀를 위한 파반느」는 선생님의 추천으로 같이 읽게 되었다. 처음에 이 책을 빌렸을 때 나는 '아 두껍고 읽기 힘들겠다.' 라는 생각부터 들었고 앞부분의 프롤로그를 읽는 도중에 내용이 어려워 포기하고 싶은 마음도 있었다. 하지만 뒤로 가면 갈수록 내용이 재미있어졌고, 외모지상주의로 변해가는 사회에 대해 생각해 볼 수 있는 좋은 책이라는 생각이 들었다.

요즘은 취업을 할 때 학벌뿐만 아니라 외모도 본다는 뉴스를 보고 우리 사회가 너무 심하게 외모지상주의로 변해간다는 생각이 들었다. 아니 어쩌면 벌써 외모지상주의일지도 모른다. 「죽은 왕녀를 위한 파반느」는 '얼굴을 보면 온 몸이 얼어붙어버릴 것 같을' 정도로 못생긴 여자와, 사람들 사이에서 인기투표를 하면 1등으로 뽑히는 잘생긴 남자가 사랑하게 되는 이야기이다. 남자 주인공이 자신에게 다가올 때마다 무서워하고 남자 주인공이 정말 자기를 좋아하는지 믿지 못하는 여주인공을 보면서 얼마나 사람들이 여주인공에게 장난을 치고 놀려댔으면 저렇게 자신감이 없을까하는 슬픈 생각이 들었다. 근데 조금 다르게 생각을 해보면 여주인공이 자신에게 조금만 더 자신감을 가지고 있었다면 다른 사람들도 여주인공을 함부로 얕보지는 않았을 텐데 하는 생각도 들었다.

외모로 사람을 평가하고 얕보는 사람들에게도 문제가 있지만, 자존감이 없는 여주인공에게도 문제가 있다는 생각이 들었다. 친구들 중에서도 객관적으로 뛰어나게 예쁘지는 않지만 예쁘다는 생각이 들게 하는 친구가 있다. 그런 친구들을 떠올려 보면 성격이 밝고 긍정적이어서 항상 자신감이 있어 보인다. 이 책을 읽으면서 사람을 아름답게 만들어주는 것은 외모가 다가 아니라 자신을 사랑하는 마음이라는 생각이 들었다. 다른 친구들도 이 책을 읽고 외모지상주의에 대해서 생각해 볼 수 있도록 추천하고 싶다.

담(談)

2013 독서 멘토링을 마무리하며

혜영(교사) : 벌써 2013년도 한 달밖에 남지 않았구나. 처음 만날 때는 서
　　　　　로 조금 어색했는데 만나는 횟수가 늘어나면서 좀 더 서로 편
　　　　　안하게 이야기를 하게 되었던 것 같네. 너희들은 독서 멘토링
　　　　　하면서 어땠어?

지영 : 책을 많이 읽어야 되겠다고 늘 생각만 했었는데, 독서 멘토링을 하
　　　면서 책을 많이 읽게 되어서 좋았어요. 그리고 책 읽는 것을 좀 더
　　　좋아하게 되었어요.

수연 : 저도요. 책을 평소보다 많이 읽게 되어서 좋았고, 그냥 혼자 책만
　　　읽고 끝나는 것이 아니고 같이 읽고 나서 내용을 공유할 수 있어서
　　　좋았어요. 모르는 부분이 있으면 물어도 보고요.

순지 : 저는 무엇보다 선생님과 친해져서 좋았어요. 그리고 이야기를 하면
　　　서 같은 부분을 읽고도 서로 생각이 다를 수도 있다는 것을 알아서
　　　신기하고 재밌기도 했어요.

혜영 : 순지는 올해 여러 가지 활동을 병행하느라 많이 힘들었지? 그래도
　　　매번 성실하게 책을 잘 읽어 와서 기특했단다. 나도 혼자 책을 읽으
　　　면서는 미처 생각하지 못했던, 여고생의 시선에서 봐야 발견할 수
　　　있는 부분들을 너희와 같이 공유하게 되어서 참 좋았어. 우리 같이
　　　읽었던 책 중에 어떤 책이 가장 마음에 들어?

지영 : 저는 『우아한 거짓말』이요. 우리 또래의 이야기라서 공감도 되고,
　　　'왕따'라는 심각한 문제를 누구나 쉽게 읽고 생각해볼 수 있도록 되
　　　어 있어서 좋았어요.

수연 : 저는 『엄마를 부탁해』요. 엄마를 좀 더 이해하게 되었고, 엄마의 사
　　　랑에 대해서 다시 생각해 볼 수 있어서 좋았어요. 읽으면서 많이 울
　　　기도 했고요.

순지 : 저는 『돈으로 살 수 없는 것들』이요. 평소에는 절대로 읽지 않았을
　　　　내용인데 독서 멘토링을 하면서 읽어볼 수 있어서 좋았어요. 생각
　　　　해 볼 내용도 많았고요.

혜영 : 각자 다 다르니 신기하네. 그럼 우리가 읽었던 책 중에 다른 친구들
　　　에게 추천해 주고 싶은 책이 있다면?

지영 : 『괜찮아, 열일곱 살』을 추천하고 싶어요. 우리 또래는 고민이 많은데 '너만 그런 게 아니다. 괜찮다'고 위로해주는 느낌을 받았어요. 친구들도 다 읽어봤으면 좋겠어요.

수연 : 저는 『죽은 왕녀를 위한 파반느』요. 애들이 외모에 대해 신경도 많이 쓰고 고민도 많이 하는데 이 책을 읽고 외모보다 더 중요한 것이 뭔지 알게 되면 좋겠어요.

순지 : 저는 『불편해도 괜찮아』요. 어렵게만 느껴졌던 '인권'에 대해서 쉽게 다가갈 수 있도록 되어 있어서 누구나 읽기 좋을 것 같아요.

혜영 : 우리가 같이 읽었던 책들을 이렇게 잘 기억하고 좋은 느낌으로 간직하고 있는 것 같아 정말 뿌듯하네. 다른 친구들도 너희가 추천한 책을 다들 읽어볼 수 있으면 좋겠다. 그러기 위해서는 너희들이 홍보를 해야겠지?

독서 멘토링 하면서 아쉬웠던 점은 없었어?

지영 : 모두 책을 다 읽어야 토의를 할 수 있는데, 누구 한 명이라도 책을 덜 읽게 되면 토의날짜를 미뤄야 돼서 좀 아쉬웠어요.

수연 : 저도요. 책을 기한 내에 읽어야 되는데 시험이나 숙제 같은 일이 생겨서 못 읽게 되는 일이 생겼던 것 같아요.

순지 : 저는 독서 멘토링 말고도 다른 학교활동이 많아서 책을 읽기가 조금 힘들었던 것 같아요. 그리고 도서관 말고 독서 멘토링을 할 다른 공간이 생기면 좋겠어요.

혜영 : 사실 나도 작년에 비해서 올해 일이 많아서 작년에 비해 독서 멘토링에 신경을 더 많이 쓰지 못했던 것 같아. 그래도 지영이, 수연이, 순지가 열심히 해주어서 많은 책을 함께 읽고 이야기를 나눌 수 있게 된 것 같아 고맙게 생각한단다. 이제 우리 지영이, 수연이, 순지도 3학년이 되는구나. 3학년이 되면 지금보다 몸과 마음이 조금 더 힘들어지겠지만, 지금 읽은 책들이 너희에게 좋은 버팀목이 되었으면 좋겠다. 바쁘겠지만 시간 날 때마다 좋은 책을 접하도록 노력하도록 하고. 올 한 해 같이 이야기하면서 너무 즐겁고 고마웠어.

기억 전달자

저자 로이스 로리 | 출판사 비룡소

2학년 8반 박현지

학교에서 실시한 독서 멘토링을 계기로 로이스 로리의 〈기억 전달자〉라는 책을 읽게 되었다. 이 책은 세상이 멈추고 온갖 느낌들이 없고 모두가 똑같은 형태의 가족을 가지고 동일한 교육을 받으며 살아가는 곳에 살고 있는 조너스의 이야기이다. 이곳에서는 열두 살이 되면 위원회가 직위를 정해 준다. 그래서 모든 아이들은 그 직위 기념식을 손꼽아 기다리며 기대를 한다. 드디어 조너스가 열두 살이 되어 기념식에 참석했을 때 그가 받은 직위는 '기억 보유자' 이다. 기억 보유자는 과거의 기억을 유일하게 가지고 있어야 하는 사람이다.

대단하면서 책임감이 큰 역할을 맡게 된 조너스는 선임 기억 보유자가 이제 기억 전달자가 되어 그에게서 기억을 전달 받는다. 이곳을 평화롭고 효율적인 사회로 만들기 위해 희생되었던 진자 감정들을 조너스는 경험하게 된다. 그러던 어느 날, 조너스는 자기 집에 있던 아기에게 자신의 기억을 전달해 버린다. 실수였지만 조너스는 자신이 기억을 전달할 수도 있다는 사실을 알게 되어 놀라워한다. 그리고 시간이 흐른 후, 조너스는 자신이 가지고 있는 기억들을 마을 사람들에게 나눠주고 싶어 한다. 그렇게 하려면 조너스가 다른 마을로 평생 떠나야 한다. 그래서 계획을 세워 집을 나가려 하는데, 자신이 기억을 전달해 주었던 그 아기가 내일 임무해제를 당할 위기에 처했다는 것을 알고 그 아이를 데리고 밖으로 떠난다.

나는 이 책을 읽고 새로운 감정과 함께 약간의 혼란스러움을 느꼈다. 감정이 없다, 라는 말을 잘 이해할 수 없었고 또 상상하기도 어려웠기 때문이다. 감정 없이 학교나 배움터에서 알려주는 것만 배워 살아가고, 자신이 모르는 세계가 있다는 것조차 모르는 대다수의 사람들이 측은하게 느껴졌다. 다른 입장에서 봤을 때 오히려 쓸모없는 감정이나 기억이 사라지면 더 살기 좋아지지 않을 까라는 생각이들 수도 있지만, 나는 그 의견에 동의하지 않는다. 사랑이란 감정이 없다면 어떨까, 그 외에도 희열, 슬픔, 분노라는 감정을 모르게 된다면, 인생이 지루할 것이다. 적어도 난 감정을 모르고 살아간다면 인생에 있어서 깊은 의미를 발견하지 못할지도 모른다는 생각이 든다. 또 나는 임무해제와 임무가 주어지는 것에 대해 매우 새롭고 신비스러움을 느꼈다. 나의 인생을 살아가기 위해 가장 중요한 일 중 하나인 직업 정하기를 위원회에서 해주다니,

어쩌면 직업을 구하지 않아도 되고 자신의 특성에 맞는 직업이 될 테니 걱정 없이 살 수 도 있겠지만, 자신이 직업을 선택할 수 있다는 직업 선택의 자유가 사라지니까 그것이 무조건 옳다고 할 수 많은 없다. 만약 누군가가 나에게 책속의 세계에서 살고 싶냐 라고 물어본다면 대답은 'NO' 이다. 지금 우리가 살아가는 현실이 조금 힘들고 버거울 지라도 그것을 통해 내가 얻을 수 있는 것 많기 때문이다. 책을 읽으면서 우연히 SNS에 올라온 한 문구가 떠올랐다.

"세상이 비록 고통으로 가득하더라도, 그것을 극복하는 힘도 가득하다"라는 헬렌켈러의 문구다. 이 책을 읽은 후에 저 문구를 읽으니 가슴 깊이 새겨졌다.

모든 기억을 소중히 해야 하며, 과거의 시간들이 미래를 방어할 수 있다고 말한 기억보유자의 말이 옳다. 이 책을 통해 작가가 하고자 하는 말이 아주 명확하게 들린다. 우리의 과거와 지금 순간의 기억, 사랑, 배고픔, 아픔, 모두 우리는 소중히 해야 한다. 그것이 작가가 이 책을 탄생시킨 이유가 아닐까.

독특한 세계가 있다. 작은 것 하나하나 규칙으로 이루어지면서, 그 규칙을 어기는 자는 아무도 없는 세계. 직업, 가족, 이름까지 한 사람 한 사람에게 가장 어울리는 것으로 결정해주는 세계. 범죄 따위는 있을 일이 없는 세계. 그 누구하고도 싸울 일이 없는 세계. '기억전달자'는 그런 이상적일 수도 있는 세계를 기본 배경으로 두고 시작한다. 모든 것이 완벽하게 보이는 이 세계에서 주민들은 항상 평화롭고 행복한 일상을 보낸다. 그들에게도 정해진 가족이 있긴 하지만, 그것에 상관없이 모든 마을사람들이 서로 가족처럼 지낸다. 조너스도 그것을 당연한 일상으로 여기고 아무런 의심도 걱정도 없이 평화로운 일상을 살아간다. 조너스를 통해 관찰해본 그 세계는 이상향이라고 할 수 있을 만큼 꿈만 같아보였다. 아무런 갈등도, 고민도 없어보였다. 조너스가 12살을 맞이하여 직업을 받을 때 새로운 '기억보유자'로 선출되기 전까지는.

'기억보유자' 수업을 받는 동안 조너스는 자기 주변에서 변화가 일어나는 것을 느꼈다. 아니, 조너스가 많이 변했다고 하는 표현이 옳은 것 같다. 여태껏 봐왔던 흑백만 존재하는 세상에서 '색깔'을 알게 되었다. 그리고 지금껏 살아오면서 절대로 겪어보지 못한 다양한 경험들, 예를 들면 하늘에서 내려오는 눈이나 비온 후 하늘에 찬란히 떠오르는 일곱 빛깔의 무지개, 추운 겨울 따스한 벽난로 앞에서 가족들과 함께 보내던 크리스마스, 그리고 그 진짜 가족들 끼리만이 가질 수 있었던 사랑이라는 감정, 모두를 비참하게 만드는 전쟁과 그것이 주는 고통들, 누군가의 죽음 같은 것도 생생하고 또렷하게 알게 되었다. 시간이 지나면서 조너스는 알게 되었다. 마을 사람들이 말하는 행복과 고통, 슬픔과 사랑은 자신이 알게 된 '기억' 속 감정들에 비하면 어린아이의 투정에 불과하다는 것을. 그는 더 이상 마을 사람들 속에 어울릴 수 없었다. 조너스의 눈에는 그들은 생기 없는 삶을 살아가는 기계 같았다. 그들이 자신이 받은 기억속의 사람들처럼 진짜 행복이 무엇인지를 알았으면 했다. 아무리 자신이 알게 된 것을 친구들에게 전달하려 해도 그들은 조너스를 이해하지 못했다.

과거에 새로운 기억보유자로 뽑힌 여자아이가 '임무해제' 당하면서 그녀가 받은 기억들이 마을에 퍼진 적이 있었다. 마을 사람들은 그 기억들 때문에 고통스러워했고, 기억전달자가 그 기억들을 다 회수하고 나서야 마을은 안정을 되찾았다. 조너스는 그 소동에 관한 이야기를 듣고 작은 희망이 생겼다. 그가 가진 기억들을 마을 사람들에게 전해줄 수 있다면 이 마을도 다시 변할 것이라 생각했다. 그는 자신에게 기억을 물려주는 기억전달자를 설득한다. 그리고 마을이 변화하기를 바라면서 기억들을 가지고 자신을 닮은 어린 동생 가브리엘과 함께 마을을 몰래 떠난다.

한 번쯤은 나도 기억 전달자에 나오는 사회처럼 '자신이 해야 할 선택을 다른 사람이 해준다면 어떻게 될까?' 하고 상상해 본 적이 있었다. '편할 것 같다.' 라고 처음에는 생각했다. 나의 적성과 소질에 맞게 직업을 배정해준다면 아는 직업이 별로 없는 내 얕은 지식으로 나에게 정말로 어울리는 직업은 무엇일까 골머리를 썩지 않아도 될 것 같았다. 내가 갈 학교도, 내가 살 집도, 미래의 내 남편도, 내 자식들도 다 누군가가 미리 정해주었다면 그 결정이 만족스러운 것일 땐 정말 편하긴 할 것 같다. 하지만 만약 진짜 그런 곳에서 살아간다면 그 곳은 나도 모르는 사이에 나를 가두는 큰 감옥이 되지 않을까. 동물원의 사파리가 그러하듯, 넓고 살기 좋은 곳이라 생각하기 십상이지만 여전히 그 끝은 자신을 가두는 철창이어서 사실은 변한 것이 하나도 없는 사자와 호랑이들과 별반 다를 것이 없을 것 같다. 조너스처럼 넓은 우리 바깥세상에 대해서 알고 있었다면, 아무리 좋은 환경의 우리에서 살아간다 해도 평생을 넓은 우리 밖에 있는 진짜 사파리의 생활을 동경하면서 자신의 처지를 비관하게 되겠지. 하지만 조너스는 철창 속에서 한숨만 내쉬는 기억전달자 할아버지와는 다르게 모두가 철창을 부수고 밖으로 나아가게 되기를 바라며 자신을 희생했다. 이 책에서 '스스로 선택하는 자유는 고통스러운 것이지만 그 선택마저 없는 것은 더 비참한 것이다.' 말고도 '자신의 뜻을 이루기 위해서는 자신마저 희생하는 용기가 필요하다.' 같은 교훈도 조너스를 통해 배울 수 있었다.

오래간만에 대단한 명작을 읽은 것 같다.

담(談)

　나는 소심하고 긴장을 잘 하는 편이다. 그래서 친구들에게 '책중독이야.' 라는 소리를 들을 정도로 책 읽는 것을 좋아해도 읽은 책에 대한 자신의 소감을 발표하고 사람들과 대화를 나누는 것은 정말 꺼려했다. 그나마 가족들과 서로 책을 인상 깊었던 책을 권해주며 잠깐 대화를 나누는 게 전부였다. 그렇기에 내가 독서 멘토링을 신청했다는 것은 정말 큰 용기를 낸 것이라고 할 수 있다. 처음에 '나미야 잡화점의 기적'을 읽고 토론을 할 때, 정말 어색했다. 어떤 말이든 하긴 해야겠는데 긴장으로 머릿속이 새하얗게 돼서 쉽게 입을 열 수가 없었다. 하지만 자신의 생각을 편안하게 말하는 선생님과 친구를 보고 나도 용기를 내어 입을 열었다. 처음에는 역시 떠듬거렸던 것 같다. 하지만 선생님이 편안한 분위기로 대화를 이끌어가 주셔서일까? 신기하게도 한번 입을 연 후부터는 조금 더 편안하게 내 생각을 말할 수 있게 되었다. 첫 번째 토론 이후로 나에게 작은 변화가 생겼다. 선생님과 친구들과 함께 독서 토론을 하는 시간은 나에게 들이닥친 또 하나의 난관이 아니라 계속 기다려지는 즐거운 시간이 되었다. 여전히 말할 때 조금은 떠듬거리기는 하지만, 지금 나는 멘토링을 통해서 다른 사람의 색다른 생각도 들어보고 대화를 나누는 것이 즐겁다.

돈의 인문학

저자 김찬호 | 출판사 문학과 지성사

2학년 5반 김수미

지식보다는 독서습관을 얻다, 돈에 대한 나의 생각

'돈의 인문학'의 첫 장을 펴는 순간부터 느꼈다. '아, 이 책은 재미로는 절대로 읽을 수 없는 책이구나.'

그 때 당시에 책을 읽으면서 인상 깊은 구절이나 이해가 가지 않는 부분을 적어가면서 읽었었는데, 이번에 책을 읽고 의견을 나눌 때 적어둔 것을 참고한 것이 굉장히 많은 도움이 되었다. 내가 가장 인상 깊었던 부분은 달에 대하여 소유권을 주장하고 그것을 매매한 사건이었다. 그리고 그 중에서도 가장 의문이 들었던 부분은 '왜 각종 협회들은 달에 대한 소유권을 제한하는 대상에서 개인이나 기업을 제외시킨 것일까?' 이었다.

한 국가를 정부로 동일시하는 실수를 범해서 그랬던 것일까? 하지만 수많은 사람들이 모인 회의에서, 과연 그 누구도 개인이나 기업이 달에 대해 소유권을 주장할 것이라는 사실을 예상하지 못했을 것이라는 것에 대해서는 의심이 드는 바이다. 어쨌든 그 엄청난 구멍으로 인해 미국의 한 개인이 달에 대해 소유권을 주장하였고 아무도 그것에 반론을 제기하지 않은 채 그는 소유권을 인정받았다. 이 부분에서도 나는 의문을 가질 수밖에 없었다. 이 말인 즉슨, 어떤 개인이나 기업도 달의 소유권을 통해 이익을 얻지 못할 것이라고 생각했다는 것이 아닌가. 그럴 리가 없을 텐데? 의심이 또 다시 마음 한구석에서 피어올랐다. 이렇게 나는 돈의 인문학 이라는 책을 읽으면서 꼬리에 꼬리를 무는 질문들 때문에 머리가 매우 복잡했다.

사실 모의고사에서 비문학 지문은 비교적 짧은 길이 탓인지는 몰라도 어떤 주제이든 쉽게 읽어 내려갈 수 있었다. 하지만 이렇게 책 한 권을 선정해서 읽자니, 어릴 때처럼 읽는 족족 스펀지처럼 흡수할 수 없는 터라 뒷부분을 읽을 때 필요한 사실조차 기억하지 못해 몇 번씩 앞장을 펼쳐보아야 했다. 하지만 그렇게 해서 읽는 책은 머릿속에 오래 남을 뿐더러 확실히 기존의 문학작품을 읽을 때와는 느낌이 달랐다. 무엇보다도 가장 신기했던 것은 스스로 책을 읽을 때 생각을 하게 되었다는 것이다. 문학작품의 경우 작가가 구상한 줄거리대로 읽어가면서 주로 등장인물과 소통을 하는, 즉 '공감'의 정서를 느끼게 된다. 그러나 비문학의 경우에는 글쓴이의 주장을 파악해야 하고, 글 전체에 깔린 가치관을 찾아내야 한다는 과정이 상당히 매력적이었다. (하지만 막상 하라고 하면 선뜻 나서지는 못할 것 같다) 처음에는 '돈의 인문학'을 읽으면서 경영학과라는 진로에 보다 도움이 되는 지식을 쌓기를 기대했지만 오히려 질문만 늘어난 기분이었다. 하지만 그렇게 스스로 사고하고, 끊임없이 질문을 던지고 대답하는 과정과 친구들과 이야기를 나누는 토의와 토론을 통해서 혼자서는 해결하지 못했던 답을 찾거나 생각지 못했던 사실들을 깨달을 수 있었다.

우리가 가장 처음 돈을 접했을 때는 과연 언제였을까? 물론 돌잔치 날 부자가 된다는 의미로 돈을 집었을 수도 있다. 그렇지만 그와는 다른, 돈이라는 것의 역할이나 개념에 대해 미약하게나마 알고 접했던 때는 어느 시기라고 말할 수 있을까? 사실 나도 돈을 가장 처음으로 접했을 때가 언제였는지는 자세히 기억나지 않는다. 다만 기억하고 있는 것은, 학교 가는 길에 어머니께서 쥐어주신 500원 하나로도 만족하는 때가 있었다는 것이다. 나이를 먹으면 먹을수록 필요로하는 액수가 점점 커지면서 지금은 하루에 2만원을 훌쩍 넘기는 일도 종종 발생한다. 어렸을 때와 지금의 소비하는 금액에 있어서 이렇게 큰 차이가 발생하는이유.

나는 그것이 내가 더 많은 것을 알아가고 있기 때문이라 생각한다. 백 원 단위의 군것질거리 뿐만 아니라 만원 단위의 책에 대해 알게 되면서, 더 맛있는 음식을 알게 되면서 그에 따라 더 많은 금액을 지불해야 하는 것이다. 학년이 올라가고 학교가 바뀔수록 부담해야 하는 돈이 많아지는 것 또한 더 심화되고 방대한지식에 대해 배우기 때문이 아닐까? 그래서 나는 돈이 더 정확하면서도 보다 발전된 것을 앎으로써 치르는 대가라고 생각한다. 이러한 돈으로 인해 생긴 감정이나 행동의 변화에 대해 말하자면 나는 그전에 결핍에 대해 먼저 언급하고 싶다. 누구라도 한 번쯤은 무언가가 부족하다고 느꼈을 때 그것을 충족시키기 위해서 그것에 매진하거나 혹은 집착에까지 연결되는 경우를 경험한 적이 있을 것이다. 결핍은 사람을 움직이게 한다. 우리에게 의욕을 불러일으키는 것이다. 돈 또한 그것의 대표적인 예라고 할 수 있다.

위에서 말했듯이 더 많은 지식을 갈구하고 내가 부족한 부분에 대한 정보를 얻고자 하거나, 나에게는 없는 새로운 경제적 변화나 개선 의지를 촉진시킴에 있어서 돈의 결핍이 걸림돌이 되는 동시에 우리에게 동기를 부여하는 것이다. 나의 경우에는 공부를 함에 있어서 돈의 결핍이 일종의 자극제 역할을 했다. 현재 불만족스러운 삶을 사는 것은 아니지만 돈 때문에 맏이로써 종종 책임감을 느낄 때가 있었다.

지금도 충분히 괜찮은데도 불구하고 부모님께서 학원비 때문에 고민하시거나 여행, 외식을 결정하는 일에서 자유롭지 못하고 항상 미안해하시는 것이 나로 하여금 '내가 할 수 있는 일들로 그분들을 위축되지 않고 자랑스럽게 해드리자'라는 의지를 발현시킨 것이다. 장학금을 타서 미약하게나마 생활에 도움이 되는 것, 그리고 좋은 직장에 취직해서 하루라도 빨리 보탬이 되어야겠다는 생각으로 임하는 것 등이 바로 그것이다.

이렇듯 나에게 돈은 감정적 측면에서는 떠올릴 때 마다 의욕을 갖게 하는 역할을, 행동에 있어서는 '이것을 포기하면 안 된다' 라는 생각으로 임하게 하는 역할을 아주 충실히 해 주었다. 물론 어떤 사람들은 이에 대해서 '인생의 목표가 '돈' 이라는 것에 국한된 것이므로 의미 없는 삶이다' 라고 비판할 수도 있다. 만약 우리가 양적인 측면에서 돈을 추구한다면, 나 또한 그 의견에 동의한다. 그러나 질적인 측면에서, 내가 보유한 돈의 증가에 따라 행복하게 해줄 수 있는 사람들이 늘어나고, 내가 이룰 수 있는 일의 수가 많아지거나 그 범위가 넓어진다면 그것은 충분히 의미가 있는 삶이 될 수 있다고 생각한다. 이렇게 목표를 위해 벌고, 쓰이는 돈이 진정 가치 있는 돈이다. 그런 방식으로 소비하는 사람들에게 돈은 단순한 목적이 아니라 자신을 발전시키고 주변에까지 긍정적 효과를 전파시키는 수단이다. 여기서 문제가 되는 것이 바로 '가치라는 것은 상대적인데, 사람에 따라서 돈이 얼마든지 사회전반에 피해를 주는 방향으로 악용될 수 있는 것 아닌가?' 라는 사실이다.

그 예로 나 자신의 사익을 위해서 한 회사의 기밀사항이나 신제품 개발에 대한 정보를 높은 가격에 다른 회사와 거래하는 경우가 존재한다. 하지만 나의 가치 추구가 남의 것에 피해를 주지 않는 선에서 이루어진다면 충분히 그 긍정적 역할을 다할 수 있으리라 본다. 이는 개인의 의식 문제만으로는 한계가 존재할 테니 정부의 규제 또한 필수적으로 함께 시행되어야 할 것이다.

담(談)

개인적으로 이아름 선생님과 함께 독서 멘토링을 하게 된 것에 굉장히 감사한다. 선생님과 함께한 독서 멘토링은 내가 바랐던 그대로였다. 선생님께서는 읽을거리뿐만 아니라 생각할 거리도 많은 책을 정해주시면서, 멘토링이 있는 날이면 책과 관련된 각종 역사 이야기를 많이 해주셨는데 그것이 나에게는 가장 인상 깊으면서도 재미있었던 경험이었다. 그냥 읽어 내려가기만 했던 책들의 배경을 알게 되면서 보다 폭넓은 이해가 가능했고, 책을 읽으면서 생각하는 습관을 기르는 계기가 되었던 것 같다. 친구들과의 대화 속에서 책을 읽고 토론을 하는 경우도 가끔 생겼다. 작년에 서지원 선생님과 함께했던 독서 멘토링은 작가의 의도나 심리, 책속의 장치나 등장인물들의 역할에 중점을 두고 책을 읽었다면 이번에는 탐구하는 독서습관을 기르면서 다양한 배경 지식을 쌓을 수 있는 기회가 되었던 것 같다. 이제 3학년이 되기 때문에 더 이상 참여하지는 못하겠지만 굉장히 뜻 깊고 좋은 프로그램이라고 생각하기 때문에 더 많은 사람들이 책을 통해 선생님과 소통하는 시간을 가졌으면 좋겠다.

돈의 인문학

저자 김찬호 | 출판사 문학과 지성사

2학년 6반 김주영
돈이란 무엇일까.

주변에서 가장 쉽게, 가장 자주, 가장 다양하게 볼 수 있는 것이 돈이면서 우리의 생활과 뗄 수 없는 관계를 유지하고 있는 돈이 우리에게 있어서 어떤 것인지, 그 정의를 묻는다고 해서 대답할 수 있는 사람이 몇 명이나 될까. 이 책은 어릴 적부터 경제에 대한 관심이 많았으며, 지금도 경제라는 과목을 사회 탐구 과목 중에서 가장 좋아하던 나에게 있어서도 무척이나 생소한 '돈이란 무엇일까'라는 질문과 함께 시작되었다.

프롤로그부터 시작해 돈에 관한 많은 이야기가 나왔다. 개념부터 시작해 그와 관련된 사례들까지. 처음 돈에 대해 생각해보는 나에게 있어서, 그러한 수많은 정보들은 조금 벅찰 정도였으나 많고 재밌는 예시들을 통해 이해하는데 그렇게 큰 어려움은 없었다. 물론 돈에 대해 한 번도 정의를 내려 본 적이 없어서 정확하게 머릿속에 정리되기 보다는 이렇다하는 느낌으로만 다가왔으나, 처음으로 생각해보는 내게 있어서는 오히려 그 점이 좀 더 깊이 생각해보고 내 입장을 대입해 볼 수 있어서 좋았다.

돈이란 무엇일까.

한 챕터씩 읽을 때마다 떠오르는 것들을 최대한으로 느끼려고 노력하며 다시 한 번 생각했다. 사실 평소 같았으면 중도에 포기했을 만큼 머리가 아팠지만 학교 디베이트에서 하게 될 돈에 관련된 논제를 위해서, 그리고 앞으로의 내 생활을 위해서라면 한 번 쯤 정리해 두는 것이 무척이나 필요했기에 중간에 포기하고 싶던 마음을 몇 번이나 다 잡았다.

제일 먼저 떠오른 것은 나 자신 보다도 다른 사람들의 모습이었다. 현대의 많은 사람들은 돈에 '얽매여서' 살아간다. 좀 더 많이 벌기 위해서 하고 싶지 않은 일도 해나가고, 몸이 피로해지더라도 돈을 벌기 위해 많은 일을 한다. 좀 더 많이 벌기위해 다른 사람에게 피해를 끼치는 사람들도 있다. 현 사회의 모습을 떠올리면서 나 자신에게 물었다. 나 또한 세상의 많은 사람들처럼 돈에 얽매여서 살아가고 있는가?

돈이 무엇인지 정의하기 힘든 것처럼 돈에 얽매인다는 것이 무엇인지를 정의하는 것도 어려웠다. 그렇기에 나는 내 스스로의 질문에 답할 수가 없었다. 나는 돈을 좋아했으며 돈을 통해서 많은 것을 할 수 있었다. 또한 내 생활은 돈과 떼려야 뗄 수 없는 관계를 가지고 있었다. 간단한 간식거리를 사먹는 것부터 공부에 필요한 학용품들을 사는 것, 좀 더 큰 것을 위해서. 돈이 필요하지 않았던 적이 없었고 무슨 일을 하려고 하면 그 대가의 대부분이 돈으로 지불되었다. 하지만 그런 생활 자체가 돈에 얽매여서 사는 것이라고 말할 수 있을까? 확실히 돈은 내 삶과 많이 연관되어 있었지만 난 '돈'을 위해 무언가를 하고 싶다고 생각해 본 적은 없었다. 이런 나는 돈에 얽매인 것일까, 얽매이지 않은 것일까.

돈이란 무엇일까.

난 내 자신에 대해, 나와 돈의 관계에 대해 잘 모르기에 이 책이 더욱 나에게 도움이 되었다고 생각한다. 이 책은 내게 돈이 무엇인지에 대한 정의를 내려주지 않았다. 그래서 내 속에도 확실한 답이 없어 말로 표현하거나 설명하는데 조금 어려움이 있다. 하지만 이 책은 내게 돈이 무엇인지에 대해 계속해서 생각하도록 해주었고 그것은 큰 도움이 되었다.

아직 돈을 내 손으로 벌어본 적도, 써본 적도 없는 나의 현재의 생각은 많이 미숙할지도 모른다. 하지만 가이드 역할을 해준 이 책이 있기에 앞으로 돈에 대해 어떻게 생각을 뻗어나가야 할 지, 왔던 길 또 돌고 하는 일 없이 잘 나아갈 수 있을 것 같다.

담(談)

고등학교에 올라오고 나서 독서 시간이 현저히 줄어들었다는 것에 대해 위기감을 느낄 무렵, 작년에 해보고 싶었으나 자꾸 깜빡 깜빡하다가 신청을 하지 못해서 참여하지 못했던 독서 멘토링 수업의 참가자를 다시 모집한다는 소식에 바로 신청하게 되었다. 그리고 얼마가지 않아 신청하기를 잘 했다는 생각을 했다. 혼자 읽어야지 생각할 때

는 자꾸 이런저런 핑계들을 대고서 읽지 않던 책들을 선생님과 다른 친구들과 함께 읽기로 약속을 하자 좀 더 책임감을 가지고 책을 읽어서 확실히 작년보다는 많은 책들을 읽을 수 있었으며 책을 읽은 후 단순히 내 스스로의 감상에서 멈추는 것이 아니라 선생님과 친구들과 감상을 공유하고 책과 관련된 사회 문제나 이런저런 이야기들을 나누면서 좀 더 생각의 폭을 넓힐 수 있었고 다른 사람의 생각을 듣는 법을 배울 수 있어서 무척이나 즐겁고 유익했다.

멘토 아름샘의 한마디

독서 멘토링에 참여하여 책을 읽고 아이들과 대화를 나누면서 많은 점을 생각할 수 있었다. 수업이 아닌 다른 시간에 아이들과 만나 진지한 이야기를 나누고 아이들이 무엇을 생각하고 어떻게 생각하는지 알게 되면서 새로운 모습을 볼 수 있었다. 그리고 나 역시 정해 놓고 책을 읽을 수 있는 기회를 얻었다는 점에서 좋은 기회가 되었다.

허삼관매혈기

저자 위화 | 출판사 푸른숲

2학년 5반 김지영

이 책은 제목 그대로 주인공 허삼관이 피를 파는 이야기다. 허삼관의 마을에는 피를 건강의 상징으로 여겨 피를 팔면 큰 돈을 준다.

피를 팔아 많은 돈이 생긴 허삼관은 성 안에서 가장 아름답다는 꽈배기 서씨 허옥란과 결혼을 하고 아들 셋을 낳는다. 하지만 첫째 아들을 낳고 9년 뒤 첫째 아들이 외간 남자 하소용의 아들임을 깨닫는다. 그럼에도 허삼관은 무심한 듯하면서도 세 아들이 위기에 닥치면 피를 팔아 부성애를 보여준다.

나는 독서 멘토링을 하면서 여러 가지를 생각해볼 수가 있었다. 첫 번째로 내가 허삼관의 입장이 되어보는 것이었다.

첫째 아들인 일락이가 자신의 친 아들이 아님에도 병든 일락이를 위해 자신의 피를 팔며 희생할 수 있었을까? 나라면 많이 망설여질 것 같다. 피를 팔면 팔수록 몸에 무리가 와서 수명도 짧아지기 때문이다. 아내 허옥란에게 큰 배신감을 느꼈을 것 같다. 그래서 나를 희생하는 것이 내키지 않을 것 같다.

두 번째는 내가 부인 허옥란이었다면 9년 동안 일락이의 친 아빠를 허삼관이라고 속이며 살 수 있었을까?

이 주제에 대해 토론을 할 때는 여러 의견이 나왔다. 일락이를 고아원에 맡겼다가 남편에게 입양을 하자고 하고 일락이를 몰래 데려오는 것과 허옥란처럼 임신을 했다고 하고 일락이를 낳아 사는 것, 아니면 솔직하게 털어놓고 설득해서 사는 것 등이 있었다. 나는 이 중에서 허옥란처럼 행동하는 것이 낫다고 생각한다. 친자 확인만 하지 않으면 들키지 않을 것 같기 때문이다. 이렇게 생각하고 나니 허옥란의 입장이 이해되었다.

이 책을 읽으며 인상 깊었던 구절은 "만약에 당신들 중에 다시 한 번만 일락이가 내 친아들이 아니라고 말하는 자가 있으면, 칼로 베어 버릴 테요."이다. 일락이에게 모질게 굴었었는데 이 구절을 통해 허삼관의 진심을 알 수 있었고 부성애를 느낄 수 있었기 때문이다. 나는 이 책을 읽으면서 내가 허옥란이 되고, 허삼관이 되어 본 것처럼 입장을 뒤바꿔 생각해보면서 그 당사자의 사정도 잘 모르면서 함부로 판단하고 이해할 수 없다고 결론지으면 안 되겠다고 생각했다.

그래서 앞으로 이 경험을 토대로 다른 사람을 이해해주고 배려해주는 마음을 많이 가져야겠다. 이 책에는 힘든 고생을 겪는 주인공의 이야기가 많이 담겨있기 때문에 자신이 세상에서 제일 불행하다고 생각하는 사람이 읽었으면 좋겠다. 여러 가지로 많은 교훈이 담긴 책인 것 같다.

담(談)

이윤아 선생님과 현진이와 혜림이와 독서 멘토링을 하면서 같은 책을 읽었지만 서로 다른 생각도 있고 공감되는 부분도 많아서 얘기하기가 재미있었다. 그냥 책 한권 읽고 마는 것보다 이렇게 토론을 통해 주인공의 입장도 되어보고 인상 깊은 구절도 나눠보고 정말 유익한 시간이었다. 처음 시작할 때는 발제문 쓸 때 생각이 잘 안 났는데 읽은 권수가 늘어나고 발제문을 쓸수록 생각해 볼거리도 잘 떠오르고 수월하게 한 것 같다. 기회가 된다면 또 독서 멘토링에 참여하고 싶다.

혜림이는요

평소 읽고 싶은 책만 읽거나 읽고 싶은 책이 있어서 시간을 핑계로 잘 읽지 않는데, 시간이 정해져있고 친구들과 선생님과 토론을 한다고 생각하니까 시간을 내서 읽게 되는 것 같다. 또 다양한 분야의 책을 읽게 되고 내가 이해하지 못한 부분이나 공감하고 싶었던 부분을 토론하면서 나누게 되니까 책읽기가 더 재미있어 지는 것 같다. 그리고 독후감상문을 쓰면서 읽었던 책을 한 번 더 보게 되고 내 머릿속에서 그 책이 정리되어서 내용이 더 오래 남는 것 같다.

담(談)

현진이는요

2013년 4월부터 학교에서 지영이, 혜림이, 이윤아 선생님과 함께 독서 멘토링을 하게 되었다. 멘토링을 하기 전에는 책을 읽을 때 그냥 느낀 점 정도만 생각했었는데, 멘토링 중 발제문을 써보고 난 후에는 책을 읽으면서 사회적 문제나 나올 수 있는 또 다른 사건들을 생각하면서 더욱 폭 넓게 이해할 수 있었고, 한 두 권의 책을 읽고 다 같이 토론을 하면서 '아, 얘는 이런 생각을 했구나' 등 여러 감정이 들었고 관점이나 생각을 바꿔서 얘기를 해보는 활동들도 너무 좋았다. 어떻게 해야 할 줄 모르던 처음과 달리 갈수록 책을 읽으며 발제문을 쓰던 내가 뿌듯해졌고 평소에는 잘 읽지 않게 되었던 책들을 같이 읽으니까 더 잘 읽혀져서 좋았다. 앞으로도 이런 활동들을 많이 했으면 좋겠다.

멘토 윤아쌤의 한마디

사회인이 되면서 좀 더 많은 책을 읽으며 생각의 폭을 넓히고 책을 통한 간접적인 경험을 학생들에게 전해주자 생각했었던 적이 있었습니다. 그러나 습관화되어 있지 않은 독서 습관으로 틈틈이 책을 보기란 저에게도 쉬운 일은 아니었습니다. 학생들과 함께하는 독서 멘토링 활동은 저 자신에게도 책을 더 가까이하게 되는 좋은 기회가 되었고, 학생들과 토론을 하며 학생들의 시각과 저의 시각이 다르다는 것 또한 느끼게 되었습니다. 학생들의 순수한 견해를 들을 수 있어 좋았고, 저와 함께한 학생들이 다양한 시각을 갖도록 도와주면서 저 또한 타인의 생각과 입장을 이해하는 좋은 계기가 되었습니다. 학생들과 시간을 맞추기가 힘이 들긴 했지만 학생들에게도 저에게도 좋은 시간이었습니다.

불편해도 괜찮아

저자 김두식 | 출판사 창비

2학년 4반 한수정

여러 가지 인권에 관한 이야기가 많았지만 그 중에서 내 눈을 가장 사로잡은 이야기는 동성애에 관한 이야기였다. 흔하게 들어볼 수 있는 이야기이긴 하지만 흔함과 동시에 나와는 먼 이야기라고 생각해서인지 어색한 감도 있었다.

내용은 다들 생각하는 그런 내용이었는데 한 부분에서 좀 많이 인상적이었다. 내 주변에서 일어나는 일이 아닐 거라는 생각은 큰 오산이라는 부분, 그래서 자기도 모르게 그들에게 상처를 주는 말을 할 수도 있다는 부분, 다른 부분보다는 난 이 부분에서 많을 것을 깨닫게 되었다 이 책을 보면 좀 뭐라해야 할까 너무 노골적으로 적은 단어들도 있어 당황스러웠지만 오히려 그게 내용을 더 인상적이게 보이게 하는 효과가 있어 꽤 오래 기억에 남을 것 같은 책이다 동성애에 관한 인권 외에도 더 다양한 인권들에 관한 것도 있으니 절대로 후회하지 않고 한 부분 한 부분, 공감도 하며 읽을 수 있을 것이다.

 담(談)

처음에는 그냥 한번 해 볼까? 라는 마음에 신청을 했었다. '독서 멘토링'의 멘토라는 단어가 왠지 모르게 기대감을 더 심어줬던 것도 있었다. 첫날 선생님과 만나 책을 같이 고르고, 읽고 난 뒤에 만나 서로의 생각을 이야기하며 공감도 할 때, 이때 알게 되었다. '독서 멘토링'이라는 게 이런 거구나!' 하고 그리고 계속 하고 싶다, 재미있구나 하는 기분 좋은 생각도 들게 했다. 그렇게 한 권, 두 권 책을 읽어 갈수록 평소에 눈길 한번, 손길 한번

주지 않았던 분야의 책도 한번 읽어보게 되고, 의외로 내가 생각했던 것과 다르게 내용도 재미있고 내가 이런 책도 흥미롭게 읽을 수 있구나 하는 나의 새로운 점도 알게 되고 꽤가 아닌 엄청 많은 것을 얻었던 것 같다. 이제 곧 3학년이니 이렇게 책을 읽고 생각을 하고 나눌 시간은 더 줄어들겠지만 이때의 경험으로 나중에도 친구, 가족들

과 함께 똑같이 생각을 서로 공유하며 습관처럼 몸에 배면 더 자연스럽게 하게 되겠지? 하는 생각을 해본다.

많은 책을 하지 못했다는 아쉬움은 없다. 난 이 책 몇 권만으로도 많은 것을 얻고 좋은 경험을 했기 때문에 오히려 더 뿌듯함과 조금 더 내가 생각을 깊게 할 수 있다는 것을 깨닫게 되서 기분이 좋다. 꼭 학교에서 만이 아니라도 아무 때나 할 수 있는 일이기 때문에 동생들과도 해봐야지! 기분 좋은 설렘이다.

생각을 선물하는 남자

저자 김태원 | 출판사 21세기북스

2학년 4반 이경민

생각을 선물하는 남자는 참 기발한 책인 것 같다. 이 책을 읽으면서 여러 가지 상식은 물론 취업에 대한 조언, 진학에 대한 충고 그리고 창의적으로 생각하는 아이디어를 얻었다. 그리고 데이터에 대한 고정관념도 깼다. 내가 데이터나 그

래프, 이런 쪽은 정말 젬병인데 이 책을 읽음으로써 김태원 작자의 말을 인용하자면 정말 데이터는 '섹시' 했다. 정말 정확하고 차갑고 날카로운 매력이 있음을 깨닫고 데이터에 한 발 더 다가갈 수 있었다. 또, 그래프를 정말 싫어했다. 그런데 그래프로 취업에 성공한 그런 사례를 보자 생각이 번쩍 뜨이는 듯 했다.

그래프만큼 더 일반적으로 보기 좋게 보여줄 만 한 것은 없는 것이었다. 수학을 어려워하고 있던, 아니 정확히 말하자면 그래프를 어려워하고 있던 나에겐 수학에게 조금 더 다가간 계기가 된 것 같다.

아! 그리고 단원 중간마다 '생각해 볼 문제'는 생각을 깊고 다른 면으로 생각을 할 수 있게 만들어 주어서 뇌를 말랑말랑하게 만드는 것 같았다. 특히 가장 기억에 남는 것은 한비야씨가 말씀하신 누구나 비틀거리면서 큰다는 말씀을 가장 감명 깊게 생각하고 있다.

> 스물다섯 살에 비틀거리는 자신이 싫다고 했는가?
> 스물다섯 살에 비틀거리는 건 너무나 당연한 일이다.
> 나는 지금도 비틀거린다.
> 비틀거리지 않는 젊음은 젊음도 아니다.
> 비틀거리는 것이 바로 성장통이기 때문이다.
> 그러니 비틀거린다고 자책하지 마시길.
> 누구나 비틀거리면서 큰다.
> 당신도 그렇고 나도 그렇다.
>
> — 한비야

그 밑에 김태원씨가 덧붙여서 쓴 글은 더욱더 나를 뒤돌아보게 만들었다. '안락의자형 멘티' 그것이 바로 나였다. 나는 이 책을 읽음으로써 내가 좀 더 긍정적으로 변한 것 같고, 다른 쪽으로도 생각 할 수 있게 된 것 같다. 김태원씨의 팬이 될 만큼 너무 존경스럽고 나도 또한 그러한 사람이 되고 싶다.

담(談)

　　독서 멘토링을 하고 정말 많은 것을 얻었다고 생각된다. 나의 독서 멘토 이은영 선생님과 함께 길고도 짧은 독서 여행을 했다고 생각한다. 나는 사실 도서관을 자주 가는 편이지만 소설 책 밖에 읽지 않았다.

　　그런데 독서 멘토링을 하고 나서 꼭 소설책이 아니라도 재밌는 다양한 분야의 책이 많고, 인문학이나 사회 분야의 책도 그리 어렵지 않고 흥미 있게 읽을 수 있음을 느꼈다. 그러니까 독서의 폭이 넓어진 것이다. 또 여러 가지 지식을 얻었고, 독서를 하는 법과 독후감을 쓰면서 내용을 좀 더 잘 정리하고 쓰는 기회를 가질 수 있어 좋았다.

　　독서 멘토링을 한 것이 참 잘한 것 같고 다음에도 이런 기회가 있으면 꼭 하고 싶다.

멘토 은영샘의 한마디

· 책을 계기로 이루어진 작은 만남들

　　올해 같이 활동한 나의 멘티 경민이와 수정이는 둘 다 밝고 애교가 많으며 자기 이야기하기를 좋아하는 예쁜 아이들이었다. 특히 소설을 좋아하는 편이라 평소에도 소설책을 많이 빌려 읽고 있었다. 그래서 그런지 주로 아이들이 선정한 책은 소설분야였고, 나는 의도적으로 인문학, 사회 분야의 책을 선정하여 읽은 것 같다. 평소 바쁘다는 이유로 책읽기뿐만 아니라 학교 도서관을 가는 일도 드물었지만, 이 활동을 통해 나 스스로도 좀 더 적극적으로 책읽기와 독후 활동을 하게 되어서 의미 있는 시간들이었다.

　　어린 시절 읽었던 말괄량이 삐삐를 다시 들여다보며 어릴 때와는 또 다른 느낌을 나눠보기도 하고, 은희경씨의 '소년을 위로해줘'를 통해 다양한 가정에서 살아가는 주인공들의 삶과 감정들을 느껴보면서, 우리의 가정을 돌아보고, 어떻게 살아가는 것이 행복한 삶일지에 대해서도 생각을 해보았다. '나에게 돈이란 무엇일까?'를 읽고도 그랬다. 학생들의 지각, 복장, 태도 등을 통제하는데 벌금을 활용하는 것을 주변에서 종종 본다. 나 또한 그런 방법을 사용한 적이 있다. 그러나 그런 방법들이 결국은 돈이면 지각해도 되고, 태도가 나빠도 된다는 것, 내지는 돈이면 다 가능하다는 생각을 심어 줄 수도 있음을 알게 되었다. 그래서 절대 '돈의 영향을 받아서는 안 되는 것'에 대해서도 이야기 해보고, 어떻게 해야 돈이 신이 되어가는 현실 속에서 행복하게 살 수 있을 것인가에 대한 이야기도 시도해 보았다.

학교에서 점심시간을 이용해 잠깐씩 교내 벤치에서, 도서관에서 만나 생각을 나누다가, 한번은 저녁시간에 카페에 가서 해 보기도 했는데, 이상하게도 카페라는 분위기 때문인지, 아님 학교를 벗어났다는 생각 때문인지, 아이들도, 나도 훨씬 자유롭게 각자의 생활과 생각에 대해 이야기 할 수 있었다. 어찌 보면 수다에 가까운 이야기들도 많이 했지만, 결국 현실의 큰 틀을 알아가기 위해 필요한 이야기들이 아니었나 생각이 든다.

가장 아쉬운 점이 있다면, 만나서 이야기를 나눌 수 있는 시간이 충분치 않았고, 나부터도 다른 바쁜 업무에 쫓기다 보면 멘토링은 뒤로 밀리기 십상이었다. 자주 정기적으로 만남을 갖지 못해 아이들에게 미안한 마음이 크다. 그럼에도 불구하고, 책을 계기로 이루어졌던 작은 만남들이 아이들에게 쪼~금의 성장을 더할 수 있는 기회가 되었길 바랄 뿐이다.

키싱 마이 라이프

저자 이옥수 | 출판사 비룡소

2학년 5반 홍수현

　키싱 마이 라이프 라는 책은 독서 멘토를 시작하고 제일 처음으로 읽은 책이다. 처음 표지를 보았을 땐 표지가 솔직하게 유치해 보이기도 했고 키싱 마이 라이프라는 제목에 십대의 이야기니깐 정말 나랑 같은 공감대가 많을 것 같다는 기대감도 많이 들었다. 이 책을 추천하신 김승수 선생님께서 재밌다고 진짜 같은 나이라서 공감이 쉽게 될 거라며 재밌다고 제일 먼저 적극 추천을 해주셔서 난 바로 책을 읽기 시작했다. 주인공은 하연이라는 아이였고 고등학생이었다. 공부도 잘하고 남자친구도 있고 밝은 아이였다.

　그러던 어느 날 남자친구인 채강의 집에서 와인을 마시고 부터 사건이 시작이 된다. 와인을 마시고 남자친구와 일을 저지르고 만다. 몇 달 후 하연은 임신을 하게 되고 친구들과 채강에게 말은 했지만 부모님에겐 말을 하지 못하고 결국 가출을 하고 여관에서 살게 된다. 친구들이 여관에 놀러 오긴하지만 고등학생이기 때문에 학교에 가있을 땐 하연은 할 일 없이 지내게 된다.

　혼자가 된 하연은 결국 미혼모 시설에 들어가게 되고 미혼모 시설에 들어가서 부모님께 임신사실을 말하게 된다. 그 이후 한바탕 소동이 일어난 후 결국 하연은 아기를 낳아 기르게 되는 이야기이다. 처음엔 중간 중간 읽다가 주인공인 하연이가 아이를 지울까? 낳을까? 하는 고민을 많이 하는 것을 보고 처음엔 나도 아직 나이도 어리고 하고 싶은 것도 많이 할 것도 많은 나이인데 그런 걸 할 수 없다는 생각에 지워야하지 않을까? 라는 생각도 들었지만 또 한편으로 생각해 보면 뱃속에 있는 아이도 생명이고 사람이라는 생각이 들었다.

　아무리 작고 약해도 생명은 생명이니깐 함부로 죽일 수는 없다는 생각이 더 크게 들었다. 그래서 아무리 나이가 어려도 아이는 낳아 기르는 게 맞다는 생각이 들었고 또 한편으론 미혼모여도 떳떳하게 아이를 낳아 기르는 모습을 보면서 대단하단 생각도 들었고 아이를 낳고 다시 검정고시를 볼 생각까지 하는 하연을 보며 오히려 자랑스럽고 떳떳하고 멋지단 생각이 들었다. 이 책을 다 읽고 나서 추천해준 김승수 선생님께 감사함을 느꼈다. 선생님 재밌는 책 추천 해주셔서 감사합니다!!!

담(談)

나는 독서 멘토를 2학년 때 처음 해보았다. 1학년 때 하고 싶었지만 신청기간을 몰라서 아쉽게도 하지 못했다. 그래서 2학년 때는 꼭 하겠다는 다짐으로 2학년 때 신청을 하게 되었다. 독서 멘토라는 것은 학생3명과 선생님 한 분 이렇게 4명이 조를 이루어 책을 조끼리 정해서 읽고 그 책에 대해 이야기를 나누는 것이었다. 나는 누구랑 같은 조일까? 우리조의 담당 선  생님은 누구실까? 라는 긴장감과 기대감과 불안함으로 가득했다. 드디어 조와 선생님이 발표가 되었고 나는 도희, 나혜와 같은 조였고 우리조의 선생님은 정우철 선생님이셨다. 처음에 우린 정말 어색했고 독서 멘토에 잘 참여하지 못했다. 지금도 아직 어색(?)한 거 같다. 말을 잘하지 않는 조용한 우리 조! 그게 우리 조의 매력이라고 생각한다. 정우철 선생님과 함께 하는 독서 멘토!! 항상 음료수와 맛있는 걸 많이 주시는 정우철 선생님과 먼저 말을 걸어주시고 자상하게 하나하나 신경써 주시는 정우철 선생님 을 보면 꼭 우리 아빠 같은 생각이 든다.

처음엔 여자 선생님이었으면 좀 더 편했을 것 같다는 생각을 많이 했지만 오히려 정우철 선생님이 제일 짱인거 같다!! 제일 잘 챙겨주시고 제일 자상하시다. 이제 3학년 올라가면 이런 기회도 없으니깐 아쉽긴 하지만 그래도 1년 동안 여러 가지 책들을 친구들과 선생님과 같이 읽으면서 많은걸 배우고 책에 대한 지식이 많이 쌓였고 내 진로에 도움이 많이 된 거 같아서 뿌듯하고 우리 조 친구들과 정우철 선생님께 감사하다. 남은 시간동안 마지막까지 열심히 해서 좋은 추억으로 간직하고 싶다.

돼지가 한 마리도 죽지 않던 날

저자 로버트 뉴턴 펙 | 출판사 사계절

2학년 7반 권도희

'돼지가 한 마리도 죽지 않던 날' 은 독서 멘토링 중에 읽게 된 책 중 하나이다. 이 책의 줄거리를 간단히 소개하면 주인공인 로버트는 우연히 이웃집 아저씨의 젖소가 쌍둥이를 낳는 것을 돕게 되는데 그 대가로, 아기돼지 핑키를 얻게 된다. 로버트는 핑키와 놀면서 추억도 쌓고 많은 이야기도 하는데, 겨울날 도축장에서 일하는 아빠가 병을 얻게 되며 힘들어진 집의 가난 때문에 새끼를 낳을 수 없는 핑키를 죽이는 것을 도와야만 했고, 다음 해 아빠가 돌아가는 것 까지. 열세 살이 된 로버트의 동심은 꿈과 희망만이 가득한 것보다 현실까지도 보듬어 안게 돼버렸다.

자신이 아끼던 애완동물인 셈인 핑키를 직접 죽여야 했을 때 로버트는 정말 슬펐을 텐데 가족을 위해 그 일을 해낸 것이 로버트가 좀 더 성숙해 지게 된 계기가 아닌가 싶기도 하고 또 한편으로는 한 순간 너무 쑥 커버린 것 같기도 하다. 이 책을 처음 읽었을 때 제목이 왜 돼지가 한 마리도 죽지 않던 날일까 생각하면서 읽었다. 도축장에서 일하시는 아빠가 돌아가신 날, 그 날이 바로 돼지가 한 마리도 죽지 않는 날이었다. 그 날 이후로 로버트는 더욱 성장했을 것이다. 이 책을 다 읽고 나서 가난하지만 소소해도 행복하게 살아가는 로버트의 가정을 보며 많은 것을 가졌으면서도 만족하지 못하고 불평하는 나쁜 마음이 부끄러웠다. 로버트 가족처럼 앞으론 내가 가진 것에 만족하며 감사해야겠다.

담(談)

독서 멘토링을 하면서 옛날 보다 책을 더 많이 읽게 되었다. 또 책을 읽고 더 오래 기억 할 수 있다는 점에서 독서 멘토링은 좋은 활동인 것 같다. 같은 책을 읽고 그 책에 대해 느낀 점도 주고받고, 토론도 하면서 책을 더 깊게 파고드는 계기가 되었다. 책을 고르는 것이 힘든데 좋은 책들을 많이 읽을 수가 있었다. 어떤 책이라도 나를 되돌아보도록 하는 교훈이 담겨있는 것 같다. 이것을 깨닫게 되면서 독서 멘토링에 잘 참여 했다고 생각한다.

영혼이 따뜻했던 날들

저자 포리스트 카터 | 출판사 아름드리 미디어

2학년 7반 김나예

사서 선생님의 추천으로 나는 이 책을 읽게 되었다. 처음에는 '뭐 이런 이상한 책이 다 있지?' 라는 생각이었다. 그런데 책을 읽을수록 점점 나는 책에 빠져들게 되었다. 특히 할아버지의 말씀들이 나에게 너무 인상 깊게 남았다.

이 책의 주인공인 작은 나무는 어렸을 적에 부모님을 잃어 할머니 할아버지와 같이 지내면서 성장해간다. 할아버지는 농사를 지으며 살아가는 평범한 노인이다. 그 평범한 할아버지는 작은 나무에게 평범한 인생의 진리들을 이야기한다. 나는 할아버지가 작은 나무에게 그런 이야기를 해줄 때마다 나는 내가 너무 복잡하게 사는 게 아닌가 하는 생각이 들었다. 조금만 일이 틀어져도 복잡해져 머리가 어지러워진다. 하지만 할아버지는 그런 것들에 대해 명쾌하게 답을 내신다. 그리고 말로만 설명 하시는 게 아니라 작은 나무에게 몸소 시범을 보여주시며 작은 나무에게도 직접 체험하게 만들어 그것이 진정한 답이라는 것을 알게 해주신다.

할아버지는 작은 나무에게 또한 자연의 진리도 보여주며 그것을 본 작은 나무도 자연의 진리를 서서히 깨달아가게 된다. 그리고 할아버지가 한 말씀 중에 "개든 사람이든 간에 자기가 아무데도 쓸모없다고 느끼는 것은 대단히 좋지 않단다." 라는 말이 있다. 나는 이 말이 내 마음속에 깊이 와 닿았다. 나는 시험을 망치거나 내가 하는 일이 잘 안 풀릴 때 나는 왜 이렇게 잘 하는 게 하나 없나하고 내 자신을 비하한 적이 많다. 하지만 저 글을 읽고 아무리 잘 하지 못하더라도 내 자신을 스스로 비하하지 말고 내가 좀 더 잘 할 수 있는 것을 찾고 그것을 위해서 좀 더 노력해야겠다고 생각했다. 할아버지의 말씀처럼 이 세상에 존재하는 것은 각자의 역할이 다 있다고 생각한다. 그렇기 때문에 자신의 부족함이 보여도 비하하거나 좌절하지 말고 내가 잘 할 수 있는 일이 무엇이 있는지 찾도록 노력해야 한다고 생각한다.

어떤 한 부분에서 길을 걷고 있는 할아버지에게 어떤 부자인 사람이 길을 물었다. 할아버지는 친절하게 대답해 주었지만 할아버지의 말을 믿을 수 없다고 다른 사람이 말하였다. 그 말을 들은 작은 나무는 화가 나서 할아버지가 뭐라고 말해주시길 바랬지만 할아버지는 그저 고개만 꾸벅 숙이고 다시 길을 걸었다. 작은 나무는 왜 화를 내지 않느냐고 말하니 할아버지는 흥분을 하게 되면 이성보다 감정이 먼저 앞서게 된다고 말하였다. 흥분을 하게 되면 이성적인 시선으로 보지 않고 감정적인 시선으로 보게 되고 그렇게 되면 그릇된 행동을 할 수 있는 여지가 많아진다는 것이다.

할아버지는 뭔가 좋은 일이 생기거나 좋은 것이 생기면 무엇보다 먼저 이웃과 함께 나눠야 한다고 하셨다. 특히 할아버지가 가장 중요하게 생각하시는 것은 두 가지가 있는데 첫 번째는 무엇이든지 직접 해보고 깨달아야 한다는 것이다. 사람들은 단순히 지식만을 가지고 모든 것을 알려고 한다. 책이나 교육을 통해 배우고 습득하는 것만을 중요하게 생각한다. 하지만 할아버지는 직접 경험해 보는 것이 더 중요하다고 한다. 세상의 모든 지식도 경험을 바탕으로 정리 된 것이기 때문에 지식이 아니라 경험이 먼저라는 것이다. 그래서 할아버지는 작은 나무에게 늘 직접 경험할 수 있도록 도와주신다.

두 번째는 자생력을 키우면서 그것을 다른 사람에게 전달하라고 말씀하신다. 예전에 중학교 때 선생님께서 모든 사람은 100의 능력을 공평하게 가지고 태어난다고 하셨다. 만약 다른 사람의 도움을 50정도 받는다면 자신의 능력이 150이 되는 것이 아니라 50으로 줄고 다른 사람의 능력이 50으로 더해져 결국 똑같이 100의 능력을 유지한다고 하셨다. 이 말씀과 할아버지의 말씀처럼 사람들은 늘 다른 사람의 도움을 받으려고 하지만 그것은 결국 자신의 능력을 키우는 게 아니라 자신의 능력을 줄어들게 만들 것이다. 하지만 무작정 혼자서만 하는 게 아니라 다른 사람의 도움을 받는다면 자신도 똑같이 그 사람에게 도움을 주어 서로 100의 증력을 발휘 하는 게 가장 좋은 방법이라고 생각한다.

또 할아버지는 나아갈 때 목표를 확실히 정해서 나아가라고 말씀 하신다. 어디까지 가야 하는지 제대로 정하지도 않은 채 무작정 나아가기만 한다면 본래 길보다 더 멀게 느껴진다고 하신다.

그래서 사람들은 살면서 목표를 정확하게 세우고 나아가야한다는 것이다. 그러면 자신이 어느 정도 나아갈 것인지, 그것을 바탕으로 1년은, 한 달은, 하루는 어느 정도 나아가야하는지 구체적인 목표가 세워진다는 것이다. 마지막으로 할아버지가 주는 감동적인 말은 때로는 혹독한 겨울도 필요하다는 것이다. 겨울은 모든 것을 정리하고 더 튼튼하게 자라도록 휴식을 주는 계절이다. 하지만 사람들은 겨울을 별로 좋아하지 않는다. 겨울이라는 이미지가 혹독하고 고생스러운 느낌을 주기 때문이다. 그렇지만 추운 겨울을 이겨내고 나면 식물들이 더 아름답게 피어나듯이 사람들도 고생스럽고 혹독한 날들을 견뎌내고 나면 반드시 그에 상응하는 결과를 맞게 될 것이다.

이처럼 할아버지는 모든 세상의 진리를 자연에 빗대어 작은 나무에게 설명한다. 어떠한 구체적인 지식을 전달하지는 않지만 그 속에는 지식 이상의 지혜가 녹아있다. 나는 이 책을 읽고 나서 사랑이라는 의미, 행복이라는 의미, 아름다움이라는 의미에 대해 다시 생각해 보게 되었다. 이 세상이 각박해져 간다고 사람들은 말하지만 아직 이 책이 많이 읽히고 있는 것을 보면 아직도 많은 사람들의 마음속에는 사랑하고 싶고 행복해지고 싶다는 생각이 남아있다는 것을 의미한다고 생각된다. 그리고 이 책을 읽으면서 그러한 생각이 구체화되고 더 나아가 그것이 현실로 드러나서 좀 더 따뜻한 세상을 만들어 갈 수 있을 것이라고 생각한다.

담(談)

　　나는 책 읽는 것을 좋아한다. 하지만 글로 내가 읽은 책에 대해 느낀 점이나 감명 깊었던 것을 적어보거나 다른 사람과 이야기를 나눠 본적이 없다. 솔직히 나는 책을 읽는 것만 좋아하지 남들과 의사소통하거나 글로 내 생각을 표현하는 것을 별로 좋아하지 않는다. 하지만 이번 독서 멘토를 하면서 책을 읽고 내 생각을 남에게 말하면서 느낌 점을 공유 한다는 게 재미있다는 것을 알았다. 이제 멘토가 끝나더라도 공책 한 권을 준비해서 내가 읽은 책들에 대해 내 생각을 글로 남기는 것도 나쁘지 않다고 생각한다.

멘토 우철샘의 한마디

　　대학을 졸업한 후 바쁘다는 핑계로 독서량이 줄어들어 늘 고민이었다. 그러던 어느 날 독서멘토링 담당 교사를 모집한다는 소식에 참여해 보는 것이 독서를 가까이하기에 나 자신에게도 좋은 계기가 될 것 같아 시작하게 되었다. 처음에는 서로 어색하였고 진행하는 데에도 어려움이 있었다. 하지만 활동하는 횟수가 늘어날수록 학생들과 친해지고 자연스러운 멘토링 활동이 이루어지면서 학생들에게 조금이나마 도움이 될 수 있는 기회가 된 것 같다. 독서를 매개로 학생들과 함께할 수 있는 활동이어서 더 좋았다.

칼의 노래

저자 김훈 | 출판사 문학동네

2학년 3반 이유리

어릴 때부터 그토록 많이 들어왔고, 미디어를 통해 많이 접해왔었던 이순신 장군의 생애에 대한 글이었다. 나는 이순신장군에대해 많이 안다고 생각 했지만 책으로 읽어보니 사뭇 감회가 새로웠다. 이순신 장군이 뛰어난 감각으로 작전을 세워 여러 해전을 승리로 이끈 모습이 정말 멋있었다. 특히, 노량해전에서의 전술은 성공하기 쉽지 않을 작전이라 생각했는데 그 해전마저도 성공으로 이끌었다. 그런 이순신 장군의 모습에서 나는 진정한 리더의 모습이 떠올랐다.

불리한 조건에서, 전쟁으로 인해 힘든 상황 속에서, 사랑하는 아들마저도 잃은 그런 고통스런 순간에서도 끝까지 포기 않고 죽는 그 순간까지 전쟁의 승리를 위해 평정심을 잃지 않고 그 많은 군사들을 지휘한 모습이 정말 프로답다고 생각했다.

이 책은 특히나 이순신장군의 시점에서 쓴 글이어서 이순신장군의 내면이 잘 드러나 있다. 그래서 친구들한테도 꼭 한 번쯤은 권해 보고 싶은 책이다.

담(談)

한 번도 책을 읽고 다른 사람과 진지하게 생각을 나누어본 적이 없었습니다. 독서 멘토링을 하면서 같은 글을 읽고도 서로 다른 생각으로 다른 감정을 느낄 수 있다는 걸 알게 되었습니다. 그러면서 내가 스치듯이 봤었던 부분도 다시 한 번 생각해 볼 수 있게 해주었습니다. 자유로운 분위기에서 같이 책을 읽고 소통 할 수 있는 시간을 가질 수 있어서 좋았습니다.

죽음의 수용소에서

저자 빅터 프랭클 | 출판사 청아출판사

2학년 3반 위다영

난 죽음의 수용소에서를 읽고 나에 대해 한 번 더 생각하게 된 계기가 된 것 같다.

이 책의 저자인 빅터 프랭클은 제 2차 세계대전 당시 3년 동안 아우슈비츠에서 수용생활을 했으며 수용되기 전에는 정신과의사였다. 하지만 그는 정신과의 사라는 이름을 버리고 인간이라는 이름조차 버리면서까지 살기위해 발버둥 쳐야 했던 수용소생활의 일을 책으로 옮겼다.

수용소생활은 지금 우리로서는 생각지도 못하는 환경으로 추위와 굶주림, 그리고 그 생활 속에서의 사람들끼리의 전쟁이었다. 그러나 사람들은 자신의 생존을 보존하기 위해 그 환경 속에서 적응을 해야 했으며, '인간은 어떤 환경에도 적응할 수 있습니다. 하지만 그 방법에 대해서는 묻지 말아주십시오.' 라는 도스토예프스키의 말을 인용한 것과 같이 저자는 그 환경 속에서 적응이 되어 가고 있었다. 그리고 적응이 된 사람들은 혐오스럽고 고통스러운 것을 봐도 아무런 감정을 느끼지 않을 정도로 무뎌져 있었다. 그러나 수용소생활에도 신기하게 그 속에서 양보를 하는 사람도 있었고 사랑을 느끼는 사람도 있었다. 이런 부분에서 봤을 때 저자의 말처럼 자신에게 주어진 환경에서도 자신의 태도를 어떻게 하느냐가 그 환경에서도 사람이 사람 되게 할 수 있는 결정적인 요인이 되는 것 같다.

그래서 나는 이 책을 읽으면서 내가 살아오면서 느낀 크고 작은 일들은 받아들이고 또 내게 일어날 시련을 낙관적인 생각으로 낙담하지 않고 새롭게 시작하며 살아가야겠다는 것을 배웠다. 이런 혹독한 아우슈비츠 수용소를 다녀와 일상생활로 다시 돌아와도 고통스러워했지만 낙담하지 않고 새롭게 시작한 저자처럼 말이다.

담(談)

　고등학교에 들어와서 이런저런 핑계로 책을 가까이 하지 못한 것 같아 아쉬워했는데 이렇게 선생님과 친구랑 같이 같은 책을 읽고 그 책에 대해 토론도 하고 책을 한 번 더 펼 수 있는 계기도 만들게 되어서 아쉬움도 덜게 되었다. 그리고 좋은 책을 읽어 다른 친구들에게 추천도 해줄 수 있고 같이 하는 친구들끼리 책을 추천받기도 하면서 너무 뜻 깊었다.

멘토 윤선샘의 한마디

　학생들과 교과서의 지식이 아닌 책 속의 지식으로 이야기 나누고 생각하는 시간을 가질 수 있어 좋았습니다. 3명 모두 일정이 나름 바빠서 만나기 쉽지 않았던 것도 사실이지만 그럼에도 불구하고 끝까지 했다는 게 자랑스럽고 뿌듯하네요. 학생들의 인문적 소양에 조금이나마 도움이 되고 학창시절의 추억이 된다면 좋겠네요.

바보 빅터

저자 호아킴 데 포 | 출판사 한국경제신문사

1학년 7반 안성문

　'바보빅터'라는 책은 주인공 빅터가 친구들로부터 바보 취급을 받으며 정말 바보처럼 살아왔지만 자신을 끝까지 믿어주고 기억해준 레이첼 선생님 덕분에 인생의 변화를 맞게 되고, 결국은 자신의 가치를 찾아 국제멘사협회의 회장의 자리까지 성공하게 되었다는 내용입니다.

　저는 이 책을 읽으면서 인상 깊은 구절과 마음에 남는 장면이 참 많았습니다.

　레이첼 선생님이 로라와 책을 쓰면서 자료를 모을 때 로라에게 들려주었던 여러 가지 사례들과 그 중에서도 마지막 부분에 로라와 빅터가 함께 메를린 학교를 방문해서 빅터 스스로 자신의 아이큐를 확인한 후 로라가 빅터에게 들려준 '소녀와 발레리노' 이야기는 특히 인상적 이었습니다. 1분도 채 보지 않고 어린 소녀의 꿈을 포기하게 만들었던 발레리노가 나중에 그 소녀가 "어떻게 단1분만에 어린 소녀의 가능성을 알아볼 수 있었죠?"라는 질문에 "당연히 알 수 없죠. 난 신이 아니니까." "당신이 남의 말을 듣고 꿈을 포기했다면 성공할 자격이 애초에 없었던 것입니다!"라고 했던 말이 매우 인상적이었습니다. 누구보다도 자신의 꿈과 가능성은 자신이 가장 잘 알 수 있는 것 같습니다. 그렇게 때문에 유명한 발레니노의 무성의한 한마디 때문에 꿈을 포기한 것은 어쩌면 그 누구의 잘못이 아닌 그 소녀의 어리석음의 결과라는 생각이 들었습니다. 그래서 나도 다른 사람의 말에 귀를 기울일 필요는 있지만 그 것에 휘둘려 다른 사람이 내 인생을 결정하도록 내버려 두면 안 된다는 큰 교훈을 얻었습니다.

　이 책의 뒷부분에 빅터가 멘사의 회장이 되고 취임식으로 연설을 한 부분도 마음에 드는 구절중 하나입니다. 남의 시선에 신경 쓰지 말고 자기 자신을 위해 마지막까지 포기하지 말고 해보라고 나를 격려하는 것 같았습니다. 그리고 테일러 회장이 "자네 스스로 자신을 믿는다면 누군가는 알아 줄 거야, 내가 이렇게 자네의 가능성을 발견한 것처럼 말이지 하지만 반대로 자네가 자신을 믿지 못한다면 그 누구도 자넬 믿어주지 않을 걸세", "마음만 먹으면 무엇이든 할 수 있다", "자신을 과소평가 하면 절대로 잠재 능력을 발휘할 수 없습니다" 등등 많은 명언들이 기억에 남습니다.

이 책을 읽으며 큰 용기 얻었고 나 자신을 믿으며 좀 더 자신감 있게 살아야겠다고 다짐했습니다. "Be Yourself(너 자신이 되어라)" 이 말은 현재 내게 꼭 필요한 말입니다. 많은 교훈을 준 이 책을 후에도 다시 한 번 읽어 봐야겠다는 생각이 들었고, 다른 친구들에게도 추천해 주고 싶습니다.

 담(談)

　　처음 독서 멘토링을 신청할 때 생활기록부에 기재되고 또 중학교 때 책을 많이 읽지 않은 게 후회가 돼서 신청하게 되었습니다. 그런데 초반에 신청을 했는데 아무런 활동도 제대로 하지 않고 한번 모였는데 그때도 느낌이 별로 안 좋아서 실망했고 왜 신청했지? 이런 생각을 하였습니다. 하지만 멘토링 선생님이 바뀌시고 나서 제대로 하기 시작했고 자주만나 책 읽은 것을 가지고 이야기 하는 게 재미있고 좋았습니다. 초반  에는 책 읽는 게 좀 느리고 꾸준히 잘 안 읽고 미루면서 읽다보니 흥미도 좀 잘 못 느끼고 1권 읽는데 시간도 많이 걸리고 했는데 시간이 가면서 읽는 속도도 빨라지고 또 책이 은근히 재미있는 게 많아서 한번 읽으면 많은 페이지를 읽게 되었습니다. 그리고 저번에 '바보 빅터' 라는 책을 읽었는데

약 3시간 만에 다 읽어서 좀 놀랐습니다. 이 때 동안 한 번도 하루 만에 소설책을 처음부터 끝까지 다 읽은 적이 없었는데 이번에 다 읽어서 놀랐고, 독서 멘토링을 하면서 '원예반 소년들', '방관자', '바보 빅터' 등등 많은 책들이 저에게 교훈을 주었고 감명 깊은 구절 또 저에게 뭔가 희망을 준 책도 있었습니다. 저는 작년까지만 해도 1년에 책을 10권 아니 5권도 읽지 않았습니다. 하지만 독서 멘토링을 통해 책을 읽다보니 개인적으로도 도서관을 찾아 책을 빌려보곤 합니다. 그러면서 저만의 교훈? 다짐이 생기고 점점 책 읽는 권수가 늘어나는 것 같아 기분이 좋고, 만약 제가 독서 멘토링을 하지 않았더라면 저는 지금 책 읽는 걸 귀찮아해서 잘 빌리지도 않을 것이고 1년에 4~5권 빌려 읽는 것도 힘들었을 것입니다. 독서 멘토링을 하면서 책에서 주는 교훈이 때론 희망을 주고 용기를 준다는 것을 느껴 이제는 '멘토링을 하길 잘했다' 라는 생각을 합니다.

바보 빅터

저자 호아킴 데 포 | **출판사** 한국경제신문사

1학년 10반 장지혜

나는 이때까지 독서 멘토링을 하면서 읽은 책 중 '바보 빅터' 라는 책이 제일 기억에 남아서 이 책을 선정하게 되었다. 바보 빅터라는 책은 17년 동안 바보로 살았지만 결국엔 아이큐 173의 멘사 회장이 되는 그런 이야기를 쓴 책이다.

처음에 표지에 적혀있는 17년 동안 바보로 살았던 멘사 회장의 이야기라는 문구에 끌려 이 책을 읽어보기로 선택했다. 어떻게 바보로 17년을 살았으면서 멘사 회장이 될 수 있었을까? 나는 처음에 이런 의문점이 들었다. 빅터는 여섯 살 때 아버지와 빅터를 데리고 보건소 아동상담센터를 찾았고 테스트 결과 또래

보다 언어, 인지력이 떨어진다고 나왔다.

그러나 아버지는 "저런 멍청한 여자 말은 귀담아 들을 필요 없다. 누가 뭐래도 너는 이 세상에서 제일 똑똑한 아이다. 마음만 먹으면 무엇이든 할 수 있다."라고 말씀해 주셨다.

빅터는 언제나 소심해서 친구들에게 따돌림과 놀림을 받는 아이였다. 어느 날 학교에서 아이큐테스트를 했고 빅터는 173이라는 엄청난 결과가 나왔지만 로널드 선생님은 바보인 빅터가 그렇게 높게 나오지 않을 것이라고 믿고 73이라고 말을 해 버렸다.

그래서 빅터는 17년간 자기 자신 뿐만 아니라 주위의 모든 사람들까지 73이라고 믿고 빅터를 괴롭히고 바보라고 굳게 믿었다. 결국 나중에 크고 나서 다시 아이큐 검사를 한 결과 173이라는 결과가 나왔고 결국 빅터는 멘사 회장까지 되는 실화를 그린 내용이었다.

나는 이 책을 읽으면서 빅터가 평소에 가지고 있지 않던 자존감이 얼마나 중요한 것인지에 대해서 깨달았다. 빅터가 레이첼 선생님의 변함없는 믿음으로 살아간 것처럼 나도 내 주위 사람들을 많이 믿어주는 레이첼 선생님 같은 사람이 되어야 겠다는 생각이 들었고, 또한 무슨 일을 하던지 나 자신을 믿으면서 바보 빅터처럼 시간을 허비하며 살아가지는 않을 것이라 다짐했다.

나는 이 책을 읽으면서 나…의 기준…나를…믿어라. 나를 믿어라 라고 하는 빅터가 자기 자신에게 하는 말을 아직도 잊을 수가 없다.

나를 믿는다…라는 말은 나는 시험을 칠 때나 그런 상황에서 내 자신을 잘 믿지 못하는 경향이 있지만 이 책을 보면서 내 자신을 더 많이 믿으면서 확신을 주는 그런 삶을 살고 싶다고 생각했다.

그리고 빅터는 내가 한 번도 생각하지 못했던 '줄 없는 줄넘기' 와 그냥 지나쳐만 가던 표지판을 보고 문제를 풀 호기심을 느낀 빅터가 신기하기만 했다. 빅터가 레이첼 선생님을 만나러 갔을 때 레이첼 선생님은 빅터와 로라에게 교통사고 이야기를 해주셨고 교통사고 이후 자신의 삶이 오늘이 이 세상의 마지막일 수도 있다는 생각에 매일 후회 없이 살기 위해 노력했고, 실패했던 일을 후회하지 않기 시작했다고 하셨으며 또한 빅터를 다시 만나기로 한 이유는 빅터를 너무 쉽게 포기했었기 때문에 다시 만나서 빅터를 더 믿고 할 수 있는 기회를 만들어 주셨다고 생각하셨기 때문이다.

빅터가 애프리 직원이 되었을 때 테일러 회장님은 빅터에게 대부분 사람들은 세상의 기준에 자신을 맞추지만 세상의 기준이 아니라 나만의 기준을 따라야 한다고 말씀 해 주셨다. 하지만 빅터는 곰곰히 생각해 보았지만 자신에게는 보물이 없다고 했다. 그러나 테일러 회장님은 아니다 자네만의 기준은 이미 자네 안에 있다는 말을 해주실 때 나도 나만의 기준에 대해서 생각해 보았다. 아직 찾지는 못했지만 앞으로 더 열심히 생각해서 나만의 기준을 찾을 수 있도록 해 봐야겠다.

이 책을 읽으면서 바보로 살아간 그는 멘사회장이 될 만큼 큰 인물이었고 아무도 알아주지 않았지만 고난과 역경 속에서 혼자 멘사 회장이 될 수 있는 모습을 꼭 본받고 싶다.

담(談)

1학년 동안 독서 멘토링을 하면서 우리 조는 사정상 좀 늦게 시작했지만 좋은 선생님과 좋은 친구들을 만나 그 동안은 읽지 못한 다양한 책을 읽으며 이야기도 나누고 독서활동도 적으며 내가 보지 못했던 많은 책을 볼 수 있는 좋은 기회였다. 2학년이 되도 할 수 있으면 독서 멘토링에 참가해 더 많은 책과 지식과 새로운 경험을 쌓았으면 좋겠다.

우아한 거짓말

저자 김려령 | 출판사 창비

1학년 10반 김세림

이 책은 내가 이때까지 독서 멘토링을 하면서 읽은 책 중에서 가장 인상 깊었던 책이다. 이 책은 중학생 여자아이인 천지의 자살을 계기로 언니인 만지가 이때까지 자신이 몰랐던 동생 천지가 남긴 흔적을 보고 천지의 비밀을 알아가며 숨겨져 왔던 진실을 알아가는 내용이다.

맨 처음 이 책을 접했을 때는 뭔가 오묘하고 이상한 느낌 이였다. 시작부터 사람이 죽다니 그것도 중학생 여자아이가. 그런데 읽다보니 점점 감정 이입이 되고 책을 보며 화내고 슬퍼서 울고 심지어 화를 너무 많이 내서 머리까지 아파왔다. 읽으면서 나는 내가 만약 그 애였으면 얘는 왜 이러는 걸까? 하며 입장을 하나하나 바꿔 생각 해 보기도 했다. 내가 만약 만지라면 난 슬퍼서 견딜 수가 없을 것이다. 동생이 남기고 간 쪽지를 하나하나 찾아야 된다면 나는 동생이 그렇게 힘들었다는 것, 동생친구들이 동생한테 어떤 식으로 대했는지, 얼마나 고통스러워했고 상처받는지, 내가 상처받을까봐 슬프고 무서워서 그럴 수가 없을 것 같다.

쪽지를 한 장 한 장 찾을 때마다 내 마음은 찢어져 버릴 것 같다. 그리고 내가 만약 천지라면 자살이라는 극단적인 방법까지 갔을까? 하고 생각해본다.

사실 이 책을 읽으며 난 천지의 입장과 천지의 마음을 많이 공감했다. 나도 초등학교 때 천지와 비슷한 상황을 겪은 적이 있었다. 그런데 난 그럴 때 마다 엄마가 옆에 오셔서 나를 달래주시며 따뜻한 말씀을 해 주시고 언제나 나의 곤란하고 난처한 상황을 해결해 주셨다. 그래서 나는 자살이라는 생각은 머릿속에 떠올려 보지도 않았다. 이런 점에 있어서 나와 다른 천지를 보면 매우 안타깝다.

천지는 나이에 비해 너무 성숙한 것이다. 그래서 속사정을 혼자 가지고 끙끙 앓고 도움을 요청하지 않았던 것이다. 과연 저때 천지 옆에서 천지를 따뜻하게 지켜봐주고 바라봐주며 들어주는 사람이 있었으면 천지가 자살을 했을까? 라는 생각도 해본다.

　이 책을 통해 말이 얼마나 무서운지를 다시 깨우쳤다. 천지가 죽음을 택한 데에는 여러 가지 이유가 있었을 것 이다. 화연이가 가해자인 건 말할 것도 없지만, 미라도 가해자가 아니라 할 수도 없다. 과연 미라가 무심코 던진 말 한 마디로 천지가 자살을 결심했을지 누가 아는가. 말은 사람을 죽이는 살인무기가 될 수도 있고 사람을 살리는 따뜻한 포옹이 될 수도 있다는 것을 다시 한 번 깨우치게 되었고, 내가 이 책을 읽고 느낀 바로는 무심코 던지는 빈말이라도 다시 한 번 생각해보고 말을 내뱉어야겠다는 생각을 한다. 이것이 나의 느낀 점이자 이 책을 읽고 난 후의 내 다짐이다.

담(談)

　내가 독서 멘토링을 시작한 이유는 그저 처음엔 이걸 시작하면 내가 책을 많이 읽게 될까? 라는 생각에 시작하게 되었다. 그런데 그게 다가 아니었다. 나는 독서 멘토링을 하면서 내 의사표현을 말로 잘 전달하는 방법을 알게 되었고 내 느낀 점을 조리 있게 말하는 법을 알게 되었고 나 자신과의 약속이라는 것을 하게 되었다. 선생님과 친구들과 의견을 주고받고 내 의사를 전달하고. 나를 바꿀 수 있게 해 준 계기는 독서 멘토링이었던 것 같다.

멘토 정수샘의 한마디

  늘 책을 많이 읽어야겠다는 생각은 있었지만 이런저런 핑계로 실행에 옮기지는 못하고 있었는데 교사독서토론모임에 참여하면서 생각만으로 그쳤던 독서가 드디어 실천으로 옮겨지게 되었다. 아무래도 모임에 참석하면 혼자 읽는 것보다 낫지 않을까 하는 단순한 생각이었는데 실제로 모임에 참석해 보니 기대 이상이었다. 여러 선생님의 말을 들으면서 내가 미처 깨닫지 못한 부분을 발견하게 되었고, 한 권의 책을 다양한 시각에서 볼 수 있다는 것이 얼마나 즐겁고 유익한 것인지에 대해 알게 되었다.

  처음 독서 멘토링 제의를 받았을 때, 나처럼 책을 잘 읽지 않는 사람이 학생들에게 무슨 도움을 줄 수 있을까 하는 생각에 쉽게 수락하기 어려웠지만 나도 독서토론모임을 통해 독서에 대한 즐거움과 풍요로움을 새롭게 경험한 것처럼 내가 만나는 학생들도 조금이나마 그런 경험을 공유하면 좋지 않을까하는 생각에 시작하게 되었고, 지금 생각해보니 독서 멘토링하기를 너무 잘했다는 생각이 든다.

  우선 우리 학생들이 나보다도 더 적극적으로 이 모임을 기대하고 준비해 줘서 고마웠고, 독서 멘토링을 통해 읽은 책들 대부분이 청소년문학이었는데 아마도 독서 멘토링이 아니었다면 이 책을 만나지 못할 뻔 했다는 생각이 들어 얼마나 다행인지 모른다. 특히, 「우아한 거짓말」과 「방관자」라는 책은 왕따 문제, 청소년 자살 문제에 대해 다룬 책으로 교사로서 반드시 읽어보고 학생들과 함께 고민해 봐야할 책이라는 생각이 들었다.

  우리 모임은 일단 함께 선정한 책을 읽으면서 인상 깊은 구절을 하나씩 찾아 와서 그 구절을 택한 이유를 친구들에게 얘기하는 것으로 시작하였다. 그리고 친구들과 나누고 싶은 질문들을 하나씩 생각해오도록 해서 자신이 책을 읽으면서 친구들에게 묻고 싶은 질문을 던지면 각자가 자신의 생각을 답을 하는 형식으로 진행되었다. 이 과정을 통해 자신의 생각을 솔직하고 진지하게 얘기하며 독서토론을 이끌어가는 학생들의 모습이 대견스럽고 멋졌다.

  독서 멘토링은 학생들과 소통하며 학생들의 생각을 듣고 교사로서 나 자신을 되돌아 볼 수 있는 좋은 시간이었다. 누구보다도 내가 가장 많을 것을 얻은 것 같아 함께 해준 친구들에게 감사의 마음을 전하고 싶다.

2 함께 걷기

두 번째 걸음

문학
기행

경주 문학기행

1. 왜 경주일까요?

경주는 대구와 매우 인접한 곳이다. 그러나 곁에 두고도 그 소중함을 모르는 가족처럼 경주의 진면목을 제대로 알고 있는 학생들은 드물다. 이에 교실 밖 체험활동의 일환으로 경주문학기행을 추진하여 학생들로 하여금 문학과 역사를 몸으로 체험하고 느낄 수 있는 기회를 마련하고자 한다. 특히 경주에 위치하고 있는 동리·목월 문학관을 견학하여 그들의 일생과 작품세계에 대한 이해의 폭을 넓히고, 경주에 남아있는 문화유산을 감상하며 역사의 향취를 느껴 볼 수 있도록 한다.

2. 우리는 무얼하나요?

가. 경주 지역을 중심으로 학생들이 교육적으로 접근할 수 있는 유서 깊은 문화재 및 자료들을 선정하여 소개한다.

나. 사전에 경주와 관련된 문학 및 역사 서적을 읽고 참여할 수 있도록 한다.

다. 직접 체험하고 참여할 수 있는 프로그램을 기획하여 교육적 효과를 높인다.

라. 문화 해설사를 섭외하여 학생들에게 다양한 정보를 제공하도록 한다.

3. 이렇게 해 봐요

시간	활동내용
8:30	버스에 탑승
8:30~10:00	학교출발 – 동리목월 문학관 도착
10:00~12:00	동리목월문학관 견학(문화해설사) – 동리 · 목월 백일장
12:30~13:30	점심 식사
13:30~14:30	경주국립박물관, 안압지 견학
14:30~16:30	계림, 대릉원 일대 – 전통놀이 체험(모둠활동)
16:30~18:00	경주 출발 – 학교로 이동
18:00	대구서부고 도착, 해산

4. 보고서는 기본

학반	학년 반 번 이름 ( )
체험 동기	
동리 · 목월 문학관	
경주국립박물관 · 안압지	
계림 · 대릉원	
반성 및 느낀 점 (전체)	

5. 함께 갈 사람 여기 손 들어라!

● 신청자

본교 도서관에서 5월 11일(토) 경주문학기행을 계획하고 있습니다.

관심 있는 친구들은 4월 19일까지 도서관으로 신청바랍니다.

● 일시 : 5월 11일(토)

● 장소 : 경주 일대

● 활동내용 : 동리·목월 문학관, 대릉원 일대를 돌아다니며 경주에 살아 숨쉬
　　　　　　는 역사와 문학의 향기를 느낀다.

● 참가신청 : 도서관 4월 19일까지

시험 끝나고 할 일 없고 심심하죠?

이번 문학기행을 통해 친구들과 좋은 추억도 만들고, 나의 문학적 소양도 쌓
아 봅시다.

게으르고 귀찮아지는 마음은 멀리멀리~ 경주로 떠나봅시다!!

– 하늬글 샘

6. 자료집

♤ 이 정도는 지켜주는 센스!!!

- 김동리, 박목월의 작품을 읽어옵시다.
- 늘 필기도구와 안내서를 들고 다닙시다.
- 성숙한 관람 문화 정착으로 문화 시민의 긍지를 지킵시다.
- 단정한 복장을 합시다.
- 학생다운 행동을 합니다.
- 소지품 관리에 유의합니다.
- 집합 시간을 꼭 지킵니다.
- 건강에 유의하고 이상이 있을 때에는 즉시 선생님께 알립니다.
- 쓰레기를 함부로 버리지 않습니다.
- 버스 탑승 시 창밖으로 머리나 팔을 내밀지 않습니다.
- 멀미가 심한 사람은 개인적으로 미리 대비합니다.

♤ 준비물

※ 준비 완료된 것은 (   )에 체크하세요.

종류	준비물
복장류	모자( ), 우산( )
세면도구	화장지( )
먹거리	생수( ), 간식거리( )
약품	멀미약( ), 썬크림( ) 개인복용약( )
비상금	적당한 용돈( )
필기구	볼펜( ) 참고 도서( ) 기행안내서( )
기타	가방( ), 핸드폰?이어폰( ), 돗자리( )

소설가 김동리

■ 개요

김동리(金東里, 1913년 11월 24일~1995년 6월 17일)는 한국의 소설가이자 시인으로 본명은 시종(始鍾)이다. 1934년 '백로(시)', 1935년 '화랑의 후예', 1936년 '산화'가 연이어 당선되면서 문단 활동을 시작했다.

■ 문학세계

초기의 문학적인 특성을 가장 집약적으로 나타낸 작품은 〈무녀도〉이다. 이 소설은 무당 모화와 딸 낭이, 그리고 낭이의 배다른 오빠 욱이라는 인물을 통해 종교적 충돌과 이로 인한 인간 내면의 갈등을 그리고 있다. 즉 우리나라 토속적인 샤머니즘과 외래사상인 기독교의 대립 속에서 현실적으로 패배할 수밖에 없는 우리나라 고유 사상의 역설적인 삶의 한 양식을 무당 모화를 통해 보여주었다. 〈무녀도〉와 쌍벽을 이루는 대표작은 〈황토기〉이다.

이 작품은 설희라는 아름다운 여인을 사이에 둔 천하장사 억쇠와 득보의 갈등을 중심으로 전개된다. 쌍룡(雙龍)의 전설을 상징화시킨 이 소설은 인생의 허무를 강조하고 있다. 이 같은 허무의 세계는 〈무녀도〉의 신비적이고 몽환적인 세계와 더불어 김동리의 초기 문학을 지탱하는 양대 지주였다.

중기는 〈혈거부족〉을 시작으로 하는데, 이 시기의 작품들은 해방 이후에 쓴 〈미수 未遂〉(백민, 1946. 12)ㆍ〈달〉ㆍ〈역마〉 등과 함께 그가 해방 직후에 제기했던 순수문학론, 본격문학론, 제3 휴머니즘론을 구체적으로 반영하고 있다. 이 소설들은 초기의 작품세계, 즉 신비적ㆍ허무적 색채를 가미한 인간성의 옹호 및 생(生)의 근원에의 집착이라는 문학적 토대에 사상적인 깊이를 더해주는 것이었다.

1955년 〈현대문학〉 1월호에 발표한 〈흥남철수 興南徹收〉는 민주주의와 공산주의라는 이념이 전쟁에 어떻게 반영되고 있는가를 보여주고 있다. 이처럼 후기의 작품세계는 이념과 인간과의 관계를 해명하는 데 중점을 두었다.

같은해 〈현대문학〉 5월호에 발표한 〈밀다원시대 密茶苑時代〉와 〈문학과 예술〉 6월호에 발표한 〈실존무 實存舞〉에서는 전쟁 이후 지식인들의 심리적 불안감을 보여주었다.

특히 1955년부터 1957년까지 〈현대문학〉에 연재한 〈사반의 십자가〉는 김동리 스스로가 "작가생활 35년 만에 비로소 작품다운 작품을 갖게 되었다."고 말할 정도로 뜻 깊은 작품이다. 조국의 독립이라는 현실적인 문제를 추구하는 사반과, 영혼의 구제와 내세적 · 천상적인 영광만을 추구하는 예수의 대립을 기본 구성으로 주로 비유와 상징으로 꾸며져 있다. 즉 예수와 사반의 대립을 통해 육체와 영혼을 스스로 대극점에 놓고 있는 모순된 존재로서의 인간의 근원적 문제를 추구하고 있다.

이러한 문학세계는 1963년에 발표한 〈등신불〉에 이르러 더욱 강화된다. 소신공양으로 성불(成佛)한 만적(萬寂) 스님의 인생과 일제 말기 학병으로 끌려가 정원사(淨願寺)에 숨어 있는 주인공 '나'의 삶의 여정을 그린 이 작품은 부처는 이미 인간이 아니며, 만적은 소신공양(燒身供養)함으로써 인간과 부처를 동시에 체현했음을 핵심적으로 드러내고 있다.

시인 박목월

■ 개요

박목월(朴木月, 1916년 1월 16일~1978년 3월 24일)은 한국시단에서 김소월과 김영랑을 잇는 시인으로, 향토적 서정을 민요가락에 담담하고 소박하게 담아

냈다. 본명은 영종(泳鍾).

■ 문학세계

1939년 정지용의 추천을 받아 〈문장〉에 시 〈길처럼〉 · 〈그것은 연륜이다〉 ·
〈산그늘〉 등이 발표되어 문단에 나왔다.(청록파) 이어 발표한시들은 초기 · 중
기 · 후기로 나누어 살펴볼 수 있다. 초기는 시집 〈청록집〉(1946) · 〈산도화 山桃
花〉(1955)를 펴낸 시기이며, 중기는 시집 〈난(蘭) · 기타〉(1959) · 〈청담 晴曇〉
(1964)을 펴낸 시기이고, 후기는 〈경상도의 가랑잎〉(1968)을 펴낸 이후의 시기
이다.

초기에는 자연을 보는 입장에 서 있고 후기에는 사회현실을 인식하는 입장에
서 있다고 할 수 있는데, 소재가 자연에서 일상적인 삶으로 바뀌고 표현방법도
객관적인 스케치에서 주관적 내지 자아응시로 바뀌었다. 그래서 초기에는 '보는
자'로서의 입장에 충실했다면 후기에는 '느낀 자'로서의 입장에 충실했고, 대상
과 어느 정도 거리를 두고 동화내지 화해를 꾀했던 것이, 후기에 와서는 어긋남
과 비틀어짐 속으로 빠져들게 되었다.

구체적으로 살펴보면, 자연을 노래하고 대상에 대한 주관적인 인상을 그리는
데 힘썼던 시적 태도, 율격과 간결미에 치중했던 시적방법은 시집 〈난 · 기타〉에
와서 변화를 겪게 된다.

이 시집에 실린 〈넥타이를 매면서〉 · 〈모일〉 · 〈서가〉 · 〈정원〉 등을 보면, 초기
시보다 운율과 시각적 효과를 그다지 고려하지 않고 시적 대상도 자연에 대한
순수한 관심에서 일상적인 생활에서 우러나오는 감정으로 바뀌어 생활인의 아
픔과 소시민의 고달픔을 읊고 있다. 따라서 〈난 · 기타〉는 〈청록집〉이나 〈산도
화〉에서 보여주었던 '동화적 욕구'의 좌절을 알리는 첫 신호라 할 수 있다. 대표
작 〈나그네〉는 조지훈의 시 〈완화삼 玩花衫〉에 화답한 것으로서, 초기 시가 그렇
듯 향토성이 짙고 민요가락을 빌려 섬세한 서정을 읊고 있다.

그의 시관(詩觀), 시 기능론, 시 방법론은 전통적인 것에 아주 가깝다. 그의 시
는 "시는 기껏 시인 자신을 정화하고 구제해 주는 것"이라는 시 효능론에 뿌리

를 두고 있으며, 시는 "생활 속에서 만들어지고 읽히고 에네르기화 된다."고 믿었다. 그래서 시는 신념 또는 철학을 구체적으로 드러내는 표현양식이라는 통념을 완강하게 뿌리치고, 한편의 시를 쓰는 과정이나 지식인으로서의 삶을 살아가는 과정에서 지나칠 만큼 욕심을 내지 않았다.

■ 박목월의 시(詩)

나그네

강나루 건너서
밀밭 길을

구름에 달 가듯이
가는 나그네

길은 외줄기
南道 三百里

술 익는 마을마다
타는 저녁 놀

구름에 달 가듯이
가는 나그네

청노루

머언 산 靑雲寺
낡은 기와집

산은 紫霞山
봄눈 녹으면

오리목
속잎 피는 열두 구비를
청노루
맑은 눈에

도는
구름

□ 국립경주박물관

국립경주박물관은 광복 직후인 1945년 국립박물관 경주분관으로 출범하였으며, 1975년 현재 위치인 인왕동에 건물을 새로 짓고 박물관 전체를 옮겨왔다. 이전 당시에는 본관(지금의 고고관)과 별관(지금의 특별전시관) 그리고 성덕대왕신종을 위한 종각이 지어졌다.

1982년에는 김수근(1931~1986)의 설계에 따라 안압지 출토품을 전시하기 위한 제2별관(지금의 안압지관)을 지었는데 벽돌과 나무로 된 벽에 기와를 올린 단순한 외관은 전통적인 창고에서 이미지를 따온 것으로 알려져 있다. 2002년에는 미술관을 신축하였으며, 전시와 더불어 박물관 교육과 연구 관리 공간으로 이용하고 있다.

최근에는 주변 부지를 확보하여 정문의 남쪽 이전 등 박물관 영역을 넓혀 나아가는 계획을 추진하고 있다.

※ 고고관

까마득한 선사시대의 돌도끼부터 고대왕국 신라의 금관까지 만날 수 있는 전시관. 신라의 탄생 과정과 번영을 세부분으로 나누어 전시하였고, 국은 이양선 선생이 기증한 문화재를 소개하는 전시실이 마련되어 있다.

※ 미술관

신라의 찬란한 미술문화와 역사를 보여주는 미술관은 2005년 5월 개관한 이래 2008년의 전시환경 개선을 거쳐 현재의 모습으로 거듭났다. 1층의 불교미술 Ⅰ실과 불교미술 Ⅱ, 2층의 금석문실과 황룡사실에서 약 400점의 삼국시대와 통일신라 미술품과 역사자료의 정수를 전시하고 있다. 이밖에 신라 왕경모형, 석굴암과 불국사를 주제로 한 동영상물 등의 각종 보조 자료들이 있다.

1층의 불교미술Ⅰ실에서는 신라 불교사의 흐름에 따른 각 시기의 대표적인 불교미술품을 보여준다. 최근 발굴한 신라 최초의 가람인 흥륜사로 추정되는 절터의 발굴품을 비롯하여, 신라의 미소로 잘 알려진 얼굴무늬수막새, 황룡사 구층목탑 출토 찰주본기, 감은사 서탑 출토 사리기(보물 제336호) 등이 대표적인 전시품이다.

불교미술Ⅱ실에서는 신라의 소형 금동불상과 대형 석조불상을 유형별, 시대별로 구분하여 불교조각의 전개를 한 눈에 볼 수 있다. 대표적인 전시품은 남산 장창골(삼화령) 출토 미륵삼존불, 백률사 금동약사불입상(국보 제28호) 등이다.

2층의 금석문실에는 신라 천년의 역사를 밝혀줄 수 있는 임신서기석(보물 제1411호), 남산신성비, 문무왕비, 이차돈 순교비 등의 문자 자료를 전시하고 있다. 황룡사실은 신라의 대표적인 호국사찰이었던 황룡사 터에서 출토된 대형 망새(치미)를 비롯한 기와, 사리갖춤, 지진구, 불상 등의 여러 문화재와 구층목탑 등의 황룡사 모형자료가 신라의 불교, 미술, 건축에 대한 다양한 정보를 제공하고 있다.

※ 월지관

월지관은 경주 안압지에서 발견된 3만여 점의 통일신라시대 문화재 중에서 엄선한 약 3백여 점의 문화재를 주제별로 전시하여 통일신라 문화, 특히 왕실의 생활문화 전반을 이해할 수 있도록 구성되어 있다. 문무왕 14년(674) 궁궐 안에 완

공된 안압지에서는 신라의 건축문화를 보여주는 다양한 종류의 기와, 호국불교의 상징인 불교조각품 등이 발굴되었다. 금속제 접시, 완, 숟가락과 여러 가지 형태의 토기 등은 당시 궁궐의 실생활을 알 수 있는 귀중한 자료이다. 또한 중국 당(唐)에서 만들어진 청자와 백자는 신라와 당나라 사이의 활발한 교류를 짐작케 한다. 그 외에도 목간, 건물을 장식하는 금속공예품 등이 전시되어 있다.

※ 옥외 전시장

국립경주박물관 뜰에는 범종, 석탑, 석불, 석등, 비석받침, 전각 기단 부재 등의 석조품 1,100여 점을 전시하고 있다. 이들은 대부분 경주와 그 주변지역의 옛 절터나 궁궐터, 성터 등에서 옮겨 온 것들이다. 대표적인 전시품으로는 우리나라에서뿐만 아

니라 세계에서도 가장 빼어난 종으로 평가되는 성덕대왕신종(국보 제29호)을 비롯하여 감은사 터 석탑과 쌍벽을 이루는 통일신라 초기의 고선사 터 삼층석탑

(국보 제38호), 8세기 통일신라 불교조각의 우수성을 보여주는 장항리 절터 석조부처, 낭산 출토 석조관음보살입상 등을 볼 수 있다.

□ 대릉원

대릉원이란 이름은 "미추왕(味鄒王)을 대릉(大陵: 竹長陵)에 장사지냈다"는 《삼국사기(三國史記)》의 기록에서 딴 것이다.

총면적은 12만 5400평으로, 신라시대의 왕·왕비·귀족 등의 무덤 23기가 모여 있다. 고분은 모두 평지에 자리 잡고 있는 신라시대만의 독특한 무덤군(群)으로, 크게 다음과 같은 7개의 지역으로 나뉜다.

① 신라미추왕릉(사적 175) ② 경주 황남리 고분군(皇南里古墳群:사적 40) ③ 경주 노서리 고분군(路西里古墳群:사적 39) ④ 신라 오릉(五陵:사적 172) ⑤ 경주 동부사적지대(東部史蹟地帶:사적 161) ⑥ 경주 노동리 고분군(路東里古墳群:사적 38) ⑦ 재매정(財買井:사적 246) 등이다.

무덤을 발굴·조사할 때 신라 문화의 정수를 보여주는 금관·천마도(天馬圖)·유리잔 및 각종 토기 등 당시의 생활상을 엿볼 수 있는 귀중한 유물이 출토된 문화재의 보고이다. 경상북도 경주시 황남동(皇南洞)에 있다.

대릉원 지구 외에 나머지 4개의 경주 역사 유적지구는 불교미술의 보고인 남산지구, 신라 왕조의 궁궐터인 월성지구, 신라불교의 정수인 황룡사지구, 왕경(王京) 방어시설인 산성지구 등이다. 대릉원 지구를 포함해 총 52개의 지정문화재가 있다.

□ 계림

신라의 옛 이름이며, 김알지 설화가 얽혀 있는 경주의 숲. 〈삼국사기〉 신라본기에 의하면 탈해 이사금 9년(65년) 시림
(始林)에서 닭이 우는 소리를 듣고 왕이
호공(瓠公)을 보내 살펴보게 하니 숲속
나뭇가지에 금궤가 걸려 있고 그 아래 흰
닭이 울고 있었다. 그 금궤를 열어보니
안에 어린아이가 들어있어 이 숲을 계림

이라 부르고 아이를 데려다 길렀는데 이 사람이 김씨의 시조인 김알지이다. 나
중에는 나라 이름을 계림이라 했다. 따라서 계림은 경주시 교동의 숲을 가리키
기도 하면서 신라의 옛 이름이기도 하다.

□ 석빙고

석빙고란 얼음을 저장하기 위하여 만든 창고인데, 겨울에 얼음을 채취·저장
하였다가 여름에 사용하기 때문에 얼음이 녹지 않게 하기 위하여 지하에 설치하
는 것이 일반적이다.

기록에 의하면 얼음을 채취하여 저장하는 일은 신라시대부터 있었으며, 이 일
을 맡은 관직을 빙고전(氷庫典)이라 하였다고 한다. 빙고는 대개 성 밖의, 강가
에서 그리 멀지 않은 곳에 위치하고 있는데 이것은 강에 얼어붙은 얼음을 채취
하여 운반하기 쉬운 곳에 창고를 두었기 때문이다.

빙고의 축조방법은 대개 일정하며, 규모 또한 대동소이하다. 보통 지하에 깊
게 굴을 파고 안쪽 벽을 석재로 쌓아올리고, 내부의 밑바닥은 장방형으로 경사
지게 만들었다.

그리고 바닥에는 배수구를 설치하여 빙고 안의 녹은 물을 내보내고 있다. 천
장은 잘 다듬은 돌로 쌓아올린 홍예(虹霓 : 무지개모양의 문)를 4, 5개씩 연결하
여 궁륭형(穹?形)을 이루었고, 그 사이마다 환기구멍을 마련하여 공기가 유통되
게 하였다.

외부는 홍예천장 위로 흙을 덮고 잔디를 입혔는데, 경주석빙고의 경우 환기구
멍에 벽체를 세우고 뚜껑을 덮어 빗물이나 직사광선이 들어갈 수 없게 하였다.

대체적으로 석빙고의 외부모습이 큼직한 무덤처럼 보이는 것은 봉토 위에 잔디를 입혔기 때문이다.

현재 석빙고에는 대부분 그 옆에 축조연기(築造緣記)를 새긴 석비(石碑)가 건립되어 있어 축조 연대 및 관계자를 알 수 있는데, 대개가 18세기 초 영조대에 축조되었다.

대표적인 예로는 경주석빙고(보물 제66호)를 비롯하여 안동석빙고(보물 제305호)·창녕석빙고(보물 제310호)·청도석빙고(보물제323호)·현풍석빙고(보물제673호)·영산석빙고(보물제1739호) 등이 있다.

□ 안압지

안압지는 신라 문무왕(文武王) 14년(A.D. 674)에 축조된 신라의 궁원지(宮苑池)이다. 한반도 동남부에 고립된 신라는 668년 고구려를 정벌하고 676년에는 당군(唐軍)을 몰아내어 삼국을 통일하는 과정에서 새로운 문물에 눈을 뜨게 되고 토속적인 고신라문화에서 벗어나 국제적이고 선진적인 감각을 익혀나가게 되는데 안압지의 축설은 그러한 역사적 상황에서 이해할 수 있다.

안압지는 당나라 장안에 있는 대명궁(大明宮)의 태액지(太液池)나 백제 궁남지(宮南池)의 조경술(造景術)을 본받은 것으로, 이러한 궁원지 조경의 기술과 관념은 "문무왕 14년 2월 궁 안에 못을 파고 산을 만들어 화초를 심고 귀한 새와 기이한 짐승을 길렀다."는 『삼국사기(三國史記)』의 기록에서와 같이 중국의 조경문화에서 온 것이다.

중국에서는 한(漢)나라 때부터 도가사상(道家思想)을 바탕으로 궁 안에 못을 파서 삼선도(三仙島)를 만들고 못가에 정자를 짓는 조경양식이 본격화되었으며, 이것이 발전하여 당대(唐代)까지 이어지고 한반도에도 영향을 주어 백제의 궁남지(宮南池)와 망해정(望海亭), 신라의 안압지(雁鴨池)와 임해전(臨海殿)으로 나타나는 것이다. 여러 문헌자료에 의하면 안압지의 신라시대 이름은 월지(月池)였던 것으로 추정되며, 안압지라는 이름은 조선시대에 붙여진 것으로, 안압지와 임해전은 통일신라의 종말과 함께 궁원지로서의 역할을 할 수 없게 되면서 서서히 폐허화된 것으로 보인다.

1975년부터 2년간에 걸친 발굴에서 연못 안의 뻘지대와 연못주변의 건물 26 개소, 입수(入水), 출수(出水)를 위한 시설물들, 그리고 담장시설 등이 확인되었 고 유물 3만여 점이 출토되어 통일신라시대 문화를 이해하는 데 귀중한 자료가 되고 있다. 발굴 결과 연못은 동-서 200m, 남-북 180m로 방형(方形)에 가까운 데 땅을 파서 물을 끌어들이고 그 호안(湖岸)은 모두 석축하였다. 남쪽 호안은 밋밋한 직선으로 하고 서쪽 호안은 건물의 배치에 따라 직선적인 굴곡을 주었는 데 반해 동쪽과 북쪽 호안은 40여 차례로 굽이치는 곡선형의 굴곡으로 축조하 였다.

못 안에는 대·중·소형의 원도(圓島)를 마련하고 둘레를 석축하였으며, 흙을 쌓아 높은 가산(假山)을 만들었다. 안압지 주변에서는 모두 26동의 건물터가 발 견되었는데, 그 중 5개소의 건물터는 서쪽 호안에서 못 안쪽으로 돌출되도록 석 축하여 그 위에 건물을 세웠고, 역사기록상에서 연회장소로 등장하는 임해전과 동궁터는 연못의 서쪽편 공간에서 발굴 조사된 독립건물 5개동과 이를 연결한 회랑 8개소로 비정된다.

못 안과 주변 건물터 발굴로 출토된 3만여 점의 유물들은 향연 도중 실수로 빠 트린 것이나 935년 신라의 멸망과 관련되어 침략군이 쓸어 넣은 유물 혹은 동궁 이 폐허화 되면서 자연적으로 쓸려 들어간 유물 등일 것이다. 이제까지 발굴조 사로 알려진 통일신라시대 유물들은 고분부장품이 거의 전부였다고 할 수 있는 데, 이 안압지에서 출토된 유물은 모두 실생활용품으로서 당시의 사회와 문화 풍습을 연구하는 데 매우 중요하다. 또한 안압지 출토유물은 궁중생활용품으로 서 매우 화려하고 세련된 면모를 보여주어 당시 통일신라의 문화수준을 평가하 는 데 더할 수 없는 자료가 된다.

– 출처 : 네이버 지식백과

7. 우리들의 이야기

2학년 8반 현지의 일기

이과임에도 불구하고 문학과 여행의 즐거움을 깊이 느끼고 친구들, 또 선생님들과 색다른 추억을 만들고 싶었기 때문에 경주문학기행을 신청하게 되었다.

여행의 이모저모

☆ 동리 · 목월 문학관

문학기행 도중 가장 먼저 방문한 이곳은 김동리와 박목월에 대해서 대충 알고 있었던 내게 그들에 대한 지식을 넓혀준 곳이다. 불국사 근처에 있으면서 지금까지 한 번도 가보진 못했지만 둘러본 다음에는 문학 공부를 게을리 해선 안 되겠다는 생각과 문학에 대한 매력을 동시에 느낄 수 있었다. 김동리 문학관에서는 민족정신의 정수를 발견할 수 있었으며, 가장 한국적인 것이 가장 세계적이라는 말을 실감할 수 있었다. 박목월의 문학관에서는 그의 작품을 다양하게 감상하고 조금씩 달라지는 시의 분위기도 느낄 수 있었다. 다음에도 이런 기회가 생겼으면 좋겠다. 문학관을 둘러본 다음 근처에서 문학과 경주에 관련된 퀴즈게임을 했다. 아침에 정인이의 지각으로 초반에는 조별미션에서 마이너스 점수로 시작을 했었는데 예상 외로 내가 아는 문제가 나와서 우리 팀이 점심 복불복에서 2위를 차지하고 ' 빅 치킨 마요 도시락 '을 얻게 되어서 기분이 좋았다. 점심도 맛있게 먹고 문학 지식도 넓히고 그야말로 일석이조였던 시간이었다.

☆ 경주국립박물관

옛날 구석기 시대부터 시작해서 신라의 금관까지 만날 수 있는 고고관을 둘러보면서 마치 한국사 교과서를 다시 펼친 느낌을 받았다. 개인적으로 한국사는 정말 배우고 싶지만 이과라는 현실과 시간에 쫓겨 한국사 공부를 못하고 있다. 그런 내게 이곳은 한국인으로 태어난 이상 언젠가 역사 공부를 꼭 할 거라는 다짐을 굳게 해 주었다. 거기에다가 선생님께서 이곳에 관한 문제를 10문제 만들라고 하셔서 다 자세하게 더 꼼꼼하게 봐왔던 것 같고, 시간이 촉박해서 그렇지 다음에 개인적으로 왔을 땐 어플을 이용해 천천히 들러볼 수 있다면 더 좋겠다고 생각했다.

☆ 안압지

앞선 두 곳보다 안압지는 탁 트인 실외라는 점과 간만에 구경하는 호수라는 점이 마음에 들었다. 더해서 발굴된 유물들을 작은 규모로 전시해 놓은 것도 좋았다. 연못을 따라 걸으면서 마치 옛날 신라 왕궁의 모습이 얼핏 보이는 것 같았고 신라에 대한 매력을 몸소 체험할 수 있었다. 그리고 안압지만 둘러본 것이 아니라 김알지가 태어난 계림을 둘러보며 제기차기 게임도 하고 계림을 지나서 석빙고도 직접보고 첨성대도 둘러보면서 신라의 향취를 한껏 느낄 수 있었다. 그야말로 역사 책 속의 활자가 아닌 그 속에 들어가 직접 체험할 수 있었다는 점이 가장 좋았던 장소이다.

☆ 돌아온 후…

수학여행 같은 것으로 많이 방문했던 경주였지만, 아는 만큼 보인다고 했나? 그때는 느끼지 못했던 것이 이번 기회로 하나 둘 내 눈에 들어왔다. 다음에 한 번 더 방문하면 더 많은 것을 얻을 수 있지 않을까 생각된다. 그리고 남녀가 점수를 얻는데 큰 차별 없도록 하려는 선생님들의 노력이 눈에 보여서 애 많이 쓰셨구나하는 생각도 들고 감사하게 생각하고 있다. 각 장소에서 폴라로이드 카메라를 이용해 찍은 사진이 잘 찍힌 것도 있고 못 찍힌 것도 있지만 그것도 그것 나름의 재미있는 추억이 되었다. 무엇보다 기대도 하지 않았던 우리가 전

체 2위를 차지해서 상품권과 경주 황남빵을 받게 돼서 정말이지 너무 기뻤다. 2학기 때 문학기행도 꼭 공부 열심히 해서 갈거다. 꼭!

1학년 1반 경섭이의 일기

평소처럼 수업을 하고 있었는데 국어 선생님께서 경주문학기행에 대해서 설명해주셨다. 나는 한 귀로 듣고 한 귀로 흘리면서 '경주가면 재밌긴 하겠는데' 라는 생각만 하고 있었다. 수업이 끝나고 한수라는 친구가 경주에 가자고 했다. 그 친구의 눈빛을 보니 진심인거 같았다. 나는 그래서 경주에 가겠다는 결정을 하고 친구들을 모아서 참가신청을 하였다. 하지만 경쟁자가 너무 많았다. '우리가 과연 붙을 수나 있을까?' 라는 생각마저 들었다. 잠시 후 선생님께서 선발과정을 말씀해 주셨다. 문학기행 관련 주제를 주고 공부를 한 후 시험을 쳐서 뽑는다고 것이다. 우리는 서로 계획을 세워 공부를 하려다가 어쩌다보니 시험 당일에 조장이

뽑아준 프린트로 공부를 하기 시작했다. 쉬는 시간마다 보고 밥 먹으면서 보고 서로 물어봐주고… 그렇게 시간이 흐르고 점심시간! 시험을 치기 위해 도서관에 모였다. 도서관에 모인 사람들은 하나같이 손엔 프린터를 들고 뭔가를 열심히 외우고 있었다. 우리는 1장. 다른 사람들은 여러 장. 나는 상대가 안 된다고 생각하면서도 열심히 외웠다. 그리고 시험 시작!!

각 한사람씩 들어와서 각각 다른 색깔의 볼펜으로 답을 쓰는 방식이었다. 돌아가면서 시험을 치며 서로를 믿고 의지하는 것이 느껴졌다. 아, 이런 게 진정한 팀이구나! 라는 것을 느꼈다. 정답을 맞추면 서로 좋아하고 틀리면 서로 슬퍼하며 위로해 주는 게 너무 좋았다. 그리고 시험 종료. 우리는 잘 쳤다는 느낌으로 다시 일상생활로 돌아왔다.

시간이 지나고 우리는 결과를 알아보기 위해 1학년 교무실에 갔다. 결과는… 쿵쾅쿵쾅 심장이 뛰었다. "합격!!" 합격이라는 소리가 이렇게 기분 좋게 만들어주는 단어인지 이번에 처음 알았다. 우리들은 경주여행 가는 것이 확정되어 신나서 서로 좋아했다.

문학기행 당일. 나는 버스를 타면서 즐거운 마음으로 출발하였다. 우리가 처음으로 간 곳은 동리ㆍ목월 문학관이다. 시험을 칠 때 기본상식은 알고 있었지만 자세하게는 모르는 부분이 많았다. 선생님께서 문학관에 있는 내용들로 문제를 낸다고 하셨다. 나는 머리가 나쁘기 때문에 잘 외우지는 못했지만 그래도 팀에 도움이 되고 싶어서 열심히 보았다. 여러 가지 시, 동상, 작가의 물품들이 있었다. 이것들이 다 이 사람들과 관련이 있는 것들이겠지 라는 생각을 하면서 보았다. 시간이 흘러 우리는 문학관 옆 계단에 앉아서 퀴즈 맞추기를 시작하였다. '뭐지?' 라는 생각밖에 안 들었다. 내가 아는 내용이 거의 없었다. 옆에 있는 형, 누나들은 저렇게 잘 맞추는데… 하지만 우리 조장이 잘해준 덕분에 많이 맞췄지만 빅치킨마요는 먹을 수가 없었다. 하지만 친구들이랑 같이 먹는 도시락도 맛있었다. 거기서 우리는 사진을 찍기로 했다. 일명 탑 쌓기! 우리는 힘들게 탑을 쌓아서 정우철 쌤에게 사진을 찍어달라고 부탁해서 사진을 찍었다.

그리고 다음 목적지인 경주국립박물관에 갔다. 처음으로 눈에 띈 것은 에밀레종이었다. 처음으로 보는 거라 신기하였다. 그리고 안으로 들어가 보니 뗀석기, 빗살

무늬 토기와 같은 유물들이 많이 있었다. 우리는 '이게 역사책에서 배웠던 그거구나!' 라고 말하면서 보기 시작했지만 그것도 잠시 우리가 보지못한 처음 보는 여러 가지 유물들이 너무 많았다. 그러던 중 나는 어떤 아주머니가 유물을 보면서 아이에게 설명해주는 모습을 보았다. 그 모습을 보니 '나도 나중에 저런 부모가 되고 싶다' 라는 생각을 가지게 되었다.

건물 밖으로 나와서 우리는 사진을 찍어야하는 미션이 있기 때문에 다보탑에 가서 사진을 찍었다. 그리고 전지현 선생님이과 함께 같은 포즈 사진 1장, 석가탑에서 1장, 다보탑에서 1장, 에밀레종에서 1장을 찍고 안

압지로 이동했다. 안압지에 와서 선생님을 졸졸 따라 다니면서 설명을 들었고 거기서 정우철 선생님과 우리들의 합작으로 장풍, 점프 등을 사진으로 찍었다. 그리고 사서선생님과 찍고, 버스로 돌아오는 길로 다른 표정사진을 마지막으로 우리의 여행은 막을 내렸다.

이번 경주문학기행을 통해 여러 가지를 보고 들을 수 있었다. 사진으로 직접 보는 것과 실제로 보는 것이와 닿는 것부터가 달랐고 내가 이 자료들을 잘 알지 못해도 정말 훌륭하고 대단한 작품

들이라는 것은 알 수 있었다. 다음에 올 때는 좀더 공부해서 와야겠다는 생각이 들었고 친구와 좋은 추억을 만들고 가서 좋았다. 또 이런 기회가 온다면 친구들과의 소중한 추억을 사진으로 더 많이 남기고 싶다. 그리고 우리들을 위해 애쓰신 선생님께 감사하다는 말 전하고 싶다.

통영 문학기행

1. 왜 통영인가요?

동양의 나폴리는?

우리는 통영을 문화와 예술의 도시라 말한다. 그 이유는 유치환과 김춘수, 백석, 박경리, 윤이상이 통영과 깊은 인연을 맺고 있기 때문이다. 이에 우리도 통영과 짧지만 깊은 인연을 맺고자 한다. 특히 통영에 위치하고 있는 청마 유치환의 생가와 문학관 및 청마거리를 견학하며 그의 생애와 작품세계에 대한 이해의 폭을 넓히는 기회를 갖고자 한다.

또한 통영과 가까운 한산도를 방문하여 이순신 장군이 남긴 발자취를 더듬어 보고자 한다. 이를 위해 사전에 김훈의 〈칼의 노래〉를 읽고, 전문 기행 작가를 초대하여 맛깔나게 여행을 즐기는 법과 이를 기록으로 남기는 방법을 배우고자 한다.

2. 우리는 무얼하나요?

가. 통영 지역을 중심으로 학생들이 교육적으로 접근할 수 있는 유서 깊은 문화재 및 자료들을 선정하여 소개한다.

나. 사전에 유치환, 충무공 이순신과 관련된 문학 및 역사 서적을 읽고 문학기행에 참여할 수 있도록 한다. 또한 전문 기행 작가를 통해 여행을 즐기고, 이를 기록으로 남기는 방법을 배운다.

다. 학생들이 직접 체험하고 참여할 수 있는 프로그램을 위주로 기획하여 교육적인 효과를 높인다.

라. 문학관에서는 문화 해설사를 섭외하여 학생들에게 보다 전문적이고 깊이 있는 정보를 제공하도록 한다.

마. 학생 6명과 지도교사 1명이 한 팀이 되는 사제동행 문학기행으로 교사와

학생간의 긍정적인 관계를 쌓도록 한다.

3. 이렇게 해 봐요

◎ 어떻게 갈 수 있나요?

가) 1차 : 조별 프리젠테이션 발표 및 UCC제작
  - 주제(택1) : 유치환과 그의 시 작품
                이순신 또는 김훈의 '칼의 노래'
                동피랑 벽화마을
  - 발표일 : 2013.9.4(수) 8교시, 도서관
나) 2차 : 야간매점 레시피 제출 (채점기준 : 가격, 조리시간, 창의성 등)

◎ 체험학습 전 활동

가) 야(夜)한 독서활동
  - 조별로 김훈의 '칼의 노래'를 돌려 읽기
  - 인상적인 부분을 선정하여 필사하거나, 그림으로 그리기
나) 저자와의 토크 콘서트 : 한준희 '문학의 숲으로 떠나는 여행'
  - 일시 : 2013. 10. 16(수) 8교시, 9교시
  - 장소 : 도서관
  - 대상 : 문학기행 신청학생 36명

◎ 체험학습 중 활동

10월 19일 (토)		10월 20일 (일)	
시간	활동 내용	시간	활동 내용
7:50	서구청 앞 인원점검 및 탑승	7:00	기상 체조 및 세수
08:00 ~ 10:30	통영으로 이동	07:30 ~ 08:30	아침식사
10:30 ~ 13:00	점심식사(충무김밥)	08:30 ~ 09:00	이동
13:00 ~ 14:00	세병관, 유치환 문학관, 이순신공원	09:00 ~ 11:00	제승당
14:00 ~ 15:30	충렬사, 청마거리, 거북선 관람	11:00 ~ 12:00	조별 포토앨범 만들기
15:30 ~ 18:00	동피랑마을 사진미션 통영 전통시장 체험하기	12:30 ~ 13:00	이동
18:00 ~ 19:00	저녁식사	13:00 ~ 14:00	점심
19:00 ~ 20:00	숙소이동 및 짐정리	14:00 ~ 16:30	대구로 이동
20:00 ~ 22:00	조별 독서퀴즈 및 미션(일기쓰기)	16:30	해산
22:00 ~	취침		

◎ 체험학습 후 활동

가) 학생별 문학기행 체험활동 보고서 및 UCC 제작

나) 조별 포토앨범 완성하여 제출하기

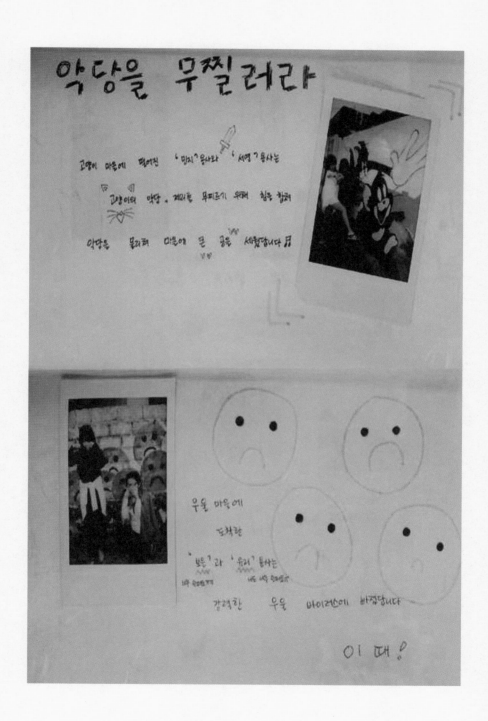

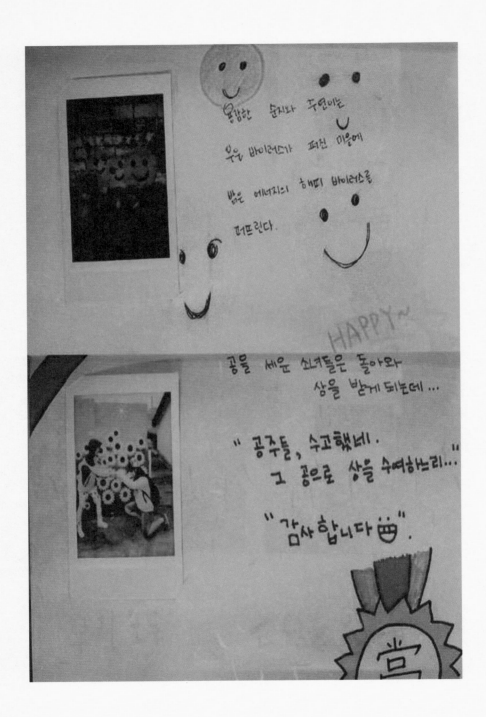

우리 모두 HAPPY♡ 엔딩을 맞았습니다.

빛나는 빛나라 조

김민지　　박서연　　이보은

장유리　　장주연　　황순지

문학기행

우리 모두는 뜨거운 밤을 보냈다.

통영문학기행

2학년 3반 김민지

□ 작년 전주 문학기행

작년에 처음 전주문학기행을 1박 2일로 갔었는데 정말 새롭고 수학여행보다 더 기억에 남는 여행이었다. 그래서 올해도 꼭  가기로 작년부터 생각해왔고 통영도 예전부 터 꼭 한번 가보고 싶었던 곳이었기 때문에 조 원들과 함께 열심히 PPT와 야간매점을 준비한 결과 많은 경쟁률을 뚫고 통영문학기행을 갈 수 있었다.

설레는 마음으로 통영문학기행을 떠났다. 버스로 가면서 전지현 선생님이 폴 라로이드로 각 조마다 사진도 찍어주셨다. 이른 시간이라 가다보니 잠들었었는 데 깨어나보니 동양의 나폴리, 통영에 도착해  있었다. 바다가 보이니 통영에 왔다는 것이 더 욱 실감이 났다. 그렇게 부푼 마음을 안고서 처 음 도착한 곳은 세병관이었다.

'은하수를 끌어와 병기를 씻다' 라는 뜻의 세 병관은 통영의 유일한 국보이다. 조선시대의 지방 관아 건물로서 조선의 바다를 지키던 해군들이 근무하는 곳이었다. 아쉽게 도 공사 중이라 내부를 보지는 못했지만 바깥에서 봤을 때 건물의 겉모습만으로 도 웅장함을 느낄 수 있었다. 굉장히 크고 넓은 건물이었다. 과연 조선시대 3대 목조건물 중의 하나구나 싶었다. 은하수로 병기를 씻는다는 뜻이 왠지 모르게 마음에 와 닿았다.

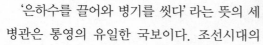

세병관을 다 둘러보고 잠깐 향토역사
관을 들렀다가 청마 거리로 갔다. 되게
긴 거리일 줄 알았는데 생각보다 짧은
거리였다. 가다보면 통영중앙동우체국
이 나오는데 그곳은 청마 유치환과 정운
이영도의 러브스토리가 담겨있는 곳이
다. 알아보니 한때 '청마우체국'으로 개
명하자는 여론도 있었다고 한다. 아무튼, 5000통이 넘는 편지를 보냈다는 사실
에 놀라지 않을 수 없었다. 유치환은 당시 부인이 있는 상황이었으니 불륜이라
고 볼 수 있겠지만 5000통 넘게 편지를 보냈다는 사실을 들으니 안 좋게만은 보
이지 않았다. 나쁘게 보이기보다 오히려 안타까워 보이기도 했다. 〈행복〉이나 〈

사랑하였으므로 행복하였네라〉 시를 보면
얼마나 사랑했었을지를 짐작해 볼 수 있었
고, 둘의 관계가 그다지 떳떳하지 못한 상황
에서 남들 모르게 사랑해야했던 것이 얼마
나 힘들었을지를 생각하면 안타까운 마음
이 들었다.

청마 거리를 돌아본 후, 유치환 문학관에
가서 좀 더 자세한 얘기를 들을 수 있었다. PPT 과제를 할 때 우리조의 주제가
청마 유치환 이어서 더 쉽게 이해할 수 있었다. 청마 유치환과 정운 이영도의 더
세세한 러브스토리와 시의 원고, 실제 냈던 시집등도 볼 수 있었다. 그리고 문학
관을 나와서 계단을 올라가면 유치환의 생가도 볼 수 있었다.

유치환 문학관 근처의 계단에서 조별로 일렬로 앉아서 스피드 퀴즈를 했는데
1학기 문학기행의 사진에서 이 스피드 퀴즈할 때의 사진을 봤다. 재미있어보
여서 한번 해보고 싶었는데 기대했던 것 보다 훨씬 긴장감 있고 재미있었다. 꿀
빵을 건 퀴즈여서 모두가 적극적으로 참여했다. 물론 나도 열심히 참가했고 생
각보다 우리조가 선전을 해서 4개를 맞춰서 2등을 했다.

스피드 퀴즈를 끝낸 후, 걸어서 이순신 공원까지 갔다. 한창 통영에 꽂혀서 관광명소를 알아볼 때 꼭 가보고 싶었던 곳 중 한곳이 이곳이어서 너무 기대가 되었는데 역시 아름다웠다. 날씨가 우중충해서 별로였긴 했지만 경치는 좋았다.

우선 조별로 통영의 별미인 충무김밥을 먹었다. 지금 생각해보면 딱히 시내에 파는 것과 맛은 틀린 게 없던 것 같긴 하지만 '통영'에서 먹는 것이라 더 맛있게 느껴졌던 것 같다. 다 먹은 후에 이순신 동상을 보러갔는데 높이가 굉장했다.

바다 쪽을 보고 있는 높은 곳의 이순신 동상을 보니 뭔가 바다를 지키고 있는 듯한 생각이 들었다. 문학기행을 가기 전에 학교 시청각실에서 '문학의 숲으로 떠나는 여행' 저자와의 만남에서 이순신에 대해 알아볼 수 있었는데 역시 대부분 역사에서 그렇듯 훌륭한 위인은 편한 삶을 못사는 것인지, 이순신 또한 마냥 행복한 삶을 산 것 같지만은 않았다. 수많은 전투를 승리로 이끌어 조선의 바다를 안전하게 지켰음에도 불구하고 나로서는 이해가 가지 않는 이유로 파직되고 고문을 당했다고 한다. 그럼에도 죽는 그 순간까지 바다를 지켰던 이순신 장군이야말로 진정한 위인중의 위인이 아닐까 싶다.

그렇게 이순신 공원을 잠깐 둘러보다가 두 번째 대결로 원반던지기를 했다. 작년에 전주문학기행에서 나는 하나도 넣지 못했던 걸로 기억해서 딱히 나에게 기대를 하지 않았는데 밥 먹고 힘이 생겼는지 비록 한 개 이긴 하지만 넣긴 넣었다. 원반던지기도 나쁜 결과는 아니었고 우리는 나름 상위권에 들었다.

가장 기대했던 동피랑벽화마을. 그리고 문학기행의 꽃인 폴라로이드 미션을 이곳에서 진행했다. 아기자기하고 귀여운 벽화들로 넘쳐나는 이곳에서 벽화 앞에서 사진을 찍어서 하나의 동화책을 완성하는 것이었다. 우중충한 날씨에도 불구하고 정말 많은 관광객들이 있었다. 유명한 벽화인 날개 앞에서는 줄을 서서 찍어야 할 정도였다. 그렇게 기분 좋게 사진을 찍고 있는데 비가 쏟아져 내려서 잠깐 피해있어야 했다. 다 젖고 땅도 미끄럽긴 했지만 그래도 아무 일도 없었다

는 듯 다시 즐겁게 사진을 찍었다. 청
마 유치환에 대한 것도 몇몇 보였다.
많은 벽화들을 보고 있자니, 무슨 동
화마을에 온 것 같았다. 모든 벽화들
이 촬영 욕구를 일으키게 만들었다.
이제 안와도 여한이 없을 정도로 많은
사진을 찍고 내려와서 거북선 관람을

하러 갔다. 시장을 지나갔는데 생선냄새가 코를 찔렀다. 거북선에서는 속이 울
렁거려서 오래있진 못했지만 그곳에서 통영 바다를 보고 있으면 마음이 편안해
졌다.

저녁식사를 하고 숙소로 왔는데 불꽃놀이로 환영해주어서 지쳤던 몸이 생기
를 되찾는 것 같았다. 작년 문학기행 숙소와는 차원이 다르게 너무 시설이 좋았
다. 좋은 숙소 안에서 짐을 풀고 편지쓰기를 했다. 작년엔 최명희 문학관에서 편

지를 썼는데 이번엔 편지를 쓸 마땅한 장
소가 없어서 숙소에서 편지를 썼다. 다시
이렇게 1년 후 나에게 편지쓰기를 해보니
작년이랑은 또 느낌이 달랐다.

편지 쓰기 후에 요리대회와 다락방에
서 독서퀴즈를 했다. 이마트에서 장봤던
재료들로 조원 모두가 열심히 요리를 준

비했다. 비록 결과는 별로였지만 우리조에게만은 1등이었다.

다락방에서의 미션은 피곤한 나에게 활력소가 되어 주었다. 생각보다 너무 재
미있었고 스릴 넘쳤다. 우리 조는 마지막 순서였는데 정말 빠른 스피드로 문제
를 모두 맞추었다. 하루의 피로가 싹 가시는 듯한 기분이 들었다. 다락방 미션
후 숙소 앞에서 불꽃놀이를 하고 첫 번째 일정은 그렇게 끝이 났다.

두 번째 날의 일정은 한산도 제승당이었다. 오랜만에 타보는 배라 들떠 있었
다. 햇빛으로 수놓은 듯한 아름다운 통영 바다를 지나 한산도에 도착했다. 제승

당까지 가는 길에서 본 한산도의 풍경은 정말 아름다웠다. 제승당은 이순신 장군의 사령부가 있었던 곳이라고 하는데 첫째 날의 세병관과는 다른 장엄한 느낌이었다. 그곳에서 해설사의 설명을 들었다. 정자 같은 곳에서 동화책 만들기를 하고 시간이 되어 배를 탔다. 아름다운 한산도를 끝으로 모든 문학기행의 일정을 끝마쳤다. 피곤하기도 하고 다리가 아프기도 했지만 작년보다 훨씬 재밌고 유익한 시간이었고 올 한해 중 가장 기억에 남는 여행이 되지 않을까 생각된다. 첫째 날 쓴 편지를 내년에 보면 이때가 무척 그리울 것 같다. 그때 생각해도 이번 통영문학기행은 잊지 못할 추억으로 남아있을 것이다.

☺ 2013년 문학과 친구들과 함께했던 1박2일

2학년 8반 황순지

서부고등학교 학생이라면 한 번 쯤은 들어봤을 법하다고도 할 수 있는 유명한 문학 프로그램 중 하나가 '문학기행'이다. 문학기행이라고 하면 어떤 생각이 드는가? 지루하고 계속 문학이야기만 할 것 같다는 생각이 일반적이다. 계속 문학 이야기를 하는 것은 사실이다. 하지만 문학기행이 지루하고 딱딱할 것 같다는 생각은 완전히 잘못된 생각이다. 그렇지 않다면야 가고 싶은 학생들이 많아서 1차 시험과 2차 시험까지 치러졌겠는가? 정말 어마어마한 경쟁률을 뚫고 문학 기행을 가게 되어 문학기행이 더욱 더 기대되고 설레었는지도 모른다.

사실 가기 전에 해야 하는 사전공부는 조금 힘들었다. 1,2차 시험 통과는 물론이겠거니, 〈칼의 노래〉와 〈문학의 숲으로 떠나는 여행〉이라는 책도 읽어야 했고, 작가와의 만남도 필수적으로 들어야 했다. 이런 조금은 고생스럽다고도 할 수 있는 이 과정이 문학기행을 더 설레게 만들었는지도 모르겠다. 이 여행의 이름은 비록 '문학기행'이지만 진짜 이름은 '고3을 앞둔 친구들과 함께 떠나는 1박2일 조금 빡시고 많이 웃긴 여행'이라는 이름이 어울리는 여행이었다.

이번 문학기행의 여행테마는 청마 유치환선생님과 이순신 장군이었다. 청마

유치환 선생님은 중학교 때 교과서에 나와있는 〈깃발〉이라는 시로 우리들에게 익숙한 시인이다. '노스텔지어의 손수건'이라는 시구는 그 당시 노스텔지어가 뭔지도 모르는 우리에게 강한 인상을 남겨주었는지 아직까지도 깃발이라고 하면 시험에 잘나오는 '소리 없는 아우성'이라는 역설법보다 노스텔지어의 손수건이 먼저 떠오르는 건 왜인지 아직도 잘 모르겠다.

또한, 이순신 장군은 세종대왕만큼 유명한 우리나라의 위인 중 한 분 아닌가? 척하면 '내 죽음을 적에게 알리지 말라'라는 정도의 대사는 이순신장군께서 죽기 전에 한 말인 것은 한국인이라면 누구나 다 알고 내용이다. 임진왜란 때 한산도 대첩, 노량해전 등 그 당시 일본군에 비해 적은 수의 배로 일본군을 상대로 대승을 해온 장군이며, 세계적으로도 최고의 해군장군으로도 평가 받고 있을 정도로 대단한 업적을 남기신 분인 것도 모두가 알고 있는

사실이다. 우리는 그러한 이순신장군을 좀더 가까이서 바라볼 수 있는 기회가

바로 이 문학기행이다. 나는 이번 여행에서 문학지식도 늘려가길 바라지만 친구들과의 재미있는 추억도 간절히 바라고 있다.

아침 일찍부터 조금은 멀다고 할 수 있는 통영으로 떠나기 때문에 버스에서는 멀미에 시달리기도 했지만, 멀미 속에서도 들뜬 우리는 사진을 찍고 재잘거리며 설레는 기분을 마음껏 표현했다. 가장 먼저 우리는 '세병관'이라는 곳에 갔다. 세병관에는 삼도수군통제영이 있고, 삼도수군통제사로 하여금 조선의 수군을 담당하게 하는데 처음으로 임명된 이가 바로 충무공 이순신이다.

삼도수군 통제사는 말 그대로 충청도, 전라도, 경상도 삼도의 해양 군을 지휘하는 직위였다. 그 당시 3도라는 넓은 지역을 담당하는 최초의 인물이라는 것은 이순신 장군이 얼마나 위대한 인물인지 또 한번 깨닫게 해준다. 또한 이번 여행을 통해서 이순신 장군에 관해 알게 된 또 다른 사실은 충무사의 이순신 장군의 영정이 실제 이순신 장군이 아니라는 것이다.

이 그림은 이순신 장군의 영정으로 가장 널리 알려진 그림인데, 이 영정은 이순신 장군을 존경하던 박정희 대통령에 의해 후세에 그려진 영정이라고 한다. 유명한 화백인 장우성이 후세의 이순신장군의 후손들의 얼굴을 모으고 과거 자료를 뒤지는 등의 상상도라는 것이 꽤나 충격적이었다. 또한 나에게 충격적인 일이 또 하나 있었는데, 그것은 유치환 선생과 이영도의 러브스토리이다.

유치환은 연모자인 시조시인이자 교사인 이영도와 사랑에 빠졌었다는 것이다. 그는 이영도에게 편지 5000통을 보낼 정도로 이영도를 사랑했지만 답장 한통도 받지 못한 애절한 사랑이었다. 그 편지를 보낸 곳이 우체통이 있는 곳이 지금의 청마거리가 되었는데, 이 청마거리에는 선생의 유명한 작품이자 이영도를 위한시 '행복'과 유치환의 동상이 세워져 있다.

많은 관광지를 다녔고 그 중 가장 인상 깊었던 곳이 동피랑 벽화마을이다. 이곳은 정말로 사진 찍기 좋은 곳이었다. 원래 유명한 관광지여서 벽화마을은 저 멀리서 보일 때부터 사람이 참 많이 있다는 것을 알 수 있었다.

나 또한 벽화마을이 워낙 유명한 곳이기 때문에 천사날개 벽화나 앨리스벽화 정도는 익히 알고 있는 유명한 관광지다. 벽화마을에서는 미션이 우리를 기다리고 있었으니, 폴라로이드로 사진을 찍어 우리만의 동화를 만드는 미션이었다. 솔직히 그때 모두들 많이 걸어서 지쳐있기도 했고 벽화마을이 가파른 언덕길인 데다가 미션을 하려 다녀야 한다고 생각하니……힘들 것만 같았다 거기에 설상 가상으로 비까지 내리니 춥고 우산은 없고 조원 모두가 비에 쫄딱 젖었었다.

결국 우리는 어차피 물에 젖은 거 하며 더욱더 신나게 벽화를 즐기게 되었다. 그때부터 동화 만들기 미션이나 벽화 앞에서 사진 찍는 게 너무 재미있었던 것 같다.

이번 여행의 하이라이트는 저녁부터 시작됐다고 해도 과언이 아니다. 모두 녹 초가 된 상태로 숙소에 도착하였고, 어서 씻고 자고 싶다는 생각이 들었다. 하지 만 밤에 바로 자지 않는 사실은 누구나 다 아는 사실 아닌가? 모두가 다락에 모 여 게임을 하고 벌칙을 받고, 야간매점을 열어 음식도 하고, 또 불꽃놀이도 하였 다. 그 중에서도 가장 좋았던 것은 1년 뒤에 나에게 올 편지를 쓰는 것이었다.

선생님께서 1년 뒤의 나에게 하고 싶은 말을 적으면 1년 뒤의 나에게 편지를 붙여주시겠다고 하셨다. 1년 뒤의 나는 곧 수능을 앞둔 고3이고, 어쩌면 인생에 서 선택이라고 할 수 있는 진짜 선택을 처음으로 해보는 그런 시기 이다.

지금도 그 미래를 생각하면 무섭고 두근거려 잠 못 이루는 밤도 있었다. 그런 나에게 해줄 말을 무척이나 많았다. 응원의 말도 적고, 용기의 말도 적고, 위로 의 말도 적었으며, 당부의 말도 적었다. 이 편지를 1년 후에 인생의 가장 큰 시험 을 앞둔 나에게 오게 된다면 지쳐있는 나에게 정말로 큰 위로이자 응원이 될 것 만 같았다. 1년 뒤에 편지를 받았을 때 부끄럽지 않은 내가 돼있었으면 좋겠고, 후회 없는 내가 돼있었으면 좋겠으며, 용기 있는 내가 돼있었으면 좋겠다. 또한, 과거의 이 여행이 다시 상기되어 영원히 좋은 추억으로 남길 바란다.

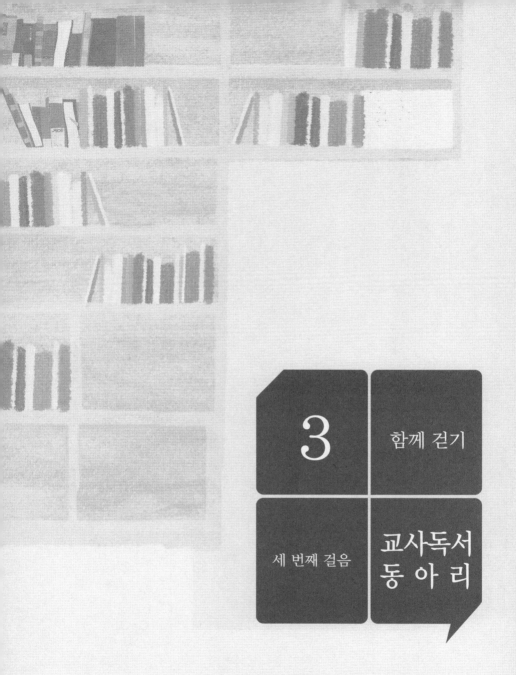

3 함께 걷기

세 번째 걸음

교사독서
동아리

안나 카레니나(레프 톨스토이/박형규 옮김)
용기 있는 여성인가? 본능만을 추구하는 여성인가?

발제자 : 교사 이주양
계획된 우연

2013년 겨울 광고쟁이 박웅현의 〈책은 도끼다〉를 읽었다. 이 책에서 박웅현은 '안나 카레니나'를 '불안과 외로움에서 당신을 지켜주리라'라는 화두를 이용해서 소개했다. 이 세상을 살아가는 어느 누구도 불안과 외로움에서 자유로운 사람이 누가 있으랴. 그래서 이번 독서토론 연수에서 이 책을 첫 번째로 선택했다. 그러나 이렇게 길고 방대한 내용이 담긴 책일 줄이야. 미처 생각하지 못했다. 평범하게 살던 가정주부가 젊은 남자와 바람이 나서 아들과 남편을 버리고 도피행각을 벌이다 젊은 남자의 사랑이 식었음을 느끼고 달려오는 기차에 뛰어들어 자살한 그렇고 그런 싸구려 사랑이야기로 치부하기에는 안나와 더불어 동시대를 살아가는 사람들과 사회의 모습이 범상하지 못하다.

안나 카레니나의 배경은 제정러시아의 끝자락이다. 레빈의 형인 니콜라이를 통해 공산주의 사상이 러시아의 소수 지식인층에 퍼져 있음을 알 수 있다. 그러나 니콜라이조차도 공산주의 사상을 낙원처럼 이상적인 세상으로 여기는 만큼 아직은 이 사상이 러시아 사회 전반에 확산된 것은 아닌 것으로 보인다. 그러나 이전과 달리 농노제가 파괴되고 임노동제가 실시되고 있는 것으로 보아 귀족들도 그들 나름의 정체성 확립을 위해 고민해야 하는 시기로 보인다. 이렇게 사회·경제적으로 혼란한 시기에 평범한 삶을 살던 한 여성이 자신을 보호하고 있던(혹은 억압하고 있던) 가부장의 울타리를 넘어 사랑을 선택한다는 것은 지극히 힘들고 두려운 일이었을 것이다. 워낙 책의 내용이 방대하고 많은 인물들이 나오는 까닭에 이 책의 모든 면을 살펴보기는 어려울 것이고, 주요 인물들의 가치관과 행동을 통해 당대의 삶과 시대를 초월한 인간군상에 대해 살펴보기로 하자.

☆ 생각할거리

1. 안나는 브론스키를 만나 남편 알렉세이와 아들 세료쥐아를 버리고 떠납니다. 또한 브론스키와의 사이에서 만난 딸을 사랑하지도 않습니다. 안나가 진정으로 사랑한 것은 무엇일까요? 이 여인은 사회적 통념을 뛰어 넘는 용기 있는 여성인가요? 본능만을 추구하는 저급한 여성인가요?

2. 톨스토이는 안나 카레니나의 상당 부분에서 레빈을 긍정적 인물로 그리고 있습니다. 레빈을 통해 톨스토이가 추구하고 싶은 인간상은 무엇일까요?

3. 왜 이 책의 제목은 〈안나 카레니나〉일까요? 키티나 레빈이 아닌 안나를 주인공으로 세운 이유는 무엇일까요?

제가 최초로 읽은 러시아 소설은 부활(톨스토이)이었다. 읽었으나 읽었다고 어디 가서 말하지도 못할 만큼 책이 내게 무엇을 남겼는지 알 수 없다. 그때의 러시아 소설에서 받은 충격—이름이 길다, 말을 어렵게 한다. 정서와 행동에 공감할 수 없다—으로 인해 러시아 소설은 기피대상 1호였다. 그러나 이번에 읽은 〈안나 카레니나〉는 비록 제대로 끝까지 읽지는 못했지만 러시아 소설의 매력을 발견할 수 있는 계기가 되었다. 또한 '나이가 책을 읽는다' 는 말처럼 나이를 먹으면서 고전의 매력을 발견하게 되는 기회이기도 했습니다.

공지영의 〈네가 어떤 삶을 살든 나는 너를 응원할 것이다〉에서 이런 구절이 나온다. '기혼 여성과 미혼 여성은 멀리서도 알아볼 수 있단다. 그 이유인 즉 기혼여성은 몸에서 빛이 안 나지만 미혼 여성은 몸에서 빛이 난단다.' 안나가 알렉세이와의 결혼 생활에서 억눌러야만 했던 발랄한 생기가 혹 이것을 의미하는 것은 아닌지… 우리는 어느 쪽일까 기혼자도 빛을 낼 수는 없는 것일까? 벚꽃잎 떨어지는 봄밤 내 몸 어딘가에 숨겨진 빛을 찾아보자.

기록자 : 교사 신수화

이주양 : 안나 카레리나를 추천했다. 발췌해야 한다는 의무감이 있었지만, 끝

까지 다 읽지 못했다. 책을 읽으면서 바람을 피우는 사람들이 너무 당당하다는 것이 희안했다. 우리 정서로는 이해가 되지 않는데, 당시 러시아의 분위기가 이랬는지 궁금하다. 용기보다는 '본능'의 측면이 강했고, 이 점을 톨스토이가 강조하고 싶었다고 생각했다.

서미선 : 책을 다 읽지는 못했지만, 예전 상황이었어도 '안나 카레리나'가 주는 반향은 매우 충격적이었을 것 같다.

박은경 : 키티와 레빈의 이야기가 제일 기억에 남는다. 서평을 보면 레빈과 키티의 삶을 톨스토이도 더욱 모범적으로 생각했던 게 아닐까? 사회적 분위기에 대한 이해없이 현재 우리의 도덕성과 기준으로 사건을 평가하고 있는 것이 아닌가 생각했다.

정지연 : 박은경 선생님의 의견과 비슷하다. 레빈과 키티의 사랑이 이루어지는 것이 흥미로웠다.

서지원 : 사회적으로 바람이나 애인을 두는 것이 용인되는 분위기였다. 바람을 피우는 여인의 심리가 정말 잘 표현되어 있다. 학생들에게 이런 내용을 얘기했더니, '막장 드라마'라고 평가하였다.

최덕수 : 안나의 감정에 깊이 공감하였다. 가슴 뛰는 결혼생활을 하지 못하다가 강력한 사랑의 감정에 빠진 여인의 마음이 이해되었다. 강력한 러시아 체제가 한 여인의 마음속에서부터 균열이 생기기 시작했다. 혁명은 한 사람의 변화에서부터 일어날 수 있겠다는 생각이 에로틱하게 느껴졌다. 아내에게 잘해줘야겠다 다짐했다.

채경석 : 제대로 읽지 못해서 할 말 없고 경청하는 자세로 대신하겠다.

현정수 : 톨스토이가 쓴 책이라고 해서 건전하고 상큼한 내용일 것이라 짐작했는데, 이런 내용이 소년소녀 문학집에 실려 있고, 논술 대비용 도서라는 사실이 충격이다.

박소영 : 바람은 본능이고 사회적으로 억누르고 사는 것이라고 남편이 결혼 전에 했던 말이 생각났다. 브론스키도 불륜이 다른 사람에게 상처가 되는 줄 알면서도 자기가 좋아서 어쩔 줄 모르는 모습이 느껴졌고 공

감되었다.

이수정 : "아내가 결혼했다"는 영화를 보고 어떻게 저럴 수 있을까 생각했다. 바람펴도 괜찮으니까 들키지만 말아달라고 얘기하는 극중 남편을 보고 이해가 되지 않았다. 그런데 결혼한 선생님들의 말씀을 들어보니, '사랑과 전쟁'에 나오는 이야기에 이해할 수 있겠다, 가능하겠다는 생각이 든다.

조윤선 : 20대에는 세로쓰기로 된 책도 열심히 읽었는데, 나이가 들어 보려니 더 여유가 없다. 인류최대의 걸작이라고 하는 섬세한 표현, 톨스토이를 대작가로 평가받게 한 작품이라는 평가를 받고 있다. '모든 걸 포기하고서라도 사랑을 선택할 것인가?'는 드라마와 영화의 영원한 주제이다. 물론, 모든 걸 포기하고 사랑을 선택할 수 있지만, 현실 속 사람은 상처받을 것이다.

이은경 : 책을 덜컥 사서 읽고 있지만, 러시아 이름은 너무 길어 기억하기 힘들다, 아직 안나는 나오지 않았다. 톨스토이가 이 책으로 칭송받았다는 이야기를 아직 실감하지 못하겠다.

신수화 : 레빈이 상처입고 돌아가서 농사 짓는 모습은 정말 감동적이었다. 안나가 사랑의 밀월여행을 떠날 때 남겨진 아들과 남편을 생각하니 아내로서 어머니로서 마음이 아팠다. 캐릭터 하나하나마다 그럴 수 있겠다 싶을 정도로 매력적이다. "누구나 결정할 때 우물쭈물하지만, 한 번에 확 결정하는 것이 톨스토이의 힘이다." 다시 한번 제대로 읽어보고 싶다.

김정숙 : 중학교 때 본 기억이 난다. 러시아, 프랑스 등 유럽은 이런 외도를 주제로 한 이야기가 많았다. 불륜이라고 해서 그런 감정에 돌을 던질 자격이 있는가, 우리도 사회적으로 억눌러 가며 살 뿐이 아닐까. 톨스토이는 숨기며 안 그런 척 하는 것이 아니라, 여인의 삶을 드러내 놓고 이야기한 것이라고 생각한다.

김기화 : 안나가 브론스키의 감정을 계속 확인하고 확인하려는 점이 안타깝

다. 안나가 우리 주변에 있다면 욕하겠지만, 톨스토이가 안나의 감정을 정말 실감나게 표현했다는 점은 훌륭한 작가라고 생각한다.

유영군 : 읽어야 한다고 생각했지만, 읽을 시간이 없었다. 그래서 선생님들의 의견만 듣고 있겠다.

이영훈 : 소년소녀문고를 읽었다. 선생님들의 의견이 도덕적인 것은 좋은데, 너무 도덕적인 평가로 편향되는 듯하다. 브론스키는 권력층이었기에 그럴 수 있지 않았겠나 생각했다.

김지영 : 레빈과 키티 이야기가 톨스토이의 이야기라고 하였다. 톨스토이가 도덕적이었지만, 마음 속으로는 안나와 같은 욕망이 있었던 것이 아닐까.

양혜영 : 사람이름을 적어가면서 읽었다. 풋풋한 그녀의 감정을 이해하면서 보았다. 아들을 버린 것까지는 이해가 되지 않았지만, 그럴 수 있겠다 생각한다. 영화로 봤는데 영화 내용이 너무 함축적이라서 미묘한 감정선이 제대로 표현되지 않았다. 안나가 바람을 피운 후 사교계에서 여자들은 안나에게 어떤 말도 걸지 않고 왕따 시키는데, 브론스키는 다른 사람들과 거리낌없이 행동한다. 안나의 오빠는 바람을 피워도 가정이 유지되는데 안나는 바람을 피움으로써 결국 파멸한다. 억울하다.

조윤선 : 만일 불륜을 우리 주변에서 목격하게 된다면 우리는 어떻게 대응할까?

양혜영 : 몇 년 전에 그런 분이 계셨다. 말은 못하고 뒤에서만 수군수군 했다.

김기화 : 친한 사람이면 걱정하겠지만, 모르는 사람이라면 수군거리겠죠?

조윤선 : 나는 상대방에게 상처 주는 말을 하고 심하게 말렸다. 지금은 내가 그때 잘한 것인가? 후회한다. 들어주고 이해해주는 아량을 가질 수는 없었나 고민한다. 결혼하고 나서도 바람을 피울 수 있겠다는 생각에 가치관의 혼란이 생긴다. "결혼은 인간의 본능을 억제하기 위한 제도적 장치이다" 하는데 비일비재한 불륜 사건, 어디까지 그럴 수 있겠

다 이해할 수 있을지 혼란스럽다.

김정숙 : 아이가 생기니까 책임감이 더 강해진다. 안나는 결혼으로 낳은 아들에 대해서는 강한 모성애를 보이지만, 딸에게는 그렇지 않다. 브론스키도 사랑해서 딸을 낳았는데, 왜 그랬을까? 브론스키나 아들에 대한 사랑은 집착에 가깝다. 그 집착이 보상받지 못했기에 죽은 거라면, '우울증에 의한 자살'이라고 볼 수 있다.

강사 : 이 책은 가벼운 연애소설이 아닌 철학서이다. 인간성에 대한 탐구가 주제로 다가온다. "나는 안 그래." 하지만, 과연 그런가? 반성하는 계기일 수도 있다. 인간의 무궁한 감정에 대해 열린 시각을 가질 필요가 있다고 본다. 다양한 감정을 읽을 수 있다면 더 풍요로워지지 않을까.

공부 상처(김현수)

(배우고자 하는 욕구는 본능이다. 그런데 그 본능이 상처를 받아 아이들은 배움을 거부하는 것이다.)

발제자 : 교사 박소영

학교에서 생활을 하면서 가장 곤혹스러운 순간이 공부에 대한 의지가 없는 학생들과 마주하는 것이다. '수업 준비를 열심히 하여 기대하며 교실에 들어간다. 그런데 전혀 들을 의지가 없는 학생들을 만나게 되었을 때 처음에는 화가 나서 어찌할 줄을 모르다가 그 다음에는 저도 하기 싫은 공부를 강요받아서 얼마나 괴롭겠느냐며 그 학생을 이해하려고 노력한다.' 이 과정을 거치면서 나는 공부 못하는 학생들을 이해하는 교사가 되었다.

그런데 생각해보니 그건 진정한 이해가 아니라 그 학생들이 수업을 듣지 않는 것에 대한 내 나름의 자구책이자 그들을 수업 시간에 끌어들이지 못하는 내 능력에 대한 변명이었다는 것을 이 책을 통해 알게 되었다. 무엇보다 공부할 의지가 없는 학생들의 심리는 아주 복잡하고 다면적이라는 것. 한 순간의 노력으로 그것을 극복할 수는 없으니 오랜 시간을 들여 다양한 방법을 통해 해결하려 노력해야 한다는 것이다.

> 자신이 배운 이야기와 자신이 살고 있는 이야기의 연결이 없다면 배우는 것이 무슨 의미가 있는가? 교사나 부모의 역할은 학과목의 큰 이야기와 학생들 삶의 작은 이야기를 연결시켜 주는 데 있다.
>
> – 파커 파머

보여주는 공부, 결과에 집착하는 공부, 칭찬받기 위한 공부가 아닌 배움에 대한 재미 때문에 하는 공부, 과정 속의 혼돈과 불확실성을 즐기며 그 속에서 자신만의 길을 찾아가는 것에 희열을 느끼는 공부, 무엇보다 실패를 두려워하지 않는 공부를 하기를 바라며 무엇보다 그런 의미 있는 환경과 배움의 연결고리를 만드는 것에 조금이라도 일조를 했으면 좋겠다는 바람을 가져 본다.

≪함께 이야기 해 볼까요?≫
① 어떤 유형의 학생이 가장 지도하기 힘든가?
② 각 유형의 학생들을 지도하는 각자의 노하우 이야기 해보기

가. 노력형(동기가 있어 노력○, 생활습관○) → 성적은 저조
- 학습 기술이나 요령을 가르쳐야 함.
- 불안감/조급함 극복하게 해야함
  (산을 옮기기 위해서는 돌멩이부터 옮겨야 한다. 작은 노력을 무시하지 말기)
- 공부 시작하기 전에 긍정적인 자기 암시 문구 외우기
- 빨리 하는 것보다 이해하는 것이 중요하다는 것을 인지시키기

나. 동기형(동기○ 생활조절×)
- 수업시간에 칭찬 들으면 좋아하나 금세 자세가 흐트러져 수업을 방해함

(제일 열 받는 유형)

- 시간관리, 우선순위정하기, 계획 짜기를 가르쳐야 함.
- 중요한 것을 먼저하기
- 지금 해야 할 일을 그만두고 새로운 일을 하고 싶은 마음이 들 때 일단 5분
  만 참아보기

다. 조절형(동기×. 생활조절○)

- 착하고 욕심 없는 아이.
- 진로 상담을 하면 "하고 싶은 것이 없어요!"라고 함.(다그친다고 변하지 않음)
- 근접 가능한 롤모델 제시
- 작은 성공 경험을 갖게 함.(몇 과목만 우선 공부하게 하기)
- 계획은 과제 중심으로 하고 얼마나 학습하고 있는지 양을 살펴보기
  (외워올 단어 수/ 풀어야 할 문제 수)
- 기초능력이 떨어지는 학생은 문제를 풀게 하지 말고 사회과목 중에 골라 문
  제를 내게 하기
- 수업 태도 칭찬 대신 배운 것을 기술하게 하기(무엇을 배웠니?)

라. 행동형(동기×, 생활조절×)

- 교사가 인내심과 변할 것이라는 믿음을 가져야 함.
- 학교에 나오는 것만으로도 다행이라고 여기기.
- 많은 약속을 하지 말고 한 두가지 약속만 하여 그것을 지키게 하고 지키지
  않았을 때 선생님이 힘든 점에 대핸 이야기하기(약속을 반드시 지키는 약속
  을 하기)
- 공부의 의미에 대해 하나의 직업군에도 다양한 길이 있기에 그에 대한 초석
  을 다져나가는 공부는 지금이라는 것을 강조하기.
- 1년 동안 공들여도 티가 나지 않을 것이지만 싹을 심었다고 생각하고 그 싹
  을 다음 해 선생님이 틔워 줄거라 기대하기.(긍정적 마인드)

최덕수 (발제) : 이런 종류의 책은 독설 또는 힐링의 관점에서 쓰여지는 것 같다. 독설은 말하는 사람이 편하고 힐링은 말하는 사람의 에너지를 필요로 하는데 이 책은 힐링을 목표로 쓰여진 것 같다. 우선 각자 읽은 느낌을 가볍게 이야기 하고 생각할 거리에 대해 이야기 나누었으면 한다. 두 번째 생각할 거리가 이 책을 읽고 여러 선생님과 이야기 나누고 싶었던 주 내용이다.

유영군 : 전체적으로 교사를 비판하는 느낌이다. 학급에는 적응을 하지 못하거나 힘들어 하는 아이들이 많다. 교사에게 반항하거나 하는 학생들을 지도하다보면 한 명의 학생 때문에 교사가 투자해야할 시간과 노력이 너무 많다. 공부 상처를 받은 아이들을 잘 보듬어주라는 논지이지만 그런 학생이 많을 때 교사가 해야 할 일은 많아지고 할 수 있는 일은 적어진다.

박경아 : 우리 학교 학생들에게 도움이 될 것이라는 기대로 책을 읽기 시작 했으나 대책이 뚜렷이 없고 모든 아이가 공부를 잘 할 수 있게 되기를 바라는 내용이라 교사에게 너무 많은 것을 요구 하는 것 같다. 모든 아이들에게 하나하나 적용하는 것은 의미가 없어 보인다.

조윤선 : 이 책은 한 아이를 계속 관리 하는 것을 주제로 하고 있지만 실제로 적용하기 위해서는 얼마나 걸릴까?

- 유영군 : 실제 이 책에 나오는 비행 아이들이 학급에 10명 이상이다. 상담에 너무 많은 노력과 시간이 든다.

- 김정숙 : 실제 방송에 ADHD라는 병은 없고 부모의 노력 등 다른 방법으로 극복이 가능한 사례가 있었다. 개선이 가능한 아이도 있는 것 같다.

김정숙 : 책을 읽으며 그 동안 아이에게 잘 할 수 있다는 희망을 주기보다 현실 인식에 초점을 맞추었던 내 행동을 반성할 수 있었다. 3학년 수업을 하면서 학습 부진 학생들에게 1학년 때부터 도움을 주면 발전이 있을 것이라고 기대 했으나 실제 1학년 수업을 하게 되자 이미 오래

전부터 학습을 포기한 아이들이 많아서 효과를 볼 수 없었다. 학급의 학생 수의 많고 적음을 떠나 고등학교에서 상처를 치유하기에는 너무 늦은 것 같다. 상담을 통해 아이들을 보듬어 주는 것은 현실에서는 어려운 일인 것 같다.

박은경 : 저자가 강의하는 연수를 들은 적이 있다. 그 연수를 통해 책을 미리 접할 수 있었는데 책을 읽으며 책 속에서 나의 모습을 많이 발견했다. 책에서 하지 말라는 부정적인 말들을 평소 하고 있음을 깨닫고 나 자신을 돌아보는 계기가 되었다. 책의 내용을 아이들의 지도에 바로 적용하기는 힘들겠지만 아이들이 왜 그런 문제 행동을 해왔는지를 생각해 볼 수 있었고 아이들이 너무 오래 패배감을 느껴왔다는 생각이 들었다. 아이들을 바꾸기 위해 우리의 노력이 필요한 것 같고 부딪혀 볼 필요가 있다.

정지연 : 실제 부진아 지도를 하면서 왜 항상 아무런 효과가 없을까에 대해 생각했었는데 이 책을 통해 어느 정도 해답을 얻은 것 같다. 실제로 특별보충과정이나 기초반 수업을 할 때 이 책의 내용을 토대로 학생들을 관리한다면 이전보다는 아이들에게 도움을 줄 수 있을 것 같다. 그러나 현실적인 제약이 많아서 담임을 하거나 업무가 많은 상황에서는 시도조차 힘들 것 같기는 하다. – 김정숙 : 결국 중요한 것은 학생의 의지 인 것 같다. 교사가 아무리 노력해도 한계가 있다.

– 박은경 : 학생들이 모든 것을 다 공부하기에는 학습량이 많은 것이 사실이다.

– 조윤선 : 학습량이 좀 줄어야 부진학생도 관리하면서 수업을 하는 것이 가능 할 것 같다. 학급당 인원수와 공부량 모두 줄일 필요가 있다. 하지만 현실은 시간이 흐를수록 학습량이 많아질 뿐 아니라 학생들이 학습해야할 수준까지 높아지고 있다.

서지원 : 우리 아이들을 많이 이해하게 되었다. 실제로 이 책을 읽기 전에는 화를 냈을 말을 학생에게 들었을 때, 왜 저 아이가 그런 말을 했을까 생각하게 되었고 학생의 속마음을 이해하기 위해 노력하게 되었다. 아이들의

생활습관을 지도할 필요가 있다는 부분에 많은 공감을 했다.

– 조윤선 : 교사가 되면 학생들의 생활 습관을 잘 지도해서 아이가 발전할 수
있도록 만들 수 있을 것이라고 기대했지만 이미 인격이 유치원에
서부터 형성되어 온 아이들이라 변화를 만들어 내는 것은 힘들었
다는 교사의 이야기를 들은 적이 있다.

– 서지원 : 지금이라도 바른 생활습관이 필요하다는 것만이라도 느낄 수 있으
면 좋겠다. 가정교육을 제대로 받아오지 못한 아이들일수록 옳고
그름을 하나씩 가르쳐야 한다.

– 유영군 : 말을 해도 이해하려는 노력조차 하지 않는 아이들이 많다.

– 김정숙 : 교사보다도 부모에게 필요한 책인 것 같다. 요즘 인성 교육의 중요
성이 부각되고 있고 어린이집에서도 인성교육을 위해 여러 활동을
하고 있다. 학교에서도 그런 인성 교육을 할 필요가 있는 것 같지
만 다수를 대상으로 하는 것은 여건상 힘이 든다. 하지만 소나기
학교와 같은 학교 폭력 관련 아이들을 대상으로 했던 TV 프로그램
을 보면 학생들이 조금씩이라도 나아지는 모습을 볼 수는 있었다.

채경석 : 여러 선생님들께서 이 책을 읽고 스트레스를 받고 계신 것 같다. 학
생들에게 너무 많은 것을 해주려고 하는 것에서 오는 스트레스다. 그
러나 우리가 실질적으로 학생에게 해줄 수 있는 것은 동기 부여 뿐이
다. 학생들에게 이러저러한 교사의 지도는 잔소리로만 느껴질 수 있
다. 뿐만 아니라 1년의 지도만으로 학생이 바뀌기도 어렵다. 학생이
스스로 학습을 위한 동기를 가지게 되어야 발전이 있을 수 있다. 동
기 부여는 한마디 말로도 가능하다. 꼭 아이를 바꾸어 놓겠다는 생각
으로 스트레스를 받지 않았으면 한다. 학생들이 동기를 가지게 하고
가야할 방향에 대한 길 안내가 교사의 역할이다. 너무 스트레스를 받
으면 그 압박이 오히려 학생에게 전달되어서 학생들도 스트레스를
받게 된다.

최덕수 : 사람들마다 잘 할 수 있는 것이 다르다. 아무리 해도 운동을 잘 할 수

없는 사람도 있다. 공부는 노력하면 잘 할 수 있는 것일까? 아니면 공부도 운동이나 예술처럼 하나의 재능인가?

조윤선 : 공부를 못한다고 해서 사회생활도 못하는 것은 아니다. 노력을 통해 공부를 잘 할 수 있게 되는 것은 아닐뿐더러 공부를 못하더라도 바른 생활 태도와 좋은 인성을 갖는 것이 중요한 것 같다.

박경아 : 모두가 공부를 잘 할 필요는 없다. 공부는 하나의 재능일 뿐이고 공부 말고 다른 걸로도 얼마든지 성공할 수 있다.

김기화 : 문제는 공부를 잘 하지 못하면 좋은 대학을 가기 힘들고 좋은 직장을 가지기도 힘들다는 것이다. 사회 분위기가 바뀔 필요가 있다. 하지만 평균적으로 좋은 성적을 보인 학생이 성공한다는 것이 현실이다. 학생들은 가끔 TV에 나오는 사람들이 나쁜 학창시절을 보내고도 성공한 모습을 보고 자신도 그럴 수 있다는 착각을 한다.

조윤선 : 사실 공부를 통해 성공한 사람도 소수이고 공부를 못해서 실패한 사람도 소수이다. 중요한 것은 그 학생이 얼마나 노력할 수 있는지 인 것 같다.

김정숙 : 어떤 분야이든 노력해야만 성공하는 것이 가능하다. 사람마다 가지고 있는 재능이 모두 다르고 공부도 재능 중 하나이다.

채경석 : 인성이 좋지 않으면 성공할 수도 없다. 성공에 대한 기준이 사람마다 다르고 지금은 성공처럼 보이는 일이 나중에는 실패일 수도 있다. 시각적 효과가 있어야 학습이 잘 된다고 생각하는 사람도 있고 듣는 것만으로도 학습이 된다고 생각하는 사람도 있다.

유영군 : 평균 이상의 학생들에게는 꿈을 심어주는 것이 먼저인 것 같다. 목표가 생긴 뒤에는 스스로 열심히 하려고 노력한다. 역시 동기유발이 중요하다.

박은경 : 공부도 하나의 재능이다. 하지만 할 수 있는 만큼 교사가 도와줄 필요는 있다. 공부를 열심히 하지 않으면 다른 일도 열심히 하기 어렵다. 성적이 오르거나 1등을 하는 것이 중요한 것이 아니라 공부 자체

가 즐겁다는 것을 느낄 필요가 있다. 이 책에 "자신과의 싸움에서 이긴 사람이라면 누구나 챔피언이다. 그 싸움에서 이겨 본 사람은 안다. 그 때의 승리는 사는 동안 무엇이든 불가능을 가능으로 만들 수 있다는 믿음을 선사한다."라는 구절이 소개되어 있다. 아이들이 자신과의 싸움에서 이겨보는 경험을 하고, 해낼 수 있다는 가능성을 스스로 찾아내면 행복감을 느낄 것이다. 학교에서 그런 부분을 채워줄 수 있었으면 한다.

채경석 : 모두에게 행복감을 심어주는 것은 어렵다. 한 아이라도 느낄 수 있으면 좋겠다.

유영군 : 학생들이 마음의 문을 열고 서로 신뢰관계를 형성할 수 있도록 하는 것이 중요한 것 같다.

채경석 : 아이가 어떻게 변화할지는 모르는 일이다. 한두 번의 시도로 바뀔 것이라는 기대를 하지 않는 것도 중요하다.

정지연 : 공부는 능력이고 재능이다. 여러 가지 능력 중에서 공부를 잘 못할 뿐인 아이들이 학교에서 계속해서 겪게 되는 실패감, 패배감을 긍정적인 방향으로 바꿀 수 있도록 지도해줄 필요가 있다.

김기화 : 한 아이에게 정성을 쏟기에는 손길을 필요로 하는 아이들이 너무 많다. 항상 열심히 하는 아이들도 있지만 어느 한 시기에는 그렇지 못할 수도 있다. 항상 열심히 살 수 만은 없기 때문에 지금 열심히 하지 않는다고 해서 그 학생을 완전히 나쁜 학생이라고 생각하면 안 되는 것 같다. 모든 학생들을 긍정적으로 대할 필요가 있다.

서지원 : 지금은 공부가 힘들고 어렵지만 사회에 나가면 더 어렵고 힘든 일이 있을 수 있다. 지금 고비를 잘 넘기면 역경을 극복하는 자세를 익히게 되는 것이다. 노력이냐 재능이냐가 중요한 것이 아니라 노력하는 자세를 가질 수 있도록 지도하는 것이 중요하다.

최덕수 : 집에서 치유해야할 상처가 학교로 넘어오는 경우가 많다. 학교는 가정의 역할을 어디까지 대신 해야 하는 걸까?

유영군 : 학생들의 마음과 정신이 너무 약하다. 학교가 최선을 다해 가정의 역할을 해야겠지만 할 수 있는 만큼만 해야 할 것 같다. 학급에는 학생이 너무 많다. 교사의 양심이 부끄럽지 않은 선에서 최선을 다해서 가정의 역할을 할 필요가 있는 것 같다.

박경아 : 사회, 가정에서 사건, 사고가 있을 때 마다 학교 탓을 너무 많이 하고 있다. 인식이 바뀔 필요가 있다.

박은경 : 집에서 하는 말은 잘 듣지 않으니 학교에서 지도 해달라고 하는 학부모가 많다. 가정에서 학교에 지도를 일임하는 것이다. 교사는 계속해서 악역을 담당하고 있는데 가장 이상적인 것은 학교와 가정에서 각자의 기능을 제대로 하는 것이다. 그러나 가정환경이 열악할수록 학교의 역할이 커진다. 어쩔 수 없이 학교가 감당할 몫인 것 같다.

정지연 : 학교에 너무 많은 것을 기대한다. 하지만 학교에서의 지도는 한계가 있다. 가정교육이 더욱 중요한 부분이 많고 그 부분은 가정 고유의 역할이다. 학교에서 할 수 없는 부분이다.

김기화 : 생계유지를 위해 일하고 있는 사람들에게 가정교육이 힘든 것은 당연하다. 결국 사회 문제이다. 먹고 살기가 힘든데 아이들을 제대로 돌보기를 기대할 수는 없다. 부모와 대화하는 시간이 절대적으로 부족하고 아이들이 방치되고 있다.

서지원 : 특히 우리 학교는 가정이 붕괴된 경우가 많다. 가정과 함께 지도해야 아이들의 개선을 기대할 수 있지만 가정에서 방치된 아이들은 학교에서라도 관심을 가지고 지도할 필요는 있다.

채경석 : 학부모가 아니라 부모의 역할이 필요한 시기이다. 가정에서 중고등학생을 학교에 그냥 맡기는 경우가 많지만 가정에서 가지는 관심이 아이를 바른 길로 인도 할 수 있다. 학부모 교육과 학부모의 요구에 대한 학교의 도움이 필요하다.

천연기념물 제조가(조대호 지음)
- 진정한 천연기념물 제조가들은 누구인가 -

발제자 : 교사 김지영

평소 즐겨보는 프로그램인 무한도전의 '나비효과' 편이 생각났다. 우리가 일상적으로 하는 행동들로 인해 북극의 얼음이 녹고 몰디브가 침수되는 상황, 그 속에서 자신의 행동으로 인한 것임을 알지 못하고 서로 투닥거리는 사람들의 모습…

이 소설의 작가 또한 '천연기념물'을 '제조'한다는 독특하고 역설적인 상황 설정을 통해 이러한 우리 인간의 모습을 이야기하고 있는 것이 아닐까?

소설에서는 주인공 '관우'와 천연기념물 제조가 '선생님'의 만남을 통해 자연 보호, 자연과 인간의 공존에 대해 고민하게 한다. 또한, 자연 보호라는 이름 아래 살생을 저지르는 천연기념물 제조가와 조상들의 가업을 잇고 살아남기 위해 사냥을 하는 사냥꾼 집단의 대립을 통해 더 깊은 고민에 빠지게 한다.

천연기념물 제조가들은 자신들의 목표를 이루기 위해 동물과 사냥꾼(인간)을 죽여도 되는 것인가? 사냥꾼들은 자신의 업(전통)을 버리고 살아가야만 하는 것인가? 사냥꾼의 말대로 자연 파괴의 근본적인 원인은 발전된 사회 자체에 있는 것인가? 관우의 말처럼 '모두가 무죄인가, 아니면 모두가 유죄인가?'

과연, 진정한 천연기념물 제조가들은 누구인가?

천연기념물 제조의 최종 목표가 '인간'임을 알고 난 뒤에도 그에 대해 아무런 답변(행동)을 할 수 없던 관우는 이렇게 이야기한다.

그동안 내가 살아온 시간, 나 같은 무관심하고 무책임한 이들이 살아온 시간이 쌓여서 자연이 무너진다. 무너져 내릴 수밖에 없다. (410쪽)

나는 도대체 31년 동안 자연에 어떤 어마어마한 악영향을 끼치며 살아왔을까? 천연기념물 제조가들에게 어떤 명분을 제공하며 살아왔을까… (436쪽)

자연 속에서 살고 있지만 그 자연을 파괴하는 인간 존재에 대해 생각해 본다. 또한, 인간이 '제대로 된 마음가짐'을 가진다면, '그래도 희망은 있다.'라고 대놓고(?) 이야기하는 작가의 의도(?)대로 나 스스로에 대해 반성해 본다.

기록자 : 교사 서지원

현정수 : 이 소설은 처음에 어떤 노인의 울부짖음으로 시작되는데요, 주인공인 관우가 소크라테스의 산파법과 같이 질문을 해나가며 기이한 사건을 파헤치는 내용이었습니다. 이 소설을 읽으면서 주제를 한 줄로 요약할 수 있을까라는 의문이 들었는데요, 제 생각에는 주제를 찾은 듯합니다. 제 생각에 이 책의 주제는 "나는 천연기념물 제조가들에게 어떤 명분을 제공하며 살아 왔는가?"라고 생각합니다. 그리고 이 천연기념물 제조가들에 대해서 어떻게 하면 잘 알고 비판할 수 있을까에 대해서 생각해 보았습니다. 그런데 마지막 부분에 관우가 도서관에서 책을 가지고 천연기념물 제조가에 대해서 공부한 결과 "인간은 행동 의지가 없다" 즉 "환경 보호에 대한 의지가 없다"라는 결론을 내린 것이 기억납니다. 그리고 제 자신을 돌이켜보니 음식물을 너무 많이 남기고 음식물 쓰레기를 버릴 때 조금 편하려고 비닐 봉투를 같이 버리는 것에 대해 반성하는 시간을 가졌습니다. 그리고 정말 인간은 지속적인 의지가 없는 것인가라고 생각하고 부끄러운 마음도 가졌습니다.

소설 내용에 대해 생각해보면 관우가 어떻게 란씽에게 같은 여행을 하게 되는 선택을 받게 되었을까를 생각해보았는데요, 제 생각에는 사회적으로는 직업도 변변치 않고 허덕이는 상황이지만 뚝심이 있고 권력에 굴하지 않으며 하고 싶은 말을 하는 용기가 있어서 파트너로 간택이 되지 않았나 생각했습니다.

이주양 : 저는 이 소설을 읽고 사건이 계속 전개는 되는데 앞뒤로 인과 관계가 잘 맞지 않고 내용이 짜임새가 없다는 생각을 했습니다. 그리고 소설 내용 중에 우리 주변에 사라지고 있는 동식물들이 그렇게 다양하고 많은가 다시 생각해보게 되는 계기가 되었습니다. 마지막 부분에 천연기념물 제조가들의 궁극적인 목적이 인간을 천연기념물로 만드는 것이라는 알았을 때 감동을 느꼈습니다.

양혜영 : 저는 평소에 음모론을 포함한 소설을 좋아하는데요, 이 책은 표현이 조잡하고 완전하지 못하다는 생각을 했습니다. 처음에는 누군가가 천연기념물을 노리고 돈을 벌려고 하는 내용이라고 예상했었는데 뒤로 읽어 갈수록 거창한 가치관으로 이어나가서 너무 심하게 허구적이라 흥미를 조금 잃었습니다. 전달하고자 하는 내용의 앞뒤에 개연성이 부족하였지만 그래도 마지막에 작가가 말하고자 하는 메시지가 잘 전달 된 것 같습니다.

김기화 : 저도 음모론이 포함된 소설을 좋아하는데요, 특히 다빈치 코드를 쓴 댄브라운을 너무 좋아해서 그의 모든 작품을 읽었습니다. 최근작부터 옛날 작품 순서대로 읽어나갔는데요 그가 제일 처음 쓴 '디지털 포트리스' 라는 책은 재미는 있었지만 아무래도 그의 처녀작 이다 보니 내용이 조금 허술하고 거창하게 포장한다는 느낌이 있었습니다. 이 책을 읽으며 천연기념물 제조가가 이 조대호작가의 처음 작품이기 때문에 부족한 부분이 많았지만 이 작가가 공부를 더 많이 하고 경험이 더 많아 지면 한국의 댄브라운처럼 성장할 수도 있을 것 같다고 기대했습니다.

내용에 관해서는 저도 평소에 네셔널 지오그래픽과 같은 다큐멘터리를 자주 보며 인간이 정말 환경오염의 주범이다라는 생각을 했지만 또 어떻게 생각하면 소설에서 란씽이 말했다시피 오염되어 가는 지역을 오히려 관광구역으로 만들어 인간이 들어오고 나서부터는 관리가 잘 이루어져서 깨끗해지는 역설적인 상황도 있었습니다. 무슨 일이든 양면적인 성향이 있듯이 인간과 자연의 관계도 그렇지 않나 생각했고 좀 더 좋은 방향으로 발전되도록 지속적으로 노력해야 된다고 생각했습니다.

유영군 : 저는 아직 책을 중간정도까지 밖에 못 읽었는데요, 천연기념물 제조 가들이 사람들까지 죄책감 없이 막 죽이고 하는데 무슨 의미인가 생각해봤습니다. 그리고 선생님들의 말씀을 들으니 천연기념물 제조가들의 궁극적인 목적이 인간을 천연기념물로 만드는 것이구나 알게 되었고 이해가 좀 되었습니다.

소설에서 나오는 진벽회의 의미에 대해 생각해 보았는데요 그들이 자연을 생각하며 행한다 하지만 과연 그것 또한 다른 인간이 개입하는 것인데요. 제대로 하고 있는 것인가 의문이 들었습니다. 예전에는 전쟁과 기근으로 인구수가 급감하는 계기가 있었는데 현대에는 그런 일도 잘 일어나지 않아서 인구수는 계속 증가만 하고 있는데요, 그러면서 자연을 개척한답시고 파괴하고 있습니다. 다른 동물들은 사냥을 할 때도 생존을 위해서만 하지만 인간은 유일하게 생존의 여부와 관계없이 필요 이상으로 사냥을 하고 개척하는 유기체입니다.

이영훈 : 저는 책을 읽으면서 논리가 앞뒤로 억지로 연결된 부분이 많다고 생각했는데요. 생각해보니 현실 생활에서도 논리적으로 맞지 않게 일어나는 일이 허다했습니다. 예를 들면 유대인 학살이나 공산주의, 북한의 핵개발 등 권력으로 인해서 목적은 비록 선할지 몰라도 수단이 너무 억지스럽고 보통 사람이라면 이해할 수 없는 일이 많이 일어나고 있다는 것을 깨달았습니다.

박소영 : 저는 이 책을 읽고 얼마 전에 텔레비전에서 원숭이쇼와 코끼리 쇼에 대한 내용이 떠올랐습니다. 인간에게 단지 즐거움을 주기 위해 동물들을 훈련시키는데요, 코끼리를 태어나자마자부터 정말 작은 우리에

가두고 전기적으로 충격을 줘서 다리를 들어 올리게 하는 모습은 정말 너무 충격적이었습니다. 그리고 인간이 저렇게 잔인하구나 새삼 깨닫고 소설에서 관우가 했던 "당신에게 그럴 권리가 있습니까?" 라는 말이 기억에 남습니다. 우리는 실재로 그럴 권리가 없는데도 그런 일을 하고 있습니다.

제 생각에 인간의 욕망은 지금보다 더하면 더했지 줄어들 것이라고 생각하지 않습니다. 앞으로 이 지구는 우리 아이들이 살아갈 것인데 인구수는 계속 늘어나고 욕망은 줄어들지 않는다면 어떻게 될지 걱정입니다. 환경에 관심이 많은 분께 추천해드리고 싶은 책이었습니다.

김정숙 : 저는 '베르나르베르베르' 의 〈개미〉라는 책을 정말 즐겁게 읽어서 책에 대한 기대가 컸습니다. 초반에는 우리 주변에 동식물에 대한 내용이 많이 포함되어 있고 여러 가지 정보가 풍부해서 읽는 즐거움이 있었는데 뒤로 갈수록 설명이 줄어들어 실망을 좀 했습니다. 제 생각에는 작가가 이 소설을 쓰기 위해 기본 자료를 준비를 많이 했지만 그 내용을 초반에 다 써버리고 뒤로 갈수록 바닥이 나지 않았나 생각이 듭니다. 그래서 뒤로 갈수록 실망이 컸고 좀 더 알차게 준비해서 천천히 발간했으면 좋지 않았나 생각을 했습니다.

그리고 또 계속 드는 생각은 이 소설을 영화로 만들면 좋을 것 같다는 생각을 하며 배우는 과연 누가 적합할까도 떠올려보았습니다.

조윤선 : 제가 환경 동아리를 하고 있다 보니 채경석 선생님께서 추천해 주셔서 읽게 되었습니다. 소설이지만 환경에 관한 내용이 많이 나와서 학생들에게 초반에 흥미 유발 관계로 읽게 하면 좋을 것 같다는 생각을 했습니다. 하지만 스토리가 그리 탄탄하지 않아서 아쉬움이 좀 있었습니다.

돈으로 살 수 없는 것들(마이클 센델)

발제자 : 교사 조윤선

사고판다는 논리가 물질적 재화뿐만 아니라 삶 전체를 지배하면서 시장 만능주의 시대로 나아가고 시장이 도덕에서 분리되고 있다.

◎ 거래 만능 시대

모든 것을 사고 팔 수 있는 사회가 갖는 두 가지 문제점

1) 불평등 : 돈이 모든 차별의 근원이 됨

2) 부패 : 시장은 재화가 갖는 내재적 가치를 오염, 재화에 흔적을 남김

모든 재화를 이윤을 추구하고 사용하기 위한 도구로 다룰 수는 없다.

사례별로 재화의 도덕적 의미와 재화 가치의 평가에 대한 토론 필요

시장 경제를 지닌 사회(having a market economy) → 시장사회 (being a market society)

1. 새치기 (Jumping the Queue)

<u>우선 탑승권</u>

반대 입장 : 보안 검색은 국가 안보의 문제, 모든 승객이 똑같이 부담해야 함

항공사 입장 : 모든 승객이 동일하게 몸수색을 받는 한 새치기할 권리 판매 가능

<u>놀이공원에서의 새치기</u>

"줄서기가 평등의 위대한 상징이었던 시대는 지났다."

공정함이란 줄을 서서 차례를 기다리는 것이라는 도덕적 판단에 어긋남

→ 에스코트 서비스, 뒷문 이용 : 새치기를 부끄러운 것으로 여김

렉서스 차로

렉서스를 탈 만한 형편이 되는 사람이 돈을 내고 카풀 전용 차로를 이용하는 것

반대 입장 – 부유한 사람들은 혜택, 가난한 사람들은 뒤로 밀려남, 경제적 여
　　　　　유가 없는 사람들에게 부당한 제도

찬성 입장 – 페덱스(FedEx), 세탁소도 돈을 더 내면 먼저 서비스 제공
　　　　　자신의 시간에 가격을 매김으로써 경제적 효용을 높임

렉서스 차로

셰익스피어 무료공연 → 대리 줄서기 (paid)

반대 : 무료 입장권을 판매하는 행위는 납세자로서의 뉴욕 시민 권리에 대한 침해
　　　의회의 대리 줄서기 관행 (Linestanders)

반대 : 의회의 품위를 저하, 대중에 대한 모욕

찬성 : 라인스탠더들도 자신의 맡은 바에 충실한 것, 자유시장 체제에서 용인 가능

진료 예약권 암거래 (암표상)

암거래로 보상을 받는 사람은 서비스 제공자가 아닌 중개상(암표상)

→ 경제학자들은 진료비를 인상하라고 조언할 것임

　　그래서 특별 진료 예약 창구가 설치됨

그러나, 환자들은 추가비용을 지불했다는 이유로 진료 예약 순서를 새치기 할
수 있는가?

전담 의사 제도

추가 비용 지불하면 전담 진료 가능

비판 : 경제적 여유가 없는 사람들에게 불공평한 제도

새치기의 시장논리

선착순의 줄서기 윤리가 시장윤리로 대체

비 시장 규범이 지배하던 삶의 영역에 시장규범이 침투

시장 옹호 입장
1) 자유지상주의 : 타인의 권리 침해 않는 한 어떤 행동도 자유로 존중
2) 공리주의 : 시장체제를 도입함으로써 사회 전체의 효용 향상
G. Mankiw : 공리주의적 입장, 암표 옹호 → 암표는 가치를 가장 높게 평가
　　　　　　하는 소비자에게 재화가 돌아가게 하는 효율성 증진

2. 인센티브 (Incentives)

<u>불임 시술을 장려하기 위한 현금 보상</u>
마약 중독 여성이 불임시술을 받을 시 300$를 지급하는 프로젝트
비판적 입장 – "도덕적으로 비난받아 마땅한 불임시술용 뇌물", 재정적으로
　　　　　　궁핍한 여성들에게 강압에 해당, 마약의 구매를 부추겨 마약
　　　　　　중독을 유도

찬성하는 입장
아이들이 마약에 중독되어 태어나는 것을 막기 위한 대가
출산을 할 권리 vs 아이들이 정상적으로 생활할 권리
자신의 중독을 다른 사람에게 떠넘길 권리 없음
강압적이지 않음 : 판단력이 그 정도로 흐려졌다면 자녀 양육이 이미 불가능
　시장 거래의 측면에서는 정당한 선택임 → 당사자간의 자발적 협정, 양자 모
두 이득, 사회적 효용 증가, 시장논리의 도덕적 한계를 지적하는 두 가지 이유

1) 강압의 측면
자유의지에 따른 선택이라 볼 수 없음
여성들의 경제적 형편 고려 시 강압에 가까움
"시장거래는 어떤 조건에서 자유롭고, 어떤 조건에서 강압적인가?"

2) '뇌물'의 측면

재화의 본질에 대한 비판

부패 행위 : 사고 팔아서는 안 되는 것을 사고 파는 것

적합한 수준보다 낮은 규범에 의해 다뤄질 때 생김

자녀를 매매 → '부모의 역할'이 부패한 것

강압, 자발 여부를 떠나 협상 자체가 부패한 것임

"판매자의 생식능력"을 잘못된 방식으로 평가하는 행위

여성의 생식 능력은 판매 대상이 될 수 있는가?

우리는 우리 몸을 마음대로 사용하고 처분하는 소유물로 생각할 수 있는가?

아니면 사용하는 방법에 따라 자기 비하에 해당하기도 하는가?

삶에 접근하는 경제학적 방법

이전의 경제학 : 재화에 어떤 가치를 두어야 하는지, 어떤 규범이 활동을 지배
하는지 연구 X

오늘날의 경제학 : 경제학자들이 점점 도덕적 문제에 휩싸임

이유 1) 세상이 변하기 때문에

　　2) 경제학자들이 주제를 이해하는 방식이 바뀌기 때문에

비시장 규범이 지배하던 삶의 영역 → 시장과 시장지향적 사고의 확대

비경제적 재화에 가격을 매기는 경향 확대

수요와 공급의 법칙이 모든 재화의 조건, 인간행동을 결정

과연 인간의 모든 행동을 시장개념으로 나타낼 수 있는가?

일상생활에서는 이미 시장개념의 지배가 매우 강력해지고 있음

→ 사회문제를 해결하려는 금전적 인센티브의 사용이 늘어났기 때문

성적이 좋은 학생에게 주는 상금

재정적 인센티브를 학력 향상을 위한 열쇠로 여김

"학교가 학생을 돈으로 매수해야 하는가?" 〈TIME〉

인센티브를 많이 지급할수록 학생들이 많이 공부하고 결과도 나아진다?

→ 실험적으로 입증되지 않음

인센티브를 많이 지급할수록 점수가 높아지는 것이 아님

인센티브가 학업성취와 학교문화에 대한 학생들의 태도를 변화시켰기 때문

건강 유지를 위한 뇌물

제도에 대한 반박

1) 공정성과 관련된 반박

보수주의 : 나태한 행동에 대한 불공정한 부담, 건강한 사람들에게 불공정

자유주의 : 어쩔 수 없는 질병을 앓는 사람에게 불공정

2) 뇌물과 관련된 반박

금전상의 동기가 더 바람직한 동기를 밀어낸다는 의심

자신의 신체적 행복에 대한 올바른 태도, 자기존중의 가치를 금전이 대체

잘못된 이유로 올바른 이유를 하도록 사람들을 꼬드기는 것도 뇌물

"인센티브는 효과가 있는가?" 〈=〉 "인센티브에는 반박의 여지가 없는가?"

인센티브가 효과가 있는지 없는지는 인센티브가 갖는 목적에 달림

왜곡된 인센티브

감사카드를 의무적으로 쓰고 1$씩 주는 것

장점 : 쓰면서 감사의 참뜻을 알게 됨

단점 : 아이들의 도덕교육을 변질시켜, 감사를 돈을 벌기 위한 노동으로 퇴색
　　　 시킴

→ '감사' 라는 재화에 대한 잘못된 가치 부여 방식

이민정책을 둘러싼 논쟁

이민권 거래 개념

장점 : 더 많은 난민들이 피난처 찾음, 새로운 국가 수입원 창출

단점 : 난민의 의미와 그들에 대한 우리들의 견해가 바뀜

"위험에 처한 인간존재" → "덜어버려야 하는 짐, 수입원"

경제학자들의 주장 : 시장은 재화에 관여하거나 재화를 손상시키지 않는다

그러나 시장은 교환되는 재화에 가치를 부여하고 흔적을 남김

비시장 인센티브(ex. 양심, 죄책감)을 시장가치가 밀어내기도 함 (ex. 이스라엘의 어린이집)

벌금과 요금

벌금 : 도덕적으로 승인받지 못하는 행동에 대한 비용

요금 : 도덕적 판단이 배제된 단순한 가격

벌금을 요금으로 생각하는 것 : 사회 규범이 갖는 가치를 적절하게 존중하지 않는 것

Case 1 : 과속 범칙금

Case 2 : 지하철 무임승차

Case 3 : 비디오 대여

Case 4 : 중국의 한 자녀 낳기 정책

Case 5 : 출산 허가증 거래

Case 6 : 오염권 거래

Case 7 : 탄소 상쇄

Case 8 : 검은 코뿔소 사냥권

Case 9 : 이누이트의 바다코끼리 사냥권 판매

인센티브와 도덕적 혼란

G. Mankiw : "시장은 인센티브에 반응한다."

경제학을 인센티브의 학문으로 생각 → 시장의 영향력을 일상생활에까지 확대하는 것

인센티브화(incentivize) : 인센티브를 제공하는 방식으로 부추기거나 격려하는 것

인센티브를 의도적으로 만들어 내야 할 필요성 반영

경제학자들의 주장 : 인센티브화와는 상관없이 여전히 경제학과 시장, 도덕은 구별되어야 함

그러나 경제학이 삶의 비경제적 영역으로 팽창하면서 도덕 문제와 얽히게 됨

그렇다면 왜 우리는 도덕적 가치와는 상관없이 선택의 만족(사회적 효용)을 극대화해야 하는가?

도덕적 관점에서는 어떤 가치가 다른 가치에 우선하기 때문에, 비시장규범이 지배하던 영역에 시장 규범이 들어옴으로써 생기는 문제를 해결하는 단초가 됨

도덕적 가치를 고려하지 않은 채 사회 효용의 극대화를 맹목적으로 추구하는 것을 막기 위해 '도덕적으로 거래' 하는 것이 필요

비시장규범이 지배하던 관행에 시장 논리가 도입될 때 문제점이 발생

인센티브의 실패 : 이스라엘의 어린이집 사례

어떤 활동을 인센티브화 하기 전에 비시장규범의 가치를 검토해 보아야 함

→ 비시장규범의 잠식이 우려할만한 가치가 있는 상실인지 검토

단순히 인센티브의 효과에 대한 검토가 아니라 덧붙여 도덕적 평가를 내려야 함

결론 : 경제학자들은 도덕적으로 거래해야 한다.

3. 시장은 어떻게 도덕을 밀어내는가? (How markets crowd out Morals?)

돈으로 살 수 있는 것과 살 수 없는 것

대부분의 사람들은 돈으로 살 수 없는 것이 있다고 생각

"돈으로 살 수 있지만 사면 안되는 대상이 있을까?"

아이 거래 : 시장이 아무리 효율적이어도 아이들을 사고 팔아서는 안됨.

돈으로 살 수 없는 재화 Vs. 돈으로 살 수 있지만 그래서는 안되는 재화

금전 거래가 재화를 명백히 퇴색 Vs. 거래가 이루어지지만 결과적으로 재화를 변질, 가치 하락

대리 사과 서비스와 결혼식 축사 판매

돈으로 살 수 있는 재화지만 거래가 재화를 변질시키고 가치를 떨어뜨리는 예

선물 교환에 반하는 경제적 논리

J. Waldfogel : 선물교환의 경제적 비효율성(자중손실) → 현금을 주는 것이 합리적

G. Mankiw : 선물은 '신호 전달'의 한 형태

좋은 선물의 목적 : 단순히 남을 만족시키는 것이 아닌, 친밀감을 반영하고 상대와 교감하는 것

선물 대신 현금을 주는 것 : 신경써서 실천해야 할 책임을 돈을 주고 벗어버리는 것

'저속한 선물' 이라는 사회적 금기 존재

선물 교환이 시장 논리에 시사하는 점

→ 가치 중립적이라고 판단되는 시장 논리가 어떻게 특정 도덕적 판단에 스며드는지

→ 도덕적으로 논쟁의 여지가 있지만 선물에 대한 경제적 사고는 현실에 이미 드러남

선물의 현금화

상품권 : 주는 사람이 소비한 금전적 가치가 분명히 드러남

그러나 단순한 현금 선물보다는 낙인이 덜함

전통주의자들 : 마음과 영혼의 가치 소멸 우려

상품권은 선물의 자중손실을 줄이나 완전히 제거하지는 못함

→ 이에 대한 시장 중심 해결책 : 온라인 기업에 상품권을 판매

"선물의 해체" : 공리주의적 구성요소 + 규범 = 상품권

선물 교환의 상품화 : 재선물 (re-gifting) 전자 거래 시스템

<u>돈으로 구입한 명예</u>

우정은 돈으로 살 수 없지만, 우정의 징표와 표현은 살 수 있음
우정의 상품화 : 공감, 관용, 배려, 관심 등의 규범을 시장가치가 대체
→ 시장이 재화의 가치를 변질시킴

대학의 입학 허가를 돈으로 사는 것
입학 허가 거래에 대한 두 가지 반박
1) 공정성 : 사회, 경제적 불평등의 영구화
2) 부패 : 대학 본연의 가치 저하, 변질

시장을 둘러싼 두 가지 반박
공정성과 부패에 관련된 두 가지 논쟁

공정성에 대한 반박
시장 교환이 자발적으로 이루어지지 않을 수 있다는 점을 지적
불평등한 조건, 경제적 필요성의 긴박함에 의해 거래를 강요받고, 불평등 생김
공정성에 대한 반박이 추구하는 도덕적 이상
공정한 조건 하에 이루어지는 동의
어떤 지점에서 불평등한 교섭력이 사회적 약자를 강압하고 거래의 공정성을
해치는가
부패에 관한 반박시장의 가치 평가와 교환이 특정 재화와 관행을 변질시킴
공정한 거래 조건이 성립되었다고 할지라도 거래 자체의 정당성에 의문 제기
부패에 관한 반박이 추구하는 도덕적 이상
시장 가치 평가와 교환 때문에 변질되었다고 여겨지는 재화의 중요성
공정한 거래가 이루어진다 할지라도 여전히 돈으로 사서는 안되는 것이 존재
시장은 특정 가치를 구현하고, 때로는 그 가치가 시장 규범을 밀어냄
비시장 규범 밀어내기
시장 교환은 재화 자체를 바꾸지 않으면서 경제적 효율성을 증대 ; 일반 경제

논리의 입장

  그러나 비시장 규범이 지배하던 영역을 시장가치가 지배하게 됨

  → 시장이 재화를 왜곡하거나 훼손시킬 수 있다는 여지가 드러남

  인센티브와 시장 메커니즘이 비 시장가치를 밀어냄으로써 오히려 역효과를
낼 수 있다

핵 폐기장

  스위스 핵 폐기장 유치 마을에 인센티브 제시 : 50% → 25%

  마을 사람들의 시민적 의무라는 비시장가치를 시장가치가 대체하게 됨으로써
비효율성 초래

  B. Frey, F. Oberholzer-Gee : 공공선을 포함한 도덕적 사고 때문에 가격효
                               과가 흔들림

  현금보다 공공재 형식을 한 보상이 더 효과적 : 시민의식에 대한 존중이 포함

기부의 날, 그리고 아이를 늦게 데리러 오는 부모들

  기부의 날, 어린이집 : 인센티브가 사람들의 태도를 변화시켜 도덕적, 시민적
                       헌신 밀어냄

  시장이 비시장규범을 밀어내는 경향을 우려해야 하는 이유

  1) 재정적 이유 : 비시장규범에 기댈 때보다 더 많은 가격이 들게 됨

  2) 윤리적 이유 : 규범의 내재적 가치를 훼손하는 것

상품화 효과

  F. Hirsch : 재화가 시장을 통해 제공되든 다른 방식으로 제공되든 가치는 같
              다는 가정에 의문

  "상품화 효과"를 주류 경제학이 간과

  → 비시장규범보다는 시장 규범에 의존하게 됨으로써 재화에 미치게 되는 영향

인센티브의 세 가지 실패 사례 : 핵폐기장, 기부의 날, 어린이집
→ "상품화 효과"를 입증해주는 증거
D. Ariely의 실험 : 변호사들이 자선활동일 때 더 호의적으로 반응 → 상품화
효과 입증
내재적으로 흥미, 가치를 느끼는 사람에게 인센티브를 지급할 경우 역효과가
일어나게 됨
→ 내재적 가치 떨어뜨림 : 돈의 '잠식효과', 밀어내기 현상

혈액 판매

리처드 티트무스(R. Titmuss) : 영국과 미국의 혈액 모집 시스템 비교
순수 기증에 의존하는 영국과 달리 혈액은행에 의존하는 미국에서 문제점이
더 많이 발생
→ 고질적 혈액부족, 고비용 등

티트무스의 윤리적 반박
1) 공정성 : 가난한 사람들에게 착취
2) 부패 : 혈액 기증의 가치를 저하, 기증의 규범에 대한 잠식 효과
Kenneth Arrow의 재반박 : 시장에 대한 신념에 관한 두 가지 입장
→ 인간 본성과 도덕적 삶에 대한 두 가지 가정

시장에 대한 신념을 둘러싼 두 가지 입장

1) 어떤 활동을 상업화 해도 활동 자체는 바뀌지 않는다
이전에 거래되지 않았던 재화가 거래된다고 해도 여전히 자발적으로 기증 가능
거래 자체가 활동의 기존 가치를 잠식시킬 우려는 없음
혈액 거래가 기증의 가치를 잠식시키지는 않음, 여전히 기증은 가능(K.
Arrow) But, 혈액의 상품화는 혈액 기증의 의미를 분명히 바꿈
혈액 기증은 이타주의인가, 가난한 사람들의 소득원을 뺏는 행동인가?

자신의 혈액을 기증하는 것 vs 50$로 혈액을 사서 기증하는 것 : 어느 것이 효율적인가

2) 윤리적 행동은 아껴야 하는 희소한 상품임

도덕적 정서는 사용하면 고갈되므로 꼭 필요할 때를 위해 남겨놓아야 함

대신 도덕적 정서를 아끼는 동안 시장 규범의 영역을 지배

도덕보다 시장에 의존하는 것이 희귀한 자원을 보존하는 것임

삶의 모든 영역으로 시장이 확대

사랑의 경제화

Dennis. H. Robertson "What does the economist economize?"

Lawrence Summers의 하버드 조찬기도

경제학은 인간의 숭고한 동기를 다루지는 못함

그러나 경제논리는 사회가 이 같은 숭고한 동기를 낭비하지 않게 함

이타주의, 도덕적 배려 등은 쓰면 없어지는 희소한 미덕임

반박

아리스토텔레스 : 덕성은 우리가 실천함으로써 증진하는 것

루소 : 조국이 시민에게 많이 요구할수록 시민의 헌신은 커짐

미덕, 도덕에 대한 경제주의의 견해 : 비시장규범의 절약을 위해 시장규범으로 대체

But 도덕적 정서는 사용할수록 고갈되는 것이 아니라 발달됨

좀 더 많이 도덕적 정서가 행사되어야 함

4. 삶과 죽음의 시장 (Markets in the Life and Death)

청소부 보험

회사가 피고용인의 명의로 생명보험에 가입하고, 피보험 이익을 갖는 것

사망 보험금은 면세이기 때문에 이러한 투자 형태 등장

청소부 보험이 확산되면서 생명보험의 의미와 목적이 변질

청소부 보험에 대한 반박

1) 실용적 문제 : 직원의 죽음에서 이익을 얻는 것은 직장의 안전에 좋지 않음
                        → 사망 보험금이 비뚤어진 인센티브로 작용
2) 동의의 부재 : 자신의 명의로 생명보험을 드는 것에 대한 동의 부재
3) 직원을 사물화 : 직원을 '상품선물'로 다루게 됨
4) 생명보험의 목적 왜곡 : 유족에 대한 안전망 → 면세 혜택의 일종

말기 환금

증권 소유자가 자신의 생명보험 증권을 할인매각하여 대금을 받는 생명보험 전매 형태

청소부 보험과는 달리 사회적 선에 기여

피보험자의 동의 역시 갖추어져 있음

그러나 자체가 죽음에 대한 도박이기 때문에 문제가 생김

투자가의 인격을 잠식할 우려

말기환금 산업도 이익을 위해 사망을 재촉하는데 도움을 주는 로비를 할 수 있어야 하는가?

시체 수습자에게 수수료 지불하는 것과 유사 : 죽음을 통해 재정적 이익

→ 윤리적 민감성 무뎌질 우려 존재

→ 차이점 : 특정인/ 불특정인의 차이

데스풀

유명인사들의 사망시기를 추측하는 게임

도덕적 비열함 : 게임이 표현하고 조장하는 죽음에 대한 태도

말기 환금과의 차이점 : 공익에 기여하지 않음

말기 환금과의 공통점 : 타인의 죽음을 통해 이익을 취함

데스풀 : 시장이 주도하는 시대에 보험의 도덕적 운명을 드러내는 극단적인 경우

생명보험 : 리스크의 통합 / 암울한 도박이라는 두 가지 요소가 공존

생명보험의 도박적 측면 : 생명보험을 정당화하는 사회적 목적을 무력화
　　　　　　　　　　→ 보험이 도박이자 하나의 금융상품으로 변질
　　　　　　　　　　→ 선에 기여하지 못함 (like 데스풀)
도덕적 측면에서 본 생명보험의 간략한 역사
일반적 통념 : 보험은 위험을 완화, 도박은 위험을 유인
그러나 보험과 도박의 경계는 불분명
초기의 생명보험 : 살인을 저지르는 동기 제공 + 생명에 시장 가격을 붙임
　　　　　　　　→ 대부분의 국가가 생명보험을 금지했던 근거
로이즈 커피하우스 : 보험과 도박이 뒤엉킴
생명을 담보로 한 도박 행위의 만연 → 생명보험의 도덕적 변질
보험법 (or 도박금지법, Gambling Act) : 피보험이익을 갖는 사람으로 보험
　　　　　　　　　　　　　　　　　　가입대상 제한
→ "인간 생명이 하나의 상품으로 바뀔 수 있는 정도를 제한" (Geoffrey
Clark)
"죽음을 시장에 끌어들인 것은, 생명의 존엄성과 그 공약 불가능성 뒷받침하
는 가치체계 위반"(Viviana Zelizer)
그러나 미국에서 보험을 사유재산으로 인정하는 판례 (1911) → 매매, 양도 가능
오늘날 삶과 죽음을 거래했던 시점은 한 때 이를 억제했던 도덕적 규범과 사
회적 목적을 앞지르게 됨.

테러리즘 선물시장
데스풀을 통해 정부가 국가안보를 위해 사용할 수 있는 정보가 나올 경우?
도덕적 반대 : 미국 정부가 테러리즘과 사망을 놓고 도박을 권장?
"죽음을 두고 진지하게 거래하자니 믿을 수 없다" (Tom Daschle)
미국 정부의 입장(찬성입장) : 정보 수집에 탁월 → 선물 시장의 사례에서 입증
시장은 관료, 정치적 압력에서 자유 → 정보 왜곡 X
시장 지상주의 → 정보를 모으고 미래 예측하는 최고의 장치

반박

1) 효율성의 문제 : 드물게 발생하는 사건 예측에는 어려움

2) 신뢰성의 문제 : 테러리스트들이 계획을 위조할 경우?

3) 도덕적 반감 : 사망과 재앙을 놓고 도박을 해서 이익을 얻는 것은 부도덕

테러리즘 선물시장이 갖고 있는 도덕적 복잡성 → 사회적 선에 기여한다는 것

시장이 규범을 밀어내는 방식 → 자신의 이익을 위해 타인의 사망을 바라는

도덕적 추악함

정부의 테러리즘 선물시장은 도덕적 부패행위

타인의 생명

"생명보험 전매사업" : 노인들에게 생명보험을 사서 수익률을 창출

양측에게 모두 이익이 됨, 그러나 논쟁과 소송에 시달림

1) 보험회사의 방해 : 실효되는 증권의 수가 많아지게 되므로

2) 도덕적 거북함 : 기대여명을 추정하여 수익률 계산 → 생명을 두고 도박

사망 채권

월스트리트에 의한, 죽음을 사고파는 시장의 금융 증권화

사망채권 : AIG, 골드먼삭스가 생명보험 전매증권 구입 → 채권으로 판매

사망 채권의 도덕적 위치

죽음을 놓고 벌이는 도박 → 로이즈 커피하우스로의 회귀

시장이 사회적 선을 제공한다고, 도덕성을 잠식하는 것을 묵인해도 되는가?

5. 명명권 (Naming Rights)

시장의 역할, 상업주의, 현대생활을 이끄는 경제적 사고가 야구에 반영되어 어떤 변화를 일으켰는지, 지난 30년간 시장에 열광하는 현상은 미국 전역의 오락 활동에 흔적을 남김

사인의 거래

스포츠 수집품 사업 : 순수하게 사인을 받으려 모여들던 관행 → 10억$의 사업
야구 기념품이 상품화 되면서 팬과 경기, 팬 사이의 관계가 변화
팀 포너리스(Tim Foneris) : 맥과이어의 62호 홈런볼 반환
비판 : '우리 모두가 저지르는 개인금융죄, 일상생활의 돈 문제에 중대한 실수'
경기 이름
야구장 이름의 거래 : U.S 셀룰러 필드, 펫코파크, 코메리카 스타디움, 시티필드 등
야구 경기장 명명권 시장 : 1988 3건, 2500만$ → 2004년 66건, 36억$
아나운서가 경기를 중계할 때 사용하는 언어에도 명명권 포함

스카이 박스
운동경기 : 사회 구성원을 결속하고 시민에게 자부심을 부여하는 원천, 동시
　　　　　에 이익창출의 근원이자 사업, 최근 스포츠계에서 돈이 공동체 의
　　　　　식을 밀어내는 경향
시민 명소의 이름을 바꾸는 행위는 그 장소의 의미를 바꿈
ex. Tiger Stadium → Comerica Park
스포츠 경기장의 공적인 성격 : 사회적 결속, 시민적 자부심 등
 시민 명소의 의미가 바뀌는 등 상업화 진행 → 공적인 성격 약화
스카이 박스 → 스포츠 경기의 시민의식 잠식
한데 섞여 스포츠를 관람하던 고나습이 스카이 박스에 의해 파괴
"스포츠에서 가장 훌륭한 요소는 실질적 민주주의, 경기장은 함께 모여 열광
하는 20세기의 마을 광장 모두 함께 앉아 같은 팀을 응원하는 훌륭한 공공장소"
(F. Deford)

머니볼
수집품시장, 명명권, 스카이박스 → 우리 사회가 시장 지향적임을 반영
스포츠계의 시장 중심 사고 → Moneyball, by Billy Beane
시장 비효율성을 어떻게 활용하느냐에 따라 수익 창출 가능

환경 규제 분야, 월스트리트 등에도 머니볼 접근법의 확산 → 정량적 분석

그러나 시장 비효율성의 소멸 : 머니볼은 장기적으로 약자를 위한 전략이 아님

머니볼은 야구를 더욱 효율적으로 만든다

그러나 야구경기의 재미를 떨어뜨렸다 (?)

야구 경기를 효율적으로 운영하는 것과 경기의 선을 향상시키는 것은 별개

광고의 자리

시장과 상업주의가 기승을 부리는 분야, 삶의 모든 측면을 장악

화장실 광고

기업의 후원을 받아 소설을 쓰는 것

항공기 여행

자동차, 집, 자신의 신체를 광고판으로 쓰는 것

상업주의의 문제는 무엇일까?

"광고와 상업주의의 타락" → "전체의 마음, 정신, 사회를 조야하게 하는 전염병"

우려에 담긴 도덕의 힘 → 그러나 오늘날 공공담론의 틀로는 설명하기가 쉽지 않음

최근의 상업주의 : 무경계성 → 무엇이든 거래의 대상으로 삼음

자유방임주의의 논거 : 거래가 자발적으로 이루어진다면 거래에 반대할 근거
없다.

반박

1) 강압과 불공정성 : 진정한 의미에서 자발적인가?

2) 부패와 타락 : "좋은 삶(Good Life)"의 관점에서

관행의 상업화가 그 자체로 타락 → 신체 광고판 : 개인의 품위 하락

경기의 재미, 중계의 진정성 있는 묘사 등을 망치게 됨

→ 광고가 있어도 되는 영역과 안 되는 영역 결정

(사회 관행의 의미, 사회 관행이 나타내는 재화의 의미, 상업화가 재화를 타락
시키는지 여부 등을 고려)

→ 점점 시장가치와 상업적 감수성이 지배하게 되면서 삶이 더럽혀짐

시정 마케팅

시정 서비스와 설비에 기업 후원 모색

시민 생활의 중심에 상업주의 끌어들일 우려 있음

해안 구조와 음료 공급권

지하철역, 자연관찰로

찬성 : 경제적 부담의 감소

반대 : 공공서비스의 의미, 역 이름의 상징성

순찰차와 소화전

찬성 : 재정 위기 상황에서 공공서비스의 존속을 위해 필수

반대 : 경찰의 공정성, 품위, 권위 침해, 대중의 태도에 악영향

감옥과 학교

수용자, 광고자가 맞아 떨어지는 곳

"교육 협찬 자료" → 광고효과 ; 아이들의 구매력 상승, 가족 구매에 영향력 커짐

학교에서의 상업화가 부패인 이유

1) 협찬 자료의 대부분이 편견, 왜곡, 피상적 내용으로 가득참

2) 학교의 목적에 어긋남

"욕구의 충족, 소비자 유인" vs "욕구의 절제, 시민적 양심"

스카이박스화 (skyboxification)

상업주의가 모든 것을 파괴하지는 않음

어떤 대상이든 기업의 로고를 새기면 의미가 바뀜

서로 다른 사람들이 가치 부여 방식을 놓고 이견을 보일 수는 있음

그러나 시장이 재화의 성격을 바꾸는 것은 True

→ 시장에 속한 영역은 무섬시고, 그렇지 않은 영역은 무엇인지 의문을 가져야 함

우리는 어떤 사회에서 살고 싶은가?명 명권, 시정 마케팅 → 공적 성격 약화

스카이 박스 → 추억의 상실

사람들의 삶이 점차 분리

불평등 심화, 모든 것들이 시장의 지배 하에 놓이면서 → 스카이박스화 (Skyboxification)

민주주의 : 완벽한 평등 X, 그러나 시민의 공동체적 생활 공유를 요구

☆ 함께 생각해보기

1. 시장에서 거래되지 않고 돈으로도 살 수 없는 도덕적, 시민적 재화는 존재 하는가?

2. 모든 것을 사고 팔 수 있는 사회가 되어야 하는가?

3. 돈의 논리가 작용하지 말아야 할 영역은 무엇인가?

4. 사회적 삶과 시민 생활을 구성하는 다양한 영역을 어떤 가치로 지배해야 하 는가?

기록자 : 교사 박은경

양혜영 : "정의는 무엇인가"란 책을 읽었었는데 너무 힘들었음. 한 챕터씩 읽 고 일주일 동안 생각하기에 좋은 책인 듯. 철학, 사상을 가지고 와서 글을 풀어가서 깊이 있는 생각을 많이 하는 사람이구나 생각함. 저학 력 학생들에게 책을 읽히며 인센티브를 주는 사례를 보고 현재 학급 에서 상벌점제를 해서 야자쿠폰을 발행하는데 이것이 도덕적 가치를 훼손시키지 않았나 하는 반성을 함. 그럼에도 과연 대체할 대안이 있 을까 생각 중.

박소영 : 책에 돈으로 살 수 없는 것들로 나온 것들에 대해 평소에도 돈으로 살 수 없다고 생각하며 살아옴. 내 삶에 그런 것들이 있는가 돌이켜 보는 계기가 됨.

이수정 : 애들을 가르칠 때 벌, 보상 등 행동주의 심리학에 입각하여 다루었는

데 도덕적 문제가 생길 수도 있다고 하니 다시 생각해 보게 됨.

현정수 : 인식하지 못했던 것들이 돈으로 거래된다는 것이 충격적이고 안타까웠음. 나는 그렇지 않다고 생각했는데 자기반성이 됨.

김지영 : 점점 돈 많은 사람들의 세계가 되는 것이 아닌가 하는 생각이 들었음.

이영훈 : 돈으로 살 수 없는 것을 주변 사람들에게 물어보니 미혼녀는 사랑, 나이 드신 분은 젊음 이라고 얘기하더라. 사람, 환경 등에 따라 달라지는 것 같음.

조윤선 : 미국이란 나라는 우리나라보다 10년이 앞서있는데 우리나라도 10년 후 엔 돈으로 뭐든지 될 수 있지 않을까 라는 생각이 들었음. 우리가 가치있게 생각하는 것이 무엇인가 생각해봐야함.

서지원 : 일상생활에서 돈으로 살 수 없는 것을 사거나, 나는 살 수 있지만 다른 사람들은 살 수 없는 것들이 있을 수 있음. 일상생활에 너무 깊숙이 들어와 있어 인식하지 못한 것 같음. 내가 그 사실을 받아드리고 있다는 게 놀라웠음. 아이들한테도 돈으로 보상하는 경우가 많음. 다큐멘터리의 한 미국 빈민가 공립고에서는 학생들이 출석을 하면 그 자리에서 돈을 줌. 우리만 해도 학생들에게 책을 더 읽히기 위해 문화상품권 등을 제공하지 않은가. 공부의 즐거움이 아니라 돈의 가치를 가르치는 것이 아닐까 라는 생각을 함. 우리가 돈으로 살 수 있다고 당연히 여기는 것이 사실은 그렇지 않을 수 있음.

김정숙 : 실제로 내가 하고 있는 일들이라 부끄러움을 느낌. 가까운 예로 보고 싶은 극장 공연의 암표, 어린이집 신청을 위한 새벽 줄서기 등 알게 모르게 만연함. 아이들에게도 스티커 100개를 채우면 보상을 주고 있는데 습관을 기르는데 좋지 않을까 하는 생각에 하고 있는 중인데 고민이 됨.

박경아 : 돈으로 살 수 없는 것들이 가격이 매겨져 판매되고 있다는 게 놀라움. 특히 생명보험의 경우 아무 비판없이 받아들이고 오히려 가족의 삶에 도움이 되는 원래부터 존재했던 상품이라 생각했는데, 처음 생

명보험이 들어올 때 생명을 판매한다는 것에 대해 비판이 많았다는 것에 놀라웠음. 뉴스에서도 그런 경우를 흔히 보는 듯함. 예로 아무 생각 없이 하는 스포츠 토토도 감독, 선수 들을 돈으로 매수해서 경기조작을 하는 등 돈이 스포츠의 정신을 훼손하는 경우가 많음.

정지연 : 돈으로 팔 수 없는 것들을 팔고 있다는 것이 서글픔. 지각비를 현재 받고 있는데 괜찮은지 고민이 됨. 중학교 때는 상벌점제로 문화상품권 등을 지급하기도 했는데, 고민되는 문제임.

박은경 : "정의란 무엇인가" 강의를 봄. 우리가 간단하게 생각했던 일들이 나의 일과 내 주변 사람들의 일이 된다면 생각이 달라짐. 예를 들어 줄을 설 때 돈이 충분하다면 당연히 설 수 있다고 생각하나 내 주변사람들이 그런 일을 겪었다면 기분이 어떨까? 생명연장을 위해 누군가에게 약을 먹여야 한다면 당연하다 생각하지만 그게 내 주변사람이라면 반대할 듯. 사람들은 이중적 잣대를 가지고 있는 듯함. 비시장규범을 몰아내는 것을 쉽게 생각하는데 이타주의, 시민성을 좀 더 가져야한다고 생각함.

이주양 : 돈으로 가치를 결정하는 것이 가장 쉽고 빠른 방법이라 선호하는 듯. 외국은 기여 입학제가 당연히 시행되고 있는 중임. 우리나라도 당연하게 시행될지 모름. 기여 입학제에 찬성하는 사람이 주장하는 바가 와 닿음. 그 사람이 낸 돈으로 장학금, 복지, 환경 개선 등에 기여한다면 더 나을 수 있음. 도덕이란 가치만으로 반대하기에는 장점이 더 많을 수도 있음. 또 시간이 흐름에 따라 도덕은 변할 수 있는 것이 아닌가.

유영군 : 저자의 반대 의견을 생각해봄. 작가의 의견대로라면 할 수 있는 것은 무엇이 있을까? 사회가 유지될 수 있을까? 너무 이상적인 사회임. 인간을 그렇지 못함.

김기화 : 지각비를 항상 반대해왔는데 작년부터 아이들의 성화에 못 이겨 지각비를 걷고 있음. 아이들이 돈을 가볍게 생각하는 게 아쉬움. 심부

름을 시키는 것도 상점, 쿠폰 등의 보상을 원함. 교육자체도 시장처럼 되지 않을까 걱정됨. 학급 경영에도 다수가 원하는 대로 정하는데 국회의원들도 처리할 때 도덕적으로는 맞지 않지만, 많은 안건을 처리하기 위한 수단으로 쉽게 돈으로 해결하는 방법을 선택하는 듯함.

강사님 : 요즘 대학생들은 과제할 때 보상이 크거나 정말 좋아하는 것이 아니면 움직이지 않음. 우리가 그렇게 만든 것이 아닌가 하는 생각이 들었음. 이렇게 된 게 30년 정도밖에 되지 않음. 30년 후엔 과연 어떤 세상일까? 를 고민해 봐야하지 않을까. 답은 없음. 우리가 토론하다 보면 생각, 행동이 달라지지 않을까.

유쾌한 미학자 진중권의 7가지 상상력 프로젝트
놀이와 예술 그리고 상상력(진중권)

발제자 : 교사 김정숙

상상력의 세계를 폴 비릴리오의 표현을 빌어 '어린아이의 세계로 회귀하려는 성숙한 자만이 들어 갈 수 있는 초록 빛 낙원' 이라 하였다. 저자는 상상력을 놀이를 통하여 미학에 적용하고자 하였으며 7색으로 구성하여 독자로 하여금 놀이를 통해 우리의 유년시절로 돌아가게 하였다. 책에서 상상력 혁명으로 도래한 새로운 사유의 특징을 일곱 개의 키워드-비선형, 순환성, 파편성, 중의성, 동감각, 형상문자, 단자론-로 요약하였으며 이 특성들이 책의 형식 속에 가시적으로 구현되어 있다.

R – 우연과 필연

주사위를 던지고 체스 말을 옮기고 카드를 돌린다. 주사위는 우연의 세계, 체스는 필연의 왕국, 카드 판에서 우연과 필연은 하나가 된다. 이 우주가 실은 신의 놀이판이다.

* 주사위
- 주사위 놀이의 시작–그리스
- 루비콘강을 건너며 카이사르가 남긴 말–주사위는 던져졌다(로마인들이 주사위 놀이를 한 증거)
– 알레아토릭(Aleatorik) : 창작의 전부 혹은 일부를 우연에 맡기는 것('알레아'는 라티어로 '주사위'란 뜻)
- 잭슨 폴록 – 〈레닌의 초상〉 캔버스를 바닥에 놓고 막대에 페인트를 묻혀, 캔버스 위에 흘리는 식으로 작업(드리핑), 물감이 캔버스에 떨어서 어떤 형상을 만들어낼지는 철저히 우녕에 맡김. 혼돈의 상태
- 예술과 언어 – 〈레닌의 초상〉 약간의 거리를 두고 바라보면 혼돈 속에 레닌의 얼굴, 카오스모스=카오스(혼돈) + 코스모스(조화)

* 체스
- 체스의 기원–이집트 벽화, 그리스의 암포라, 인도 → 페르시아 → 아랍인
- 인도의 발힛 왕의 상–체스를 발명한 현자에게 준 상 체스판에 보리알 채우기()
- 체스를 두는 레닌, 체스를 두는 뒤샹, 체스의 세계로 들어간 앨리스
- 체스의 역사 – 예술의 역사, 고전 예술이 주로 구상이라면, 현대 예술의 주류는 추상, 현실을 닮지 않은 추상 예술도 현실에 관해 이야기 할 수 있음.

* 광대
、미학자 아도르노–현대예술의 특징 '어리석음' – '아이들이 광대에게서 느끼

는 공감은 예술에서 느끼는 공감이기도 하다' 합리성의 눈으로 보면 예술은 어리석어 보인다. 합리성에 미쳐버린 현대 사회를 심판하기 위해서라고 한다. 합리성의 추구가 광기로 치닫는 사회 속에서 진정으로 현명해지려면 예술처럼 어리석어져야한다.

O – 빛과 그림자

제일 먼저 빛과 어둠을 가지고 논 이는 신이다. 세상은 빛과 어둠이 갈라지는 것으로 시작됐으며 우리는 도처에서 빛과 어둠으로 만든 형상들을 본다. 그것들은 신의 비밀을 훔쳐서 빚은 이미지들이다.

* 카메라 옵타쿠라(암실효과) – 빛으로 그린 자연의 자화상
* 기원 – 중국 9세기
* 아리스텔레스 – 일식이 일어났을 때 반달 모양의 해가 플라터너스 잎새들 사이로 난 틈들을 통해 어두운 바닥에 수많은 카메라 옵스쿠라 형상을 만들어내는 것을 관찰
* 16세기 귀족들에게 카메라 옵스쿠라는 사교를 위한 값비싼 오락, 암실에 맺친 영상의 윤곽을 그래도 따면 사진으로 찍은 것만큼 정확한 그림이 됨, 종이가 놓인 화판에 영상을 투사하여 그림을 그림
* 카메라 루시다 – 화가들이 소묘의 보조도구로 사용하는 장치 울러스턴제작, 프리즘의 굴절을 이용해 바닥의 종이와 묘사 대상의 이미지를 접안 렌즈위에서 하나로 합치는 것
* 19세기 사진이 발명되자 자연의 영상을 평면에 고정시키는 데에 화가의 손이 필요없게 되자 현대의 추상회화가 탄생하게 됨
* 앤디워홀과 간은 팝 아티스트는 화폭에 슬라이드 필름을 비쳐놓고 펜으로 윤곽을 따서 작품을 만듦

* 라테르나 마기카(환등기 – 마법의 등) – 어둠 속에서 이미지가 나타나게 만드는 기술

- 카메라 옵스쿠라를 뒤집어 놓은 것, 렌즈를 통과한 이미지가 180도로 물구나무서는 것
- 이미지 투사의 원리를 제일 먼저 발견한 이는 이탈리아 저술가 잠바티스타 델라 포르타로 추정
- 라테르나 마기카는 종교적 도덕적 교육을 위한 훌륭한 교재로서 성직자나 설교자들에게 큰 호응
- 크리스티안 호이겐스 – 열 장의 스케치를 연속적으로 투사함으로써 해골이 두개골을 가지고 노는 장면을 연출
- 뤼미에르 형제 – 최초 활동사진 영사
- 요한 게오르크 슈레퍼가 연출한 라테르나 마기카의 장면, 그림이 움직이는 자 쇼크
- 영화 속에서 카메라 옵스쿠라와 라테르나 마기카는 하나가 됨
- 라테르나 마기카의 원리를 이용하여 물방울에 비친 사람의 영상을 스크린에 크게 투사(17세기 네덜란드 작품과 유사)

＊ 그림자놀이
- 기원–중국 한무제 때 최초기록, 뤼미에르 형제가 중국 그림자에서 영감을 받아 영화를 발명, 영화 자체가 그림자극
- 그림자놀이를 조형 예술에 도입한 방식–사물의 윤곽만으로 사물 전체 모습을 암시하는 실루엣예술, 사물에 빛을 비추어 형과 색을 연출하는 투사의 예술(촛불과 전등, 프로젝터)
- 로자의 저자 플리니우스–예술자체가 그림자의 산물, 사진도 없고 그림도 없던 시절, 한 소녀가 촛불로 연인의 그림자를 벽에 비쳐두고 그 윤곽을 따라서 초상을 환성한 것이 회화의 기원이라 봄
- 플라톤–우리가 사는 세상은 천상에 있는 이데아 세계의 그림자라고 주장
- 오늘날 우리의 세계 체험은 미디어에 매개된 간접적인 것, 세계는 점점 더 가상에 가까워짐.

Y − 숨바꼭질

신은 사탄과 내기를 하기 시작했으며 이 내기에서 시험대에 오른 것은 인간들. 무엇이 참과 거짓인지 분별하기 위해 진리와 숨바꼭질을 해야 한다.

* 아나몰포시스(왜상)−레오나르도 다빈치
• 왜상을 제작하는 방식−기울기에 비례하여 기하학적으로 형상의 크기를 늘려가는 방식, 투명셀룰로이드에 그림을 그려 그것을 스크린에 투영하는 광학적 방식
• 왜상은 알아보기 힘든 형체 속에 참모습을 감춘다−종교적 진리를 말하거나 정치적 풍자를 할 수 있다. 후대에는 주로 시각적 조크를 하는 데 사용
• 왜상이 다시 각광을 박데 된 이유는 일의적 메시지 보다 중의적 표현을 선호하는 포스트모던의 철학적 분위기와 관련.
• 왜상은 원근법적 그림과 달리 관찰자로 하여금 적적한 각도를 찾아 눈을 움직이게 만든다. 즉, 정지된 그림을 모델로 한 전통적 지각과는 달리 움직이는 눈, 즉 현대적인 동감각을 요구하는 것이다.

* 인형풍경−모자상(김재홍)
• 일곱개의 감추어진 실루엣(프리드리히 루트비히 노이바우어, 1800년경)
• 츠비팔텐 교회의 천장화(프란츠 요셉 슈피글러, 1751년)

* 물구나무
• 회문−움베르토 에코의 책, 앞과 뒤, 가로와 세로, 모두 네 방향으로 읽을 수 있음.
  고려시대의 문신 이규보의 회문 시〈미인원〉
• 앰비그램−글자를 뒤에서부터 거꾸로 거슬러 읽는 게 아니라 위와 아래를 뒤집어놓고 읽은 것.
• 세계에서 가장 큰 예술 작품? 피에로 만조니의 〈세계의 대좌〉−대좌가 물구

나무서기를 한 작품. 지구 전체가 대좌 위에 올라가 통째로 작품이 됨

G - 수수께끼

시간 속의 사물은 물처럼 흘러가나, 공간 속의 사물들은 정지하여 병존한다. 놀이 속에서 시간을 공간으로 공간을 시간으로 만들 수 있다.

* 애너그램
- anagram(철자바꾸기)-매트릭스 주인공 이름, 다빈치 코드
- 제2차 세계 대전 당시 시리아에 살던 유대인들은 그리스를 점령한 나치스가 시리아를 침공할까 봐 두려워서 시리아철자를 러시아로 바꿔놓음으로써 운명을 피할 수 있었다고 함.
- 목걸이의 알처럼 역사의 실에 꿰어져 있던 인간들은 선의 속박에서 해방되고, 역사를 숙명으로 알던 인간들이 신간을 가지고 노는 유희의 명인이 된다. 애너그램은 탈역사와의 관련이 있지 않을까?

* 아크로스틱-어구의 맨 앞을 따서 새로운 어구를 만드는 놀이
- 세상에서 가장 진한 아크로스틱은 프랑스의 바이런 알프레드 드 뮈세가 조르주 상드에게 보낸 연애시와 답장

* 그림이 된 글자(리버스)
- 리버스는 그림이 글자로, 표의문자가 표음문자로 넘어가는 과도기에 나타나는 현상이었으나 기능이 바꾸어 그림 속에 낱말을 감추는 일종의 암호식 표현이 됨
- 프로이트의 꿈의 해석을 리버스 풀기에 비유하면 꿈은 은밀한 소망을 행여 들킬세라 수수께끼 그림으로 드러내고. 이 수수께끼 그림에서 다시 감추어진 텍스트를 읽어내는 것이 정신분석학이다. 즉 꿈을 꾸는 것은 리버스를 만드는 것이고 꿈을 해석하는 것은 리버스를 푸는 것이다.

- 선사시대는 '이미지' 의 시대, 역사적 근대는 '텍스트' 의 시대, 탈역사의 현대는 '이미지' 의 시대

B - 사라짐의 미학

헬레니즘의 신이 재료에 형상을 부여함으로써 세상을 창조하였다면 히브리의 신은 아예 무에서 세계를 창조하였다. 없던 것이 생기는 놀라운 기적을 연출하는 놀이, 그것이 바로 마술이다. 신의 창조에 가장 가까운 놀이는 마술이 아닐까?

* 무궁화 꽃이 피었습니다.(피크로렙시)
- 아이들에게 세계는 연속이 아니라 단편들로 주어진다. 이때, 어른들은 야단을 치거나 타일러 아이들의 머릿속에서 끊어진 필름들을 이어준다(자의식형성)-피크노렙시
- 피크노-빈번하다, 렙시-의식 부재를 동반한 발작증===빈발성 망각증

* 마술(세상이 사라졌으면…)
- 사라짐은 가장 원초적인 놀이다.
- 단편을 이어 붙여 연속성의 의식을 획득하는 것은 영화를 만드는 과정과 비슷, 아이가 시간적 공간적 단편을 연속적으로 배열하여 선형적 의식을 형성하는 것은 그리피스의 몽타주에 비유, 러시아 영화감독들의 몽타주는 외려 연속보다는 단절을 강조-마술과 비슷

N - 순간에서 영원으로

삶은 무상하며 죽음은 영원하다. 어린 시절 놀이를 하면서 현실의 물리학적 시간과는 다른 영원한 시간 속으로 들어가곤 했다. 신의 현현처럼 불꽃놀이에서 영원은 순간이 되고, 만화경 속을 흐르는 것은 완전히 다른 시간이다.

＊ 불꽃놀이(키스처럼 덧없는…)

• 중국에서 불꽃놀이에 관한 최초의 기록이 등장, 고려의 궁정에서도 화산희
라는 불꽃놀이
세종때에는 화약의 발달이 외려 중국을 능가하여 기술 유출을 막기위해 불
꽃놀이 금지

• 꽃불 속에서 예술과 기술은 하나가 된다. 화가가 물감을 짜서 색의 향연을
펼친다면 꽃불의 기술자는 화학 물질을 태워 빛의 웅장함을 연출

• 차이점–그림의 색채가 반사된 빛인 데 반해 불꽃놀이는 스스로 빛을 내는
발광체

＊ 만화경(집시의 요술구슬)

• 만화경을 칼레이도스코프라 부른다(아름다운 볼거리)–그 아름다움은 대칭
에서 온다.

• 우리가 보는 만화경은 빅토리아 왕조 시대에 살았던 데이비드 브루스터 경
이 만듬

• 두개의 면모 – 차가운 수학의 얼굴(철의 필연성, 문양들은 한 치의 오차도
없이 수학적으로 증식되고, 기하학적으로 산포, 수학적 대칭의 아름다움),
포근한 동화의 얼굴(집시의 요술구슬, 엄격한 수학적 질서가 만들어내는
몽환적 효과, 패러독스)

＊ 미로

• 미로–미노타우로스를 가두기 위해 만든 다이달로스의 크레타의 미궁

• 제주도 미로공원

P – 다이달로스의 꿈

신은 제 형상에 따라 인간을 만들었다. 커서 아버지처럼 되고 싶은 아이들처
럼, 신의 자식들도 자라서 또 다른 신이 되고 싶었다. 말을 본떠 자동차를 만들

고, 새를 본떠 비행기를 만드는 다이달로스들, 그들은 마지막으로 자기 자신을 만들고 싶었다.

* 종이접기
* 오토마타(인형의 꿈)
* 카오스 속의 코스모스(정리정돈)
• 〈아를의 침실〉빈센트 반 고흐, 1883년-우르주스 베얼리가 정리한 고흐의 침실

영원한 소년

500년 전에 이미 기술적 상상력을 갖고 있었던 다빈치 그는 호기심에 한계가 없고 상상력에 구속이 없는 '영원한 소년' 이었다.

1. 상상력은 놀이와 예술을 통해서 키워질 수 있을까? 그렇게 생각한다면 여러분의 유년시절 상상력은 어떤 놀이를 통해서 키워졌을지 소년, 소녀의 시절을 회상하면서 토론해 봅시다.
2. 상상과 공상은 어떤 관계에 있는 것일까? 또한 상상이 현대 미술에 미치는 영향에 대해서 토론해 봅시다.
3. Enjoy this book?

기록자 : 교사 이수정

조윤선 : 우리나라의 것은 하나도 없고 예시를 외국의 사례로 들었음. 우리나라 역사와 얘기하고 싶다. 읽으면서 인간의 역사는 언제부터 시작되었으며 밝히지 못한 역사에 궁금증도 생겼다.

김지영 : 편하게 쓴 것 같은데 지식이 있어야 알 수 있다. 숨바꼭질 부분이 재밌었다. 나열한 것 중 몇 개를 골라 수업에 적용시키고 싶었다.

유영군 : 현대 과학시대에 반지의 제왕 판타지 소설에 관심이 많이 간다. 왜 그럴까? 옛날 미신이라 생각한 것으로 회귀했을까 과거로 회귀한 것일까? 판타지로 흘러간 것이 10년이 되었다. 무협지에서 판타지로 흘러갔다. 상상의 세계에서 신의 세계로 들어가는 황당한 이야기가 왜 인기를 끌까? 불합리한 구성, 인간이 할 수 없는 일, 과거로 돌아가는 이유가 뭘까?

김정숙 : 다이달로스 장인->가져와서 신에 대한 얘기를 하면서 인간과 접목시켜서 이야기를 구성하는 것이다. 공상과 상상은 현대에 현실화 되었으며 발전된 세상에 더 이상 미래 예측 보다는 과거에 대한 회귀 본능이 아닐까? 아니면 현실 도피?

채경석 : 요즘 우리나라 사람들은 더불어 사는 것 보다 게임등과 같이 혼자서 하는 것에 익숙하다. 스마트폰이 나오면서 더 심해진 것 같다. 이런 욕구를 충족시켜줄 수 있는 것이 환타지인 것 같다. 환타지에 열광하는 것이 아니라 하나의 장르이다.

김정숙 : 컴퓨터 게임하는 아이들이 판타지에 열광한다.

채경석 : 지금의 기술보다 영화는 50년, 만화는 100년을 앞서간다. 인류가 편하기 위해 상상력을 동원하는데 이것이 경쟁력이 될 수 있다. 앞으로 직장은 들어간 것으로 끝나는 것이 아니라 상상력이 없으면 유지하기도 힘들다. 반지의 제왕에서 '사우론' 은 핵융합을 보여주는 것이다. 실제로 영화에서 나온 핵융합이 가능한데 핵분열은 물속에서 가둔다면 핵융합은 자기장에 가두기 때문에 공중에 붕 뜬 것처럼 보인다. 이것이 사우론이다. 수소 자동차도 20년 후 실용화된다고 하니 상상력이 현실이 되어 가는데 이 상상력이 있어야 과학으로 접목시켜 발전할 수 있다.

박소영 : 그림 위주로 봤습니다. 기존의 보는 방법과 다르게 봐야 하는데요. 카니발적 사고방식으로 봐야 합니다. 질서에서 벗어난, 무질서 속에서 바라보는 시선으로 어떻게 놀이가 될 수 있고 상상력이 될 수 있

는가?

조윤선 : 예전엔 똑똑한 한 사람이 다양한 분야를 전공했었다. 예전엔 놀고 먹
으니까 가능했지만 요즘은 분야가 너무 많아 놀면서 상상할 시간이
없어 한 분야만 전문적일 수 밖에 없다. 예민하지 않으면 독특한 시
선으로 바라보기 힘들기 때문에 예민한 사람이 잘 발견할 수 있다.

양혜영 : EBS에서 하는 저자의 대담을 봤는데 이 책을 쓴 동기는 프랑스 여행
에서 체스판이 놀이다. 폴란드 주점에서 광대를 생각한 것 등을 모아
서 쓴 책이 이 책이다. 이 모든 경험을 연결시켜서 글을 써야겠다고
생각한 것이다. 놀이와 예술을 있는 게 상상력이다. 회색 담벼락을
채색하는데 인부를 고용하면 노동이 되지만 놀이로 한다면 예술이
되는 것이다. 전문 분야인 예술을 사람들이 쉽게 다가가게 하려는 생
각인 것 같다. 따라서 나도 수업과 놀이를 접목시켜볼 수 있게 상상
력을 동원할 것이다.

서지원 : 하고자 하는 말이 무슨 말인지 이해는 안 감. 인상적인 것을 말하면
정리가 예술이다. 선을 예술로 표현한 그림, 위의 그림을 정리해서
새로운 그림으로 그린 예술작품을 보면서 이런 기상천외한 상상력을
누가 했을까? 생각하게 만들었다. 나는 상상력이 부족함을 느끼고 지
금 당장 생기는 것이 아니므로 훈련을 통해 기르고 싶다. 학생들에게
상상력과 관련된 교육을 하고 싶다.

김정숙 : 이 책의 긍정정인 부분을 발견하자. 얼마나 많은 예술가가 작품을 내
놓는데 그 것을 정돈할 수 있을까? 이해보다는 사전적인 의미로 백과
사전 보듯 읽는 것이 좋을 듯하다.

김기화 : 우리나라 노벨상이 없는 이유는 답만 찾는 교육을 해서 그렇다. 상상
력이 부족하기 때문에 상상력을 교육에 접목시키자.

독(讀)한 소통

교사 : 이주양

우리 학교는 다른 일반계 고등학교에 비해 교사들의 연령대가 낮은 편이다. 아직 손이 많이 가는 어린 자녀를 둔 선생님, 학교 안팎으로 많은 일을 하시는 선생님들이 많다. 이렇게 바쁜데도 불구하고 시간을 내어 책을 읽고, 더 나아가 이를 공유하고 싶어 하는 열망을 가진 교사들이 많았다. 그래서 3년 전 교사독서토론동아리 모임이 결성되었다. 같은 시간과 공간 속에서 생활하는 공동체만이 공유할 수 있는 학교 이야기, 학생 이야기를 책과 함께 풀어내고 싶은 갈망이 어느

순간 우리 사이에 싹트게 되었고, 이런 이야기를 공식적으로 할 수 있는 마당을 마련하고 싶었다. 이에 어느 누가 먼저랄 것도 없이 자연스럽게 모임이 결성되었고, 서로 돌아가며 발제도 하고, 간식도 나눠 먹으면서 독서토론 동아리로서의 체계를 갖추게 되었다. 아마도 올해 수요자 맞춤형 직무형 직무연수에 선정되지 않았어도 우리들의 독서모임은 계속되었을 것이다. 그러나 직무연수로 15시간을 진행하니, 이전보다 더욱 참여율도 높아지고, 책을 보다 꼼꼼하게 읽을 수 있게 되어, 연수가 진행될수록 '15시간이 아닌 30시간으로 신청할 걸' 하는 아쉬움이 생기게 되었다.

이번 연수에서는 지난해와 달리 욕심을 내 보았다.

지난해까지는 선생님들의 바쁜 일정을 고려해서 선생님들이 추천한 책들 중에서 다소 분량이 적고 쉽게 읽히는 책을 골랐다면 이번에는 연수라는 점을 감안해서 '안나카레니나'와 같은 분량이 많고 어려운 고전을 선정했다. 물론 다 읽고 토론에 참여한 선생님보다는 미처 다 읽지 못하고 아쉬운 마음으로 참여한 선생님들이 많았지만, 이 과정을 통해 고전의 위대함은 물론 고전읽기의 필요성을 학생들에게 가르쳐야겠다는 생각을 하게 되었다.

　또한 마이클 샌델의 '돈으로 살 수 없는 것들'이라는 책도 기억에 남는다. 샌델 교수의 책은 나오자마자 베스트셀러가 될 정도로 매우 유명하다. 그러나 그렇게 많이 팔린 것이 의아할 만큼 쉽게 읽을 수 있는 책이 아니다. 그래서 우리도 토론 내내 한 번의 토론으로 알 수 있는 책이 아니라는 점을 통감했다. 하지만 워낙 인지도가 높은 책이다보니 학생들에게 이것이 어떻게 다가갈 수 있을까 궁금하기도 했다. 그래서 잠시 수업 시간에 학생들이 흥미를 끌 만한 대목을 읽어 주었다. 그랬더니 기대 이상의 반응이 도출되었다. 내 예상으로는 학생들이 지레 어려워해서 제대로 안 들을 것이라고 생각했는데, 의외였다. 학생들은 샌델 교수가 제기한 문제에 흥미를 느끼고 그 자리에서 즉석 토론이 펼쳐졌다. 지금까지 학생들이 입을 다물고 침묵했던 것은 교사가 기회를 주지 않았기 때문이 아닐까하는 반성을 하게 된 계기가 되었다.

　이제 아쉽게도 15시간의 연수를 마무리하게 되었다. 그러나 연수와 상관없이 우리의 독서토론동아리 활동은 계속될 것이다.

4 ~

함께 걷는

네 번째
걸 음

독서 매니페스토 공모전

매니페스토란?
　매니페스토는 정책, 정권공약, 선언, 선언서의 의미. 현재는 정당이 내거는 정권공약의 의미로 많이 사용된다.

♡ 예빈이의 매니페스토(2-4)

공부벌레 잡아먹는 책벌레

실천 공약

☆ 800번대 책만 아니라 100번 대부터 900번대 책까지 한 달 동안 모든 분야의 책을 1권씩 읽겠다.
☆ 책을 읽고 독서 노트에 기억해야 할 것을 남기겠다.
☆ 억지로 하는 독서가 되지 않도록 하겠다.

나에게 약속 편지 쓰기

들기만 했던 "책 많이 읽는 사람이 성공한다."라는 말을 모든 분야의 책을 골고루 읽고 기록함으로써 내가 그 말에 맞는 사람이 될 수 있도록 하자.

독서 매니페스토 수기

　나는 이번 독서 매니페스토의 슬로건을 『공부벌레 잡아먹는 책벌레』로 정했다. 이 슬로건은 책 많이 읽는 사람이 성공한다는 말을 토대로 만든 슬로건인데, 이 슬로건을 보고 공감하는 사람은 거의 없을 것 같다. 나 또한 얼마 전까지 책 많이 읽는 사람이 성공한다는 말이 헛소리라고 생각하고 있었기 때문이다. 왜 그렇게 생각하고 있었는가 하면 어릴 때부터 책을 너무 좋아해서 항상 책을 끼고 살았음에도 읽은 것에 비해 책으로 얻은 지식이나 깨달음도 없고, 누군가 제일 재밌게 읽었던 책이 뭐냐고 묻는다면 대답도 못할 정도로 기억에 남는 책이 별로 없기 때문에 책으로 무언가를 배우고 깨닫는다는 것이 불가능 하다고 생각하고 있었다. 그러던 어느 날 MBC에서 방송되고 있는 「아빠어디가?!」에 나오는 준이를 보게 되었다. 준이는 지금 8살인데 자기 전에도, 차에서도 책을 끼고 사는 아이다. 나도 그 나이 때부터 책을 좋아했었지만, 준이의 독서는 나와 정말 큰 차이가 있어 보였다. 나는 어릴 때는 동화책을 읽고 커가면서 청소년소설이나 판타지소설을 주로 읽었다. 소설 이외의 다른 분야의 책들은 거의 건들지 않았고, 쉽고 재밌는 내용의 책들만 읽었다. 하지만 준이는 정말 여러 분야의 책들을 읽는 것 같았다. 나도 잘 모르는 상식들을 어른들에게 알려주며 책에서 봤다고 하는 거보면 말이다. 그런 준이를 보면서 한 분야의 책만 아닌 여러 분야의 책들을 억지로가 아닌 즐겁게 읽다보면 책 많이 읽는 사람이 성공한다는 말이 가능하지 않을까 하는 생각이 들어 슬로건을 정하게 되었다.

　슬로건을 정한 뒤, 슬로건에 맞는 어떤 공약들을 정해야할까 하다가 나와 준이의 독서습관의 차이를 생각하면서 정해보자라는 생각이 들어 준이와 나의 가장 큰 차이라고 생각되는 여러 분야의 책읽기를 첫 번째 실천공약으로 정하게 되었다. 000번 대부터 900번 대까지 한권씩 읽기. 그것이 내가 생각하는 가장 중요한 실천 공약이었다. 그리고 두 번째 공약은 책을 읽고 난 뒤 기록하기로 정했다. 여러 분야의 책을 읽어도 책을 덮고 나서 아무것도 남는 게 없다면 슬로건에 전혀 맞지 않는 공약들이 되어버리기 때문에 느낀 점이나, 새로 알게 된 내용들을 꼭 기록하는 것을 두 번째 실천공약으로 삼게 되었다. 그렇게 나의 독서 매니페스토의 슬로건과 공약들이 정해지게 되었다.

공약들을 실천하기 위해 나는 제일먼저 각각의 책들을 선택하기로 했다. 제일 즐겨 읽는 800번 대의 책부터 고르고 난 뒤 한 번도 책을 골라보지 않았던 000번서가로 향했다. 서가를 둘러보며 나의 진로에 관련된 책들도 많이 발견하게 되었고, 우리 학교에서 출판한 책도 찾을 수가 있었다. 000번 서가뿐만이 아니라 100번 200번 서가를 둘러보며 너무 놀라웠다.

종교분야의 책은 성경 같은 책이라고만 생각하고 있었고, 언어분야의 책은 문제집 같은 책들일 것이라고 생각했는데 차근차근 보다보니 언어분야에도 외국어 공부하는 법을 소설로 재미있게 풀어놓은 책도 있었고, 종교분야나 과학 분야도 딱딱하지 않고 조금만 집중해서 읽으면 지루하지 않게 읽을 수 있을만한 책들이 많이 있었기 때문이다. 그러다 보니 처음에 책 고르는 것조차 힘들 것이라고 생각했던 내 예상과 다르게 며칠 동안 즐겁게 여러 책들을 펴보면서 10권의 책들을 고를 수가 있었다.

책들을 고르는 것은 쉬웠지만 막상 읽고 독후활동을 해야 한다고 생각하니 정말 막막했다. 하지만 그때 마침 학교 도서관에서 패스포트 만들기라는 행사를 하고 있다는 것을 알게 되었고, 000번 대부터 900번대 책을 읽고 독후활동을 하는 것이라는 패스포트 만들기가 나의 실천공약과 너무 잘 맞아서 패스포트 활동으로 공약을 실천해야겠다고 마음먹게 되었다. 나눠주는 활동지에 독후활동하기 쉽게 다 만들어져 있었기에 큰 걱정 없이 책 읽고 독후 활동을 남길 수가 있었다.

공약들을 실천해보면서 내가 정한 슬로건이 불가능 하지 않다고 느꼈다. 한 달이 채 되지 않는 시간동안 읽은 책인데도 내가 몇 년 동안 읽어 왔던 책들보다 책을 덮고 나서 오랫동안 기억에 남았고, 처음 읽는 다른 분야의 책이라 읽기 편한 책들로 시작하자고 생각해서 골랐는데도 나에게 직접적으로 도움을 주고, 가르침을 주고, 영향을 주는 책이 많았다. 또한, 책을 읽는 것으로 끝내지 않고 바로바로 독후활동을 한다는 것이 다시 한 번 책에 대해 정리할 수도 있고, 나중에 독후 활동한 것을 보고 책의 내용도 다시 상기시킬 수 있다는 것이 정말 좋다고 느꼈다. 공약은 모두 실천했지만 앞으로도 여러 분야의 책을 골고루 읽고 독후 활동을 남기는 것은 그만두지 말아야겠다.

독서 편식은 이제 그만!

실천 공약

☆ 일주일에 한 권씩 다양한 장르의 책을 읽겠다.
☆ 읽은 후엔 내용과 느낀 점을 잊지 않기 위해 독후감을 꼭 쓰겠다.
☆ 한 번 읽은 책을 다시 읽지 않는 습관을 고치겠다.

나에게 약속 편지 쓰기

소설만 읽지 말고 다양한 분야의 책을 읽어 지식을 쌓자. 나태해지지 말고 일주일에 한 번 날을 정해 도서관에 갈 것이고 읽은 후에는 독후감을 잊지 말자. 나와의 약속을 지켜 지식이 풍부한 사람이 되자.

독서 매니페스토 수기

친구의 권유로 신청하게 된 독서 매니페스토.

시험도 끝났겠다, 평소 하고 싶었던 독서를 실컷 해볼 기세로 종이를 받아들었다. 그런데 받아 든 종이를 자세히 살펴보니 그저 '독서를 열심히 하겠다!' 라는 각오를 쓰는 것이 아니라 구체적인 슬로건과 실천공약을 쓰게 되어 있었다. 생전 처음 해보는 것이었기에 잠시 곰곰이 생각하다, 이왕 해 보는거 평소에 느껴왔던 나의 취약점들을 고쳐나가기 위한 공약들을 써보았다.

우선 나에게 있어서 독서의 제일 큰 문제점은 '독서편식'이라는 생각이 들어 맨 처음 슬로건에 '독서편식은 이제 그만!'이라는 문구를 적었고 실천공약에는 '일주일에 한 번씩 다양한 장르의 책을 읽겠다, 읽은 후엔 내용과 느낀 점을 잊지 않기 위해 독후감을 꼭 쓰겠다, 한 번 읽은 책이라는 이유로 다시 보지 않는 습관을 고치겠다'를 내세웠고 다시 한 번 지키겠다는 마음가짐으로 나에게 약속 편지를 썼다. 그리고 그 날 이후 나는 매일 이를 실천해 나가기 시작했다. 우선 다양한 장르의 책을 읽기위해서 매주 토요일 혹은 일요일마다 교보문고를 찾아갔다. 처음엔 도서관을 찾아가서 책을 읽어 볼 생각이었지만 이왕 읽는 김에 마음에 드는 책이 있으면 사자는 생각으로 장소를 변경하게 되었다.

　교보문고에 도착하여 나는 여러 가지 책들을 훑어보고 읽을 책을 고르기 시작했다. 평소 한국 소설책을 정말 좋아하지만 그에 비해 자기계발서와 일본도서를 끔찍이 여겼던 나이기에 독서편식을 고치자는 슬로건을 생각하며 이 둘을 읽어보기로 마음 먹었다. 그렇게 내가 고른 책 중 자기계발서로는 '카네기 인간관계론'과 '설득의 심리학'이었고 일본도서로는 '모성'이었다. 여태껏 자기계발서는 표지만 봐도 따분하다는 주의인 나였기에 막상 책을 들었지만 썩 내키지는 않았었다. 그런데 이게 어찌된 일인지 처음 내 예상대로 소설과 같은 이야기 속으로 빠져들어 가는 재미는 없었지만 난생 처음으로 책을 통해 배움의 재미를 느꼈으며 단순히 여기에서 그치는 것이 아니라 일상생활에서 내가 직접 사람들과의 관계에서 책에서 배운 화술을 써먹으면서 책 내용을 떠올리고 실천하는 즐거움까지 느꼈다. 정말 처음 접하는 경험들이었다. 자기계발서는 지루하고 따분하고 다 아는 내용들을 옮겨 적어놓았다는 편견이 산산이 부서짐과 동시에 겨우 책 한 권이 나 자신을 돌아보게 만들고 앞으로 내 삶의 방향을 정해주는 나침반과 같은 역할을 하는 사실에 놀랄 수 밖에 없었다. 사람은 책을 만들고 책은 사람을 만든다는 말을 몸소 실감할 수 있는 기회였다.

　일본소설책 또한 상상 밖이었다. 사실 나는 이전에도 '고백'이라는 소설을 쓴 일본 작가의 책을 읽은 경험이 있었는데 내가 정말 싫어하는 일본 특유의 문체가 강하지 않은 의외의 작가였기에 약간의 호감을 가지고 있었음에도 불구하고

'일본' 이라는 나라에 좋지 않은 감정이 있어서인지 여태껏 읽어오길 꺼려했다. 그런데 우연히 교보문고에서 그 작가의 다른 작품인 '모성' 이 눈에 들어왔고 최대한 가벼운 마음으로 일본인이 쓴 책이라는 생각을 떨치고자 노력하며 책을 읽기 시작하였다. 다행히 앞서 말했듯이 일본 특유의 문체가 강하지 않은 작가였기에 '일본책' 이라는 편견을 벗어버리자 나는 이야기 속으로 쉽게 몰입할 수 있었고 책을 덮었을 때엔 만족스러움으로 가득 찬 채 하마터면 책에 대한 어리석은 편견으로 좋은 작품을 잊을 뻔했다며 안도했다.

두 번째로 내가 실천한 것은 독서도중 인상 깊거나 중요한 내용을 그 자리에서 메모지에 기록하는 것이었다. 독서를 하면서 기록하는 습관을 가지기 위해 내세운 공략이었는데 이는 책을 분명히 다 읽었음에도 불구하고 독후감을 쓰고자하면 그 새 독서를 하면서 느꼈던 여러 감정들과 생각들이 사라지고 없어, 곤란을 겪거나 책을 많이 읽었음에도 남는 것이 하나도 없다는 큰 문제점을 해결하기 위한 것이었고 그 효과는 실로 대단했다.

특히 자기 계발서를 읽을 때에 굉장한 도움이 되었던 이 방법은 내가 책을 읽으며 무엇인가 깨닫고 느낀 순간 재빨리 그것을 기록하니 그 내용이 기억 속에 더 선명하고 오래 남았고 기록을 위해 책을 더 꼼꼼히 읽게 된다는 장점이 있었다. 또한 독후감 작성하기에도 훨씬 수월하여 내용확인을 위해 다시 책을 뒤지는 시간낭비도 하지 않을 수 있게 되어 친구들에게도 꼭 추천해주고 싶은 독서 방법이었다.

이렇듯, 아무 생각 없이 시작하게 된 독서 매니페스토가 나에게 효과적인 책 읽기 방법은 물론이고 많은 편견과 깨달음을 주었다는 데에 있어 매우 놀랐고 단순히 '책읽기' 인줄로만 알았던 독서도 '잘' 해야 한다는 사실에 다시 한 번 놀랐다.

비록 공식적인 독서 매니페스토 공약 실천기간은 끝이 났지만 나는 '독서편식은 이제 그만!' 이라는 내 슬로건을 앞으로도 가슴 속에 새기며 좋은 독서활동으로 내 삶을 더욱 풍요롭게 만들어야겠다고 다짐하였다.

책? 난 왜 이제야
너란 보석의 진가를 알아챘을까!

실천 공약

☆ 관심 있는 분야 책 위주로 다음에 읽을 나만의 독서목록을 작성한다.
☆ 항상 눈에 잘 띄는 곳에 책을 두고 자주 읽게 만든다.
☆ 책읽기를 독려하는 문구를 잘 보이는 곳에 붙여둔다.
☆ 친구나 주변 사람들에게 책 추천을 받아 읽어보도록 한다.
☆ 책이 꺼려질 때는 친근한 스마트폰으로 책을 다운 받아 읽도록 한다.
☆ 잠이 오지 않을 때 수면의 도움이 되는 책읽기를 한다.
☆ 책이 꺼려질 때 스마트폰을 이용하여 읽어주는 책을 이용해본다.

나에게 약속 편지 쓰기

나야, 앞으로 책이랑 더 친숙해지도록 힘내보자. 스마트폰 5분, 10분 만질 동안 책 한 줄 더 읽도록 노력할거야. 자투리 시간을 틈틈이 활용해서 책을 읽는데 알차게 시간을 쓸 거야. 그리고 독서 다이어리 어플리케이션에 지금보다 더 자주 들어가서 내가 읽은 책들을 적게나마 꾸준히 기록해 두고 독서 행사 등에 많이 참여하여서 책에 관한 흥미를 더 키워줄 거야. 또 학교도서관을 내 집 드나들듯이 자주 이용하고 관심과 흥미를 가질 수 있게 내가 흥미로워 하는 분야의 책을 많이 찾아두고 차근차근 읽어가자. 책벌레란 소리를 들을 때까지 파이팅!

나의 독서 매니페스토

그 뒷이야기

- 1학년 12반 7번 김인영 -

스마트폰 적극 활용!

먼저, 나에게서 친근하고 자주 볼 수 있는 스마트폰을 활용해서 책을 가까이 하게끔 평소 사용하던 어플리케이션인 '독서 다이어리'를 이용하여 다음에 읽을 책을 정리하여 나만의 독서 목록을 작성하였다. 이것의 묘리는 다음에 읽을 책을 미리 선정해 두니 책을 읽는 의욕이 생겼고 다 읽은 책을 정리해 두는 것이 있어 읽은 책의 나랑 수록 부분들을 느껴 책을 더욱 찾게 되었다.

또 다른 스마트폰 활용 후기?

스마트폰에서 책을 다운 받아 읽었다. 책이 가끔 시켜운 집에서나 밖에서나 뛰어다 간간히 책을 읽을 때 굉장히 효과적으로 책을 읽을 수 있었고, 책이 거려질 때 늘 읽어주는 책을 활용하여 책의 내용을 되었더니 중얼대도 오거 않고 지겨움이 없어 졌다. 또한 어려운 것들은 좋은 시간에 따라 포인트를 지금과 다양한 곳에 이용 할 수 있기 때문에 책 읽는 재미가 쏟쏟하고 더 많은 책을 읽게 된다.

눈에 보이게!

늘 보이는 학교 책상에 독서 관련 문구를 적어 붙여 두었다. 항상 보이는 곳에 독서 자극을 위한 문구를 붙여 두니까 정말 자극대고 볼 때마다 책 읽기를 생각하게 되어 더욱 자주 책을 읽게 되는 것 같았고 다른 친구들도 책상에 붙여 있던 말 자신의 동아로 보면서 책 읽기 독서에 아심을 얻어 뿌듯함을 느꼈었다.

"기간 한 값으로 가장 오랫동안 즐거움을 취할 수 있는 것, 바로 책이다"
-에밀 드 몽테뉴-

건강한 수면습관, 책

잠들기 전 잠이 오지 않을 때 스마트폰과 TV를 키고 했었는데 어느 기기도 잠이 오지 않을 때 몇 일간 독서를 하곤 했었더니 정말 은 수면 효과를 얻었다.

내 곁에 내 책!

가장 잘 보이는 책상 위에! 항상 책을 가까이 두고 눈에 띄게 두었다. 결과로써...!! 쉬는 시간에 조차 책을 읽는 습관이 생겼다 ♡♥

♥♥♥♥ 이 외에도 친구 혹은 주변 지인들의 책 소개를 통해서 여러가지 다양한 분야의 책을 읽게 되었고 실천 능력을 보면서 책 읽는 습관은 가까이 되었다.

아는 것이 힘, 꿈의 바른길로!

실천 공약

☆ 일주일에 한권 역사를 수호하시면서 쓰신 책들을 읽어보기
☆ 나의 미래를 위해 꿈을 위해 관련 도서를 주말마다 조금씩 읽기
☆ 정독하는 습관, 다른 분야의 책에도 관심을 가지고 아침독서시간 활용하기

나에게 약속 편지 쓰기

안녕? 나 자신한테 쓰려니까 조금 오글거린다. 내가 생각해도 넌 참 책을 안 읽어. 그래서 이번 기회를 통해 굳게 마음먹고 네가 실천했으면 좋겠다. 적은 양 같아 보이지만 그 한권이 여러 개 쌓이다보면 그게 백 권이 되고 다 너의 지식이 되는 거야. 잘할 수 있지? 넌 한다면 하는 애잖아! 네 곁엔 나 말고도 널 응원해주는 친구가 있잖아. 이번에 정말 멀었던 책이랑 친해져 보자. 파이팅!

독서 매니페스토 수기

역사바로잡기! 지식의 힘을 기르자. '역사를 잊은 민족에겐 미래란 없다.' 제가 가작 좋아하는 말입니다. 저는 공부를 썩 잘하지는 못하지만, 딱 한 가지 자신 있고 관심을 가지고 있는 게 '대한민국의 역사' 입니다.

저는 이번 독서 매니페스토를 통하여 저와의 약속을 하고자 합니다. 저는 항

상 책보단 EBS지식채널이나 TV에서 하는 역사 스페셜, 강의만 주로 찾아보곤 했습니다. 하지만 깨달은 게 하나 있습니다. 이렇게 요약 정리된 영상만으로는 안 되겠다. 스스로 궁금한 것은 책으로 읽어가면서 찾아보고 지식을 습득하자! 그래서 이번 계기로 멀게만 느껴졌던 책과 친해지기로 했습니다.

첫째, 일주일에 한 권, 역사를 수호하시면서 쓰신 책들을 읽어보기입니다.

1930년대 일본은 민족말살정책이라는 비인간적인 통치방식으로 대한민국의 역사를 왜곡하고 비판했습니다. 특히 이번 기회에 박은식 선생님께서 일제침략에 맞서 역사를 기록하신 책을 읽어보기로 했습니다. 이번 기회를 통해 그분들의 정신을 본받고 싶어서 이런 공약을 내세웠습니다. 어쩌면 일주일에 한권은 적어보이는 양일수도 있습니다. 그러나 지키지 못할 약속보다는 실천 가능한 약속을 해서 실천하는 게 옳다고 생각합니다.

둘째, 나의 미래를 위해 꿈을 위해 관련된 도서를 주말마다 조금씩 차근차근 읽으면서 습득합니다.

저는 중학교 때부터 꿈이 초지일관 역사 선생님이었습니다. 저는 "대한민국은 자랑스러운 나라다. 하지만 일제강점기라는 시간동안 많은 부분이 왜곡되고 훼손되었다. 일제강점기는 지났지만 우린 아직 되찾지 못했다."라는 말을 전하면서 가르치는 학생들이 어른이 되어서 힘을 기르고 되찾는 게 목표입니다. 그러기 위해선 교과서 내신 공부뿐만 아니라 더 많은 지식을 쌓아야한다고 생각합니다.

셋째, 정독하는 습관, 다른 분야에도 관심을 가지자.

저는 책을 아직 많이 안 읽어봤기에 모의고사 국어 영역에서 읽는 속도가 느려 많이 불리한 편입니다. 그리고 관심이 가는 분야뿐만 아니라 다른 분야도 관심을 가지고 지식의 폭을 넓혀야 한다고 생각합니다. 그러므로 책을 읽는 습관을 통해 책을 정확하고 빨리 읽는 법을 습득하고 지식의 폭을 넓힐 생각입니다.

마크트웨인은 "좋은 책을 읽지 않는 사람은 책을 읽을 수 없는 사람보다 나을 바 없다"라는 명언을 남겼습니다. 그 말대로 저는 책을 읽을 수 있지만 안 읽은 게 한 번 더 후회되기도 합니다. 앞으론 저 말을 가슴 속에 새기면서 위의 공약을 지키려고 합니다.

저는 마지막으로 저 자신에게 몇 마디 적고 이 이야기를 끝내려고 합니다.

네가 중학교 때 말썽부리고 공부 안한 거 후회할 때 기억나지? 나는 네가 고등학교 와서는 후회 없는 삶을 살았으면 좋겠어. 아직 2년이라는 어찌 보면 길고 어찌 보면 짧은 시간이지만 남은 기간 동안 피터지게 해보는 건 어떨까? 나는 네가 내신만 중요하게 생각하는 것보다는 책을 많이 읽으면서 다양한 배경지식도 쌓고 교훈도 얻었으면 좋겠어.

3년 전 홍원표 선생님의 노력을 헛되게 하지 않았으면 좋겠어. 그때 그 말을 항상 새기면서 사람들의 부족한 인식을 바꾸고 나라를 지키려는 꿈을 네가 지금 이 짧은 글을 쓰면서 한 번 더 굳은 의지를 가졌으면 한다. 나는 너를 믿어. 파이팅!

도서관에서 책을 Check out!

실천 공약

☆ 매일 심자 시간 때 한 시간씩 책읽기
☆ 일주일에 세 번 도서관 방문하기

나에게 약속 편지 쓰기

안녕 혜정아? 난 혜정이야.
시간도 많은데 책을 읽으면 좋잖아 왜 책을 안읽니
책은 정말 좋은거야 너에게 나쁜게 하나도 없어 !
매니페스토도 적었으니까 실천공약을 꼭 지켜보자
오늘부터 진명이와 함께 도서관을 가서 여신승수쌤에게
책을 추천해달라고 하자
혜정아 파이팅 !!!

독서 매니페스토 수기

먼저 쓰기 전에 아침에 생각 없이 가볍게 적은 것들이 이렇게 크게 변할 줄은 몰랐다. 그렇지만 실천사항을 적어놓고 실천하지 않고 놔두기에는 너무 아쉬웠다. 그래서 일단 어떻게 할 지 몰라 표부터 만들고 기록을 하려고 마음먹었다. 그 후 한 칸, 두 칸 채울 때마다 뿌듯함이 생기고 도서관에 가서 직접 선생님께 사인 받는 것도 즐거운 일이었다.

그렇게 처음에는 잘하다가 막상 계속 시간이 지나다보니 점점 내 머릿속에 실천 공약이 없어지고 귀찮아지기 시작했다. 거기다가 도서관은 우리 반과 상당히 멀고 가는 길이 매우 춥기 때문에 가는 것을 미루게만 되었다. 그래서 점점 갈수록 실천이 많이 빠져서 너무 아쉽게만 느껴진다. 다 채웠으면 정말 완벽했을 텐데 뒤에 많이 실천을 못해서 약속을 못 지킨 것도 많아 아쉬운 감이 없지 않아 있다. 그래도 이 활동이 아니었으면 도서관을 이렇게 자주 가지도 않았을 뿐더러 책도 몇 주만에 두 권씩이나 다 읽을 것이란 생각도 하지 못했을 것이다. 물론 기간이 정해져있어 이 기간까지밖에 기록을 하지 않았지만 이 행사가 끝난 후에도 계속 지키면 좋은 습관이 될 듯하다.

이때까지 도서관에 대해 무관심이었는데 이번 기회를 통해 책에도 관심이 생기고 선생님과는 원래 친했지만 이것을 계기로 승수쌤과 더 가까워진 느낌이다. 그리고 정말 무엇보다 도서관에서 이렇게 많은 행사를 개최하고 있다는 것을 알게 되어 좋았다.

'한 시간씩 책읽기' 라는 공약을 실천하면서 틈틈이 오후 자습시간에 책을 읽으니 친구들과 이야기하고 딴 짓하며 낭비해버렸던 시간들이 너무 아깝다는 생각이 들었다. 티끌모아태산이라는 말도 있듯이 몇 분의 시간을 아껴 책을 읽으니까 이때까지 버린 시간들을 다시 재활용해서 쓰는 느낌도 들고 시간을 낭비 없이 잘 활용하는 나 자신에 대해 너무 뿌듯했다. 그냥 아침에 작성하고 말았을 독서 매니페스토를 신경 써서 공약도 실천함으로써 많은 것을 깨달았다.

몇 주의 시간동안 나에게 이런 계기와 다짐을 만들어준 독서 매니페스토에게 정말 감사하고 행사 끝났다고 도서관에 발길을 뚝 끊을 것이 아니라 이제 앞으로 친구들과 도서관도 자주 오고 도서관 행사에 관심을 갖고 친구들과 많이 참여해야겠다.

책 속의 풍요로운 지식과 경험들이 더 나은 나의 삶의 변화를 이끕니다.

실천 공약

☆ 하루에 한 번쯤은 쉬는 시간에 책을 읽겠습니다.

☆ 심심하면 폰을 만지는 것이 아니라 독서를 하겠습니다.

☆ 못해도 이번연도에 우리 학교 필독독서를 10권은 반드시 읽겠습니다.

☆ 친구에게 책을 추천해주고 독서를 하도록 유인하겠습니다.

☆ 일주일에 하늬도서관 책 대출 권수가 적어도 2권은 되도록 하겠습니다.

☆ 단순히 책 줄거리만 보는 것이 아닌 작가의 글 쓴 의도를 파악하여 읽는 습관으로 고치도록 노력하겠습니다.

나에게 약속 편지 쓰기

나의 독서 목표는 전부터 다짐했던 것처럼 학교 추천 필독독서를 10권 정도는 이번년도 안에 읽는 거지? 책 읽겠다고 다짐만하고 책 읽는 것은 미룬 적도 많구나. 이번 기회를 통해서 나의 독서 목표는 달성하고 6가지 실천공약을 반드시 지켜내어 나 자신을 다시 한 번 봐보자! 예전의 귀찮다고 미루던 내가 아닌 성실한 나로 돌아올 것을 기대하며… 꼭! 독서목표와 실천공약을 이루자!

독서 매니페스토 수기

　보름 조금 넘게 공약을 나름 열심히 지키면서 독서 매니 페스토 공모전을 활동했었습니다. 처음부터 실천할 수 있었던 공약이라 고난 없이 수월하게 공약을 실천했었습니다. 이때까지 '노인과 바다, 나목, 데미안, 고백' 을 읽으면서 제가 내세운 6가지 공약을 실천했는데…

　첫 번째로 내세웠던 '하루에 한 번쯤은 쉬는 시간에 책을 읽겠습니다.' 공약은 보통이면 수업이 끝난 다음 잠이 오지 않는 쉬는 시간에는 그저 멍 때리면서 시간을 보냈었습니다. 하지만 공약을 내세우고 난 다음의 이때까지의 저는 멍 때리면서 시간을 버리지 않고 앞에 놓은 책을 펼친 다음 찬찬히 읽어 내려가면서 독서를 해왔습니다. 덕분에 평소의 저의 습관을 바꾸어 놓았습니다.

　두 번째로 내세웠던 '심심하면 폰을 만지는 것이 아닌 독서를 하겠습니다.' 도 역시 어기지 않고 실천했습니다. 집에 돌아오면 마냥 폰을 만지면서 시간을 보냈던 평소의 제가 아닌, 폰 만질 시간에 책을 읽으면서 값진 하루를 마무리 하였습니다.

　세 번째로 내세웠던 '못해도 이번연도 안에 우리 학교 필독독서 10권은 반드시 읽겠습니다.' 는 안타깝게도 제가 내세운 공약에서는 이번연도까지 필독독서 10권을 읽는 것이지만, 11월 8일까지 수기 제출하는 것이라 아직까지 이 공약은 진행 중입니다.

　왜 이렇게 공약을 세웠냐면 수기 제출 때문에 급하게 대충 책을 읽고 치우는 것 보단 수기를 제출했더라도 책을 음미하면서 뜻을 파악하며 읽는 것이 훨씬 좋다고 생각하였기 때문입니다. 그리고 이때까지 실천했었던 독서습관을 유지하기 위해 이런 공약을 내세운 작은 뜻이 있습니다. 결과적으로 수기를 제출했어도 계속 이 공약을 지킬 겁니다.

　네 번째로 내세웠던 '친구에게 책을 추천해주고, 독서를 하도록 유인하겠습니다.' 는 감히 제가 책을 추천할 정도의 실력은 되지는 않지만 이때까지 읽었던 책 중에서 나름 재밌었고 교훈적인 책을 친구에게 홍보해 주면서 책 읽기를 권장해

줬습니다. 친구가 저에게 책이 재밌었고 얻어 가는 게 많다고 말해주었을 때 책을 추천해준 저는 너무 뿌듯했습니다.

다섯 번째로 내세웠던 '일주일에 하늬도서관 책 대출 권수가 적어도 2권은 되도록 하겠습니다.'도 꾸준히 지켜왔습니다. 평소보다 책을 자주 읽어서인지 독서에 흥미가 더 붙어서 공모전이 끝난 다음에도 계속 독서를 할 것 같고, 그렇게 할 것입니다.

여섯 번째로 내세웠던 '단순히 책 줄거리만 보는 것이 아닌, 작가의 글쓴 의도를 파악하며 읽는 습관으로 고치도록 노력하겠습니다.' 이 공약이 제일 지키기 힘들었습니다. 단순히 책을 읽는 것이 아닌, 평소의 책 읽는 습관을 완전히 뒤바꾸는 거라서 적응하기 힘들었지만, 좋은 독서 태도로 개선하기 위해서 힘들어도 참고 꾸준히 공약을 지켰습니다.

앞으로도 줄거리 파악만하는 나쁜 독서태도를 가지지 않도록 양심적으로 지킬 것이며, 이것뿐만이 아니라 또 다른 나쁜 독서태도에서 좋은 독서태도로 개선하도록 노력할 것입니다.

"이 행사가 끝난 다음에도 스스로 제 자신에게 또 다른 독서 실천 공약을 내세워서 제 자신을 바꾸도록 노력하겠습니다." 이번 독서 매니 페스토 공모전 덕분에 책과 제 자신이 더 가까워지는 시간을 가지게 되어 좋았습니다.

독후감
공모전

공부의 달인, 호모쿵푸스

2학년 3반 3번 김민지

　필독서만 따로 모아 놓은 도서관 책장에는 대부분 소설들이 자리를 차지하고 있다. 그런 고전들 사이에서 내 눈을 사로잡은 것은 대한민국 고등학생이라면 누구나 관심을 가질 법한 '공부'에 관한 책이었다. 나도 공부에 찌들어 져있는 평범한 고등학생들 중 한명이라 자연스레 그 책에 손이 가 읽게 되었다.

　제목부터가 '공부의 달인'이었기 때문에 공부를 잘하는 방법이나 공부에 관한 것들이 나올 줄 알았다. 당연히 공부에 관한 내용이기는 했다. 하지만 내가 이때까지 정의해오던 '공부'와는 다른 의미의 '공부'에 관한 내용이었다. 나는 여태껏 공부라는 것은 학교에서 하는 의무적인 것이고 교과서로만 하는, 즉 보통 사람들이 생각하는 사전적이고 보편적인 의미로만 생각하고 있었다. 그러나 이 책은 내가 18년 동안 생각해오던 공부에 관한 개념을 바꾸어놓았다.

　처음에는 학생들이 공부를 하는 이유에 대해서 나와 있었다. 저자가 자신이 학생들과 대화한 것을 예로 들었는데 대부분의 대답들이 정말 흔한 것들이었다. 그래서 그런지 저자는 모든 학생들이 돈을 목적으로, 정확히는 풍요로운 삶을 살고 싶어서 공부를 한다는 식의 말투였다. 저자가 학생들을 돈독 오른 사람으로 보는 것이 아닌가 하는 생각도 들었다. 아주 부정할 수는 없겠지만 말이다. 순수한 이상을 가지고 나아가야 할 청소년들이 언제부터 이런 때 묻은 생각을 가지고 공부를 하게 되었을까? 돈과 지위를 얻을 수 없으면 쓸데없는 것이 되고 부정한 행위도 돈이 되면 유용한 것이 되는 이런 오염된 사회는 언제부터 시작된 것일까? 우리는 진정한 '공부'에 대해 다시 생각해보고 처음부터 다시 시작해야 할 것이다.

　이 책을 통해 알게 된 공부의 한 가지 장점, 공부는 세대 간 장벽을 무너뜨린다는 것이다. 다양한 분야의 전문지식이나 외국어를 배우는 것, 철학적인 공부라면 충분히 공감대도 형성하며 세대 차이는 자연스럽게 소멸될 거란 것이다. 모르는 것을 배우는 입장에서 우리 모두는 호기심으로 가득 찬 6살 아이와 같다. 즉, 정말 공부에서 나이는 숫자에 불과하다. 기성세대와 신세대간의 갈등이 적지 않은 현대 사회에서 두 세대가 함께 '진짜' 공부를 한다면 이런 문제도 조금씩 해결해나갈 수 있지 않을까.

그리고 옛날에 비해 오늘날의 공부 방식은 많이 바뀐 것 같다. 안 좋은 방식으로 말이다. 기술은 발전하고 생활수준도 높아지고 있는데 교육방식은 왜 발전하지 못하는 것일까? 이렇게 생각하게 된 이유는 저자의 학생시절에 학생들의 연령대가 정말 다양했다고 한다. 나는 연령별로 나눠진 교육은 당연하다고 생각했는데 그것은 그 단계에 맞는 사고를 주입시키는, 모두가 흔히 말하는 주입식 교육의 폐해인 것이다. 학생의 특성을 고려하지 않은, 그 연령이라면 무조건 그것을 배워야만 한다는 틀에 박힌 방식이라고 생각한다. 또 좋지 않게 변한 한 방식이 있다. 근대 이전의 모든 교육은 소리를 통해 이루어졌는데 예를 들어 선비들의 하루일과는 각종 고전을 소리 내어 읽음으로써 시작된다고 한다. 이 부분을 읽으니 생각나는데 중학교 시험공부를 할 때 내용을 남한테 말해주는 식으로 혼자 떠들며 공부했었는데 정말 효과가 있었다. 확실히 암송과 암기는 다르다는 것을 알 수 있었다. 이 부분에서 옛 화가의 그림과 현대의 초등학교 교실사진을 비교한 것을 볼 수 있었는데 초등학교 아이들은 정말 책을 세워놓고 눈으로 보기만 하고 있었다. 정말 대조적인 모습이었다. 저자의 입장에서는 이런 모습들이 얼마나 안타까울까. 정말 효과적인 방법은 따로 있는데 저렇게 기계적으로 책을 보고만 있으니, 나도 답답하게 보였다. 옛것이 좋다는 말이 괜히 있는 게 아니구나 싶었다. 물론 모든 면에서 옛 방식이 좋다는 말은 아니지만 온고지신의 마음가짐으로 공부를 대했으면 하는 마음이다.

읽으면서 신기했던 것은 독서, 사제관계는 어느 정도 관계가 있다고 생각하는데 고통, 죽음, 사랑과 같은 얘기 따위도 읽다보면 자연스레 공부와 이어진다는 것이다. 단순히 공부라는 것만 말하는 것이 아니라 10대 독자들이 이 나이에 관심 가질만한 주제들을 택해 흥미를 끈 다음 공부와 연결시키며 깨달음을 주는 것! 설득력 있고 이해가 잘 가는 표현법이었다.

이 책을 읽고 난 뒤 우리는 태어나서 죽을 때 까지 평생 무언가를 배운다는 것을 깨닫게 되었고 나에게 공부의 의미가 새로 정의되었다. '삶의 매 순간이 공부' 라는 것이다. 매 순간이 배움의 향연이다. 보고 듣고 느끼는 모든 것들이 배움이다. 온 주변에 배울거리인 환경에서 우리는 살아가고 나도 모르게 배우고 있는 것이다. 이를테면 내 행동이 A에서 B로 변하게 되었는데 그 변화가 이루어지는 것도 어떤 일종의 배움을 통해 A보다 B가 더 낫다고 판단함으로써 변화하는 것이 아닐까 생각한다. 사소하게 생각하는 것 하나하나가 모두 크게 보면 '공부' 인 것이다.

오랜만에 접해보는 사회관련 책임에도 불구하고 아주 재미있게 읽은 책이었다. 어려운 용어도 많았지만 작가 특유의 가볍고 유머러스한 문체와 일상생활에서의 예시가 적절하여 잘 이해할 수 있었다. 소설만 재미있다고 생각했던 내가 이런 책을 읽으면서도 흥미를 느낄 수 있다는 것이 나 스스로 놀랍고 신기했다. 그리고 특이하게 글을 잘 쓰고 싶다는 생각도 들었다. 어려운 용어를 저자만의 방식으로 설명해준 경우가 종종 있었는데 정말 '아! 이런 뜻이구나' 할 때가 많았다. 하지만 나는 이 글에서 내가 느낀 것들을 마음에 와 닿게 포인트를 딱 집어 표현하고 싶었는데 표현을 못하겠어서 답답했다. 앞으로 책을 더 많이 읽고 글도 많이 써서 연암식으로 말하자면, 내 속에 잠들어있던 말들이 '나' 라는 메신저를 통해 흘러나오게 되었으면 좋겠다.

저자는 학교공부만 공부로 알고 있는 우리 학생들에게 진정한 공부를 하기 위해 우선 진짜 공부가 무엇인지 제대로 알고 공부를 새로이 시작하라는 말을 하고 싶은 게 아닐까 생각한다. 내가 이 책을 읽고 공부에 대해 새로운 정의를 내린 것처럼 다른 학생들도 이 책을 통해 공부를 다시 생각해봤으면 하는 바람이다.

기억전달자

1학년 10반 21번 이진명

이 책은 먼 미래를 배경으로 하는 조너스의 이야기다. 하지만 그 미래는 참 범상치 않다.

이 마을에 사는 사람들은 어떤 선택도 하지 않아도 된다, 가족, 직업, 심지어 죽는 순간까지 선택할 필요가 없다. 사실 선택하지 못하는 것이지만, 모든 것들이 규칙에 맞춰 '늘 같은 상태'를 유지하고 있다. 극단적인 통제 아래 있는 세계, 하지만 폭력, 가난, 편견, 불의도 없는 세계. 안전하고 완전해서 완벽한 세계 이 세계에 있는 조너스는 직위(직업)를 받기 직전인 11살의 나이다. 조너스는 자신이 싫어하는 직위를 받게 될까 두렵고 걱정된다. 다른 아이와 별로 다른 것이 없어 보이는 조너스에게 큰 기회이자 위기가 찾아온다.

12살 기념식에 직위를 받게 되는데, 조너스의 직위는 마을에 하나뿐인 기억보유자인 것이다. 다른 아이들과 마찬가지로 직위교육을 받지만, 조너스의 교육은 남다르다. 조너스의 기억 전달자로부터 어디서부터 인지 모르는 수많은 기억들을 전달받는다. '늘 같은 상태'에 살고 있어서 단 한 번도 경험해 보지 못한 것부터 고통, 슬픔, 사랑 이런 감정들도 모두 전달받게 된다. 교육을 받으면서 조너스는 이 세계의 모순을 알게 된다. 하지만 시간은 조너스가 준비되길 기다려주지 않았다. 조너스가 아끼던 가브리엘 이라는 아기가 바로 내일 아침 죽게되는 것이다. 조너스는 바로그날 밤에 가브리엘을 구하기 위해 그를 등에 업고 마을을 떠나간다. 아무 사람도 없는 외곽지역에서 단지 마을에서 멀어지기 위해. 가브리엘을 살리기 위해 떠나는 것이다. 하지만 조너스는 눈밭에서 아래로 내려가며 난생처음 음악을 듣는 것으로 이야기는 끝난다.

소설 속 이 세계는 내가 사는 곳과는 매우 다르다. 자유라고는 찾아 볼 수 없고 '늘 같은 상태'를 유지하기 위해 색깔마저도 인식 할 수 없게 만든다, 하지만 기억 전달자와 조너스의 대화에 보면 이런 장면이 있다. '과연 자유가 좋은 것일까?' 자유롭다 생각하고 살아가는 나에게 그것은 너무도 당연한 일이라 받아들이고 깊이 생각해 본적이 없다. 어쩌면 누구나 자유가 좋은 것이라고 생각할 테지만 그렇게 단순하게 보이지도 않았다. 순간적 선택으로 돌이킬 수 없는 고통을 받는다던지 그로인해 후회하게 된다면 많이 힘들어질 테니까. 그런 선택에 대한 자유를 사회가 제한하고 보호하게 된다면, 자유는 없어도 행복하게 살 수 있을 것 이다.

그러나 슬픔과 같은 감정들이 없다고 해서 진정으로 행복할까? 나는 그렇지 않다고 생각 한다. 행복 이라는 게 지극히 상대적이라 불행과 슬픔을 알고 겪어 본 사람만이 행복을 느낄 수 있다. 괴로운 감정들도 개인의 선택에 대한 책임이고, 그것이 경험과 기억이 되어 다음 선택의 순간에는 더 좋은 방법을 찾아낼 것이다. 이런 게 자유라고 생각한다. 자신이 자신의 일에 대해서 선택할 수 있고, 그 책임은 회피하지 않을 수 있고, 그 경험과 기억을 오롯이 가지고 있을 수 있는 것. 소설 속 에서도 조너스는 마을사람들에게 경험과 기억을 나누어 줌으로써 자유로운 세계를 실현시키고자 떠난다고 생각한다.

이렇게 떠난 이별의 결과는 눈밭 아래로 굴러 떨어지는 것으로 끝난다. 열린 결말 속에서 나는 다소 비극적이지만 희망적인 결말을 조심스레 추측한다, 왜냐하면 나는 조너스가 죽었다고 생각했기 때문이다. 그 이유는 썰매의 기억 중 두 번째로 전달받았던 기억이 단순히 좋았던 첫 번째와 달리 마지막에서 심한 고통을 느꼈기 때문이다. 이 고통은 조너스가 평소 생활에서 느낄 정도로 영향이 컸는데 이것이 결말에 대한 암시라고 생각한다.

두 번째로, 언덕 아래에서 가족들이 기다리고 있다고 느꼈던 것은 사실 그 가족들은 조너스의 진짜 가족이 아니었다고 생각하기 때문이다. 조너스는 이미 사랑이 무엇인지 알고, 아버지가 아기들을 죽이는 것을 봤을 때부터 진정한 가족이라 생각하지 않았기 때문이다. 눈 밭 밑에서 기다리던 가족은 전달받았던 사람의 기억 속 인물들일 것 이다. 지금 존재하지 않는 가족들이 조너스를 기다리면 그 언덕 아래는 곧 죽음을 의미한다고 볼 수 있기 때문이다. 또 이러한 결말이 희망적이라고 생각하는 이유는 조너스가 죽어야만 기억들이 모두 마을사람들에게 전달될 수 있기 때문이다. 기억을 전달 받은 사람들은 또 다른 희망이 되어 미래를 만들어 나갈 것 이다. 조너스가 더 이상 기억 보유자가 아닌 기억 전달자로서 행동했고, 이는 이 책의 제목이 기억보유자가 아닌 기억전달자(The Giver)인 이유와도 일맥상통 한다고 생각한다.

사실 이렇게 굴러 떨어진 조너스와 나는 닮은 점이 참 많다고 생각한다. 미래에 대한 기대와 설렘 보단 막연한 불안감이 더 크다. 미래는 온갖 선택으로 가득 차있고 그 선택에는 당연한 책임과 대가가 있다. 이런 사실을 알기에 더욱 불안해 지는 것 이다.

나도 이러한 것 같다. 고등학교 1학년 이라는 시기를 겪고 있으면서 지금까지 해온 선택보단 앞으로 해 나가야할 것이 많다. 새로운 시작을 한지 얼마 되지도 않아 고등학교의 끝을 바라보고 있지만 또 다른 시작을 준비하고 있기도 하다. 조너스가 마을을 떠나는 이별이 마을 사람들 에게는 또 다른 시작이 되었듯이. 그러나 나와 조너스는 엄연히 다른 세계에 살고 있다. 조너스는 직업 선택에서 조차 자유가 없었지만 나에게는 자유가 있기 때문이다, 이 자유는 나에게 많은 선택과 그로 인한 실망과 좌절을 줄 것 이다. 하지만 나는 이 자유를 완벽히 누려 행복을 알아가며, 더 나은 경험과 기억을 쌓아가기도 하면서 나아가고 싶다. 참 위험하기에 불완전하기에 더욱 완벽한 이 세계에서.

엄마를 부탁해

1학년 12반 7번 김인경

나는 이 책을 학교 추천독서목록에서 발견 한 후 '엄마' 라는 소재에 관심이 끌려 이 책을 찾게 되었다. 책은 학교 도서관에서 대출하여 구할 수 있었다. '엄마를 부탁해' 라는 책은 그 어느 누구나 깊은 감명과 공감을 받을 책이라 말할 수 있겠다. 사실 늘 곁에 있어 당연한 듯 받아들인 '엄마' 라는 소재로 주인공에 이야기를 풀어나간다.

　책의 이야기는 이러하다. 이 책에 엄마에게서도 자식들이 있다. 엄마는 서울에 있는 자식들을 만나기 위하여 아버지와 함께 서울역에 도착하였지만 엄마는 그만 아버지와 떨어지고 마는데 한편, 엄마는 글을 읽을 줄 몰랐다. 그 소식을 들은 자식들이 엄마를 찾기 위해 나서게 된다. 전단지도 돌려보고 하루 종일 애태워 기다리지만 제보된 내용들로 엄마를 찾을 수 없었다. 날이 갈수록 엄마는 돌아오지 않을 때 엄마를 봤다는 제보들이 속속히 들어온다. 그 제보에 따르면 큰아들 형철이 옛날에 살던 집들이 그 장소였다.

　형철은 엄마의 흔적을 찾아 나선다. 이미 되돌릴 수는 없지만 집을 돌아보며 엄마와의 추억과 그 땐 왜 엄마에게 그렇게 밖에 못 해드렸을까 하는 죄송스러움과 슬픔을 쏟아낸다. 아버지 또한 아들이랑 다른 가족들과 다르지 않았다. 엄마에게 정답게 굴지 못하였던 아버지는 엄마가 사라진 텅 빈집을 둘러보며 아내의 빈자리를 그제서야 느끼게 된다.

　그때 한 시설에서 온 사람을 통하여 새로운 사실을 알게 된다. 엄마가 이제껏 고아원에 봉사를 하고 있었다는 것이다. 자식들에게 용돈 받은 것 일부를 고아원 아이들을 위하여 한 달마다 보태며 매일 같이 아이들을 위해 봉사하러 고아원으로 다녔다는 것이다. 그렇게 엄마는 못 사는 살림 속에서도 남을 위한 마음과 선행을 아끼지 아니하였다. 결국… 그들의 엄마는 돌아오지 않았다. 그렇게 애타게 찾던 엄마는 죽고 나서야 가족들 곁을 맴돌 수 있었다.

　죽고 나서 조차 가족들에게 다 하지 못한 말들을 들리진 않지만 엄마는 나름대로 차근차근 말해 나가면서 가족들과 작별을 고한다.

　나는 이 책을 읽으면서 정말 눈물이 나지 않았더라면 거짓말일 것이다. 늘 옆에 있을 거라고 생각하는 존재. 항상 곁에 있어서 소중함은 잊혀져 가며 누구보다 나를 많이 지켜봐 주고 바라봐주는 그런 사람이 있다. 나는 그 사람을 '엄마'라 정의하고 싶다. 문득 이 책을 한줄 한줄 읽어 내려 가면서 엄마라는 존재에 대해 다시 한 번 돌이켜보며 지난 날을 회상해 보았다.

난 어땠는가? 이 책속에 주인공 자식들처럼… 그렇다. 나 또한 내 할 일들로 바빠 어느 샌가 엄마는 뒷전이 되어 있었던 것이다.

이 책에 이러한 구절이 있다. "엄마는 태어날 때부터 엄마가 아니니깐." 난 이 대사에서 말로 표현하지 못 할 복잡한 기분이 들었다. 그렇다. 또 하나 잊혀진 것이 있다. 엄마는 엄마이기 이전에 하나의 인간이라는 존재이며 한 평범한 여자이며 엄마가 되기 이전에는 지금 나와 같은 평범하고 단순한 소녀였다는 것을 말이다.

이 책을 읽고 이제서야 그런 간단명료한 사실을 깨달았던 것일까. 어쩌면 이미 알고 있었지만 엄마라는 존재가 너무나도 당연하게 여겨져 그런 의미조차도 잊고 지낸 지 모르겠다. 엄마에게도 친구가 있을테고 가끔씩은 혼자만의 시간을 가질 법도 한데 나에 엄마는 늘 가족이 우선이었다. 그런 엄마에게 해준 것이 없다는 생각이 들게 반성하게 만들어 준 이 '엄마를 부탁해' 라는 책은 정말 고마운 책이라 표현하고 싶다. 그리고 책을 읽어나가며 떠올렸던 장면들이 아직도 생생하게 상상된다. 책 속에 주인공 엄마의 큰딸은 사무로 인해 해외를 많이 다녔다. 엄마는 늘 호기심과 관심어림으로 딸에게 해외에 다녀온 이야기를 들려달라고 말하곤 한다. 그러나 딸은 귀찮아하며 '나중에 얘기해줄게 엄마.' 라며 말을 끊는다. 이 장면을 머릿속으로 그려 내리면서 내 모습이 스쳐지나갔다.

난 이제껏 엄마에게 어떻게 대하였던가. 주인공의 모습을 그대로 본 떳다고 하여도 과언이 아니었다. 일상 내 모습 그대로 였다. 며칠 전이었다. 스마트폰에 미숙하던 엄마가 이건 어떻게 하냐 하며 물어왔다. 난 학교를 다녀와서 피곤하기도 하며 귀찮다는 생각을 하면서도 나는 친구와 카톡을 하고 있었다. 그러면서 나는 '아, 몰라몰라 나중에 물어봐' 하며 말을 끊었다. 그땐 뭐가 그리 귀찮았길래 그러면서 엄마보다 친구가 더 윗 순위였나. 라는 생각이 드는 동시에 나 자신을 반성하게 되었다.

이 책 안에서 한 가지 더 깊은 감명을 받은 부분은 글을 못 읽던 엄마는 딸이 쓰는 책을 읽고 싶어 하였다. 그리하여 엄마는 보육원 선생에게 조금씩 딸의 책을 읽어 달라 부탁한다. 이 부분에서 정말 엄마의 사랑이란 것은 보이지 않는 곳에서도 끊임이 없다는 것을 보여주는데 그것을 알 리 없는 자식들을 돌이켜보니 그저 엄마의 마음을 알아 줄 리 없는 것만이 안타깝고 애석하기만 하다.

　책에 글 중 과거를 회상하던 자식들 중 딸은 여행을 떠나며 성모마리아 앞에 서게 된다. 그러면서 그녀의 말은 엄마를 부탁한다는 것이었다. 결국 돌이킬 수 없으며 후회하여도 소용이 없게 되었지만 그제서야 엄마에 사랑을 깨닫게 되었으며 이제는 진정히 사랑을 보답할 때가 되었다 싶을 때 그때는 이미 때가 늦어버린 것이다. 과거를 되돌릴 수 없기에 내 옆에 있을 때 얼마나 존귀하며 가치가 있는지 깨달아야 한다. 이 책에서는 이 모든 것을 일깨워주며 나란 사람을 반성하게끔 자연스레 이끌어 준다. 그리고 독자에 공감을 이끌어내면서 마치 책과 소통하는 듯한 느낌을 받았다.

　얼마 전 조두진 작가의 강의 중 가족이란 주제에서 작가님이 하셨던 말씀이 책을 읽으면서 다시 기억난다."오늘은 집에 가서 엄마나 아빠 가족과 함께 사진 한 번 찍어보아라."라는 조언이었다.

　어릴 때 이후로는 나도 엄마와 사진을 찍은 기억이 없다. 저 말을 듣고 실천해 보아야지 라고 생각했던 것도 잠시 결국 사진을 찍지 않았다. 그게 뭐 그리 어려운 일이라고 이렇게도 미루어 왔던 것일까. 친구들과는 잘도 찍으면서 엄마와는 어떻게 사진 한 장 남기지 못한 내 자신을 본의 아니게 탓하게 된다.

　정말 이 책에서는 나에게 잊고 만 지내왔던 익숙함을 일깨워 주는 책이었으며, '익숙함에 속아 소중함을 잊지 말자' 라는 말이 있듯이 '엄마' 라는 한 단어가 내겐 너무나도 익숙해져 버려 미처 챙기지 못했던 것 만 같아 뒤늦게야 죄송함이 사무친다. 책 속에서처럼 정말 엄마는 나에게서 언제 갑자기 사라질지 모르는 존재인 것이다.이 책의 주인공 자식들처럼 아무런 준비도 못 하고 어느 순간 엄마가 내 삶 속에서 빠질 수 있는 것이다. 주인공들처럼 정말 후회하지 않게 '엄마' 라는 존재가 내 삶속에 존재하는 하루하루를 일상으로 여기지 않고 감사히 여기며 살아 갈 것을 이 책에서는 다짐하게 만들어 주었다. 언제 한 번 '엄마' 에 대해 진지하게 생각해 보겠는가.

　책에서 독자의 공감대를 형성하면서 마치 내 이야기가 될 법한 실타래를 너무

나도 잘 풀어나갔다. 그렇게 함으로써 나의 엄마는 어땠었는지 혹시 주인공 자식과 지금의 내 모습이 같진 않았는지 일상속의 여러 면에서 일깨워 준다.

책의 주인공자식들은 나를 거울로 비춰주는 듯하였다. 그로 인해서 나는 엄마와 나를 되돌아보는 값지고 소중한 시간을 갖게 된 계기 인 것이다.

주인공 엄마처럼 끝이 없는 엄마의 보살핌과 사랑이 딱 어디까지라고 끝을 맺을 순 없지만 조금이나마 나에게 엄마에 대한 애정과 관심, 사랑을 알게 되고 그 깨달음에 한 발짝 다가갈 수 있었다. 때론 서로 미워도 하고 싸우기도 하겠지만 그럴 때마다 엄마를 부탁해 책을 읽으면서 내가 느낀 것들을 다시 떠올리면서 서로 상처주지 않고 이해하며 엄마와의 갈등이 생긴다 해도 이젠 철없이 엄마를 이기려 들지 않을 것이다. 또 엄마의 보이는 것만이 아닌 엄마의 진심을 먼저 보려 노력하여야겠다.

이 책이 이제껏 용기가 없어 꺼내보지도 못하였던 엄마에게 못해 왔던 사랑한다는 말도 엄마를 부탁해로 인해서 작은 자신감을 얻었다.

오늘에야 용기내서 말해 볼 수 있겠다. 정말 작은 바람이지만 나 처럼 엄마에 사랑을 잠시나마 잊고 지내왔다고 생각이드는 분들이 꼭 한 번 이 책을 읽어 보았으면 좋겠다.' 엄마를 부탁해' 이 책은 엄마와 당신의 반환점이 되어 줄 테니 말이다.

물론 이 책을 계기로 나 또한 돈 주고는 못 살 값어치가 있는, 따뜻하고 정겨운, 봄처럼 따스하게 다가오는 엄마에 사랑의 의미를 깨달았으니 말이다.

나를 위한 사자의 꿈
- 노인과 바다를 읽고 -

남영현

풀리처상, 노벨문학상을 받은 어니스트 헤밍웨이의 노인과 바다는 내가 요즘 들어서 흥미가 생긴 철학에 대해 깊게 생각할 수 있는 좋은 기회였다. 인간의 위대함과 인간 삶의 심오함을 느끼게 해 주었다. 예전부터 베스트셀러인 '노인과 바다'가 정말 좋은 책이라고 들어 왔고, 중학생 필독서라고 알고 있었다. 하지만 제목이 너무 딱딱하고, 왠지 두꺼울 것 같아서 이 책을 한 번도 찾지 않았다. 그러다가 이번에 사서 선생님의 추천으로 이 책을 만나게 되었다. 처음 책을 건네받았을 때 책이 생각보다 많이 얇아서 놀랐다.

이야기는 84일째 고기를 낚지 못했던 노인이 85일째 되던 날 다시 바다에 나간다. 커다란 고기와 생사를 건 투쟁을 벌인 끝에 결국 그 고기를 낚게 된다. 하지만 돌아오며 수차례 상어떼의 공격을 받는다. 결국 육지에 발을 디뎠을 때 남은 것은 고기의 앙상한 뼈 뿐이었다.

처음 이야기를 시작할 때 사람들이 산티아고 할아버지를 '살라오(최악의 액운 상태)'라고 표현했다. 노인의 신체는 깡마르고 보잘 것 없다고 묘사해 놓았다. 이 노인은 육체적으로 힘없고, 쇠약한 노인이었다. 이후에는 대조적으로 노인의 끝없는 투쟁을 보여준다. 약해 보이는 노인의 육체와는 다르게 18피트나 되는 청새치와 혼자 사투했다. 이 힘은 바다와 같은 푸른색의, 늘 즐거움과 지칠 줄 모르는 기상이 감돌고 있는 맑은 눈에서 나온 것이 아니었을까?

노인은 먼 바다에 나가 혼자 있는 시간동안 꼭 두 사람이 있는 것처럼 혼잣말을 많이 한다. 이것으로 자신을 다독이기도, 고취시키기도 한다. 청새치가 바늘에 걸렸을 때는 고기가 큰 만큼 서두르지 않고 그 고기가 목숨이 서서히 다할 때까지 기다려준다. 며칠 밤을 새고, 피곤함 속에 있으면서도 노인은 고기를 기다려줬다. 고기는 노인이 잡아서 파는 단순한 의미는 아니었다. 집념의 대상은 더 더욱 아니었다. 형제와 다름없는 존재였다. 형제하면 보통 티격태격 하지만 항상 붙어 지내는 가까운 존재라는 생각이 든다. 고기 역시 지금은 자신과 싸우는 사이에 놓여있지만, 항상 같이 해야 하는 운명인 것이다. 청새치가 상어한테 공격을 받을 때, 노인이 자기 자신이 습격을 받은 것처럼 매우 안타까워한다. 아마 청새치를 자기 자신으로 생각하는 듯 했다. 상어들은 노인이 인생을 살아가는데 있어서 자신을 힘들게 하는 장애물일 것이다. 이것 때문에 의지가 쉽게 좌절될 수 있지만, 끝까지 포기하지 않는 노인의 삶을 보여 주었다.

노인이 낚시를 마치고 돌아와서 소년에게 그놈들이 나를 이겼다고 한다. 소년은 낙담한 노인에게 패배한 것이 아니라고, 정신적 불굴의 의지를 내려선 안 된다고 재차 주장한다. 그리고 노인도 다시 정신을 추스르고 자신이 패배한 것은 아니라고 마음을 새로이 하고 "내가 놈들에게 진 것은 그 다음이었지" 라고 한다. 진 건 그 다음이라는 표현이 중요하다. 고기를 떠올려보면 고기는 노인과의 정신적 투쟁에서 패배한 것이 아니라, 단지 그 과정에서 육체만 파멸한 것일 뿐이다. 그래서 상어가 고기를 뜯어먹은 부분들이 그저 물질이라는 살에 불과하다는 것은 중요한 상징이 된다. 상어가 고기를 뜯어먹어 물질적인 무언가는 사라졌지만, 그렇다고 정신적인 가치들까지 뜯어 먹힌 것은 아니라는 얘기를 하고 싶었나 보다. 나중에 이런 정신적 가치는 고기의 "뼈대"로도 형상화 된다. 사람들은 저마다 뼈대를 보며 고기가 거대했음을 알아보고 노인의 낚시를 감탄한다. 물질은 사라졌지만 정신은 남아서 끊임없이 예찬 받는다는 상징인 셈이다. 또한 이런 이유로 노인은 투쟁을 멈추지 않는다. 그는 '사자의 꿈'을 꾸며 다시 허무와의 싸움을 준비한다. 끊임없이 삶의 의미를 찾으며 죽음의 허무와 투쟁하는 것, 나는 이것을 인간들의 삶 그 자체라고 본다.

노인은 바다에 나가기 전, 바다에 나가서, 바다에서 돌아온 후 세 번 사자의 꿈을 꾼다. 이 꿈이 무엇을 의미하는지 정말 궁금한데 도통 모르겠어서 인터넷에 검색해 봤다. "노인의 꿈 속에 등장하는 사자는 힘을 상징하지만, 생은 덧없고 삶의 고통은 언제나 되풀이 될 뿐이라는 평범한 진리"의 의미를 담고 있었다. 남들이 뭐라고 하더라도 자신이 설정한 목표를 향해 시도하고, 다시 시도하고,

끊임없는 도전으로 마지막까지도 사자의 꿈을 꾸는 노인의 모습을 통해 체념하지 않고, 고난과 맞서 싸우는 힘의 상징, 인간의 존엄성을 볼 수 있었다. 용기를 가지고 싸울 때는 반드시 충분한 보상이 주어지는 바다 안에서 우리는 자신만의 성취감을 위해서 뭔들 못하겠는가.

노인은 바다에서 계속 '소년이 함께 있었으면…' 하고 소년을 생각하고, 그리워한다. 소년도 노인이 바다에 나가있는 동안 매일 아침 노인의 오두막에 들렀다. 노인이 돌아오자 소년은 눈물을 흘린다. 소년은 노인과 스승과 제자의 관계이기도 하지만 인생의 동반자이며, 위로해주는 사이이기도 하다. 또 신과 같은 입장으로 노인을 지켜봐 주기도 한다. 다른 사람들이 부정할 때 소년만큼은 노인을 믿는다. 나도 나를 굳게 믿어주는 한사람만 있다면 세상 모든 어려움도 이겨낼 자신이 있다. 노인도 그랬을 것이다. 이 믿음 하나가 없었더라면 노인이 청새치를 낚는 큰일을 할 수 없었을지도 모른다.

이 책을 처음 읽을 때 앙상한 뼈만 남은 청새치를 보고 인생이 허무하다고만 느꼈다. 노인이 자신의 목숨을 버려가며 싸워서 남은 것이 고작 '뼈'뿐이라고 생각했다. 하지만 뭔가 다르게 와 닿을 것이 더 있을 것 같아서 다시 읽어봤다. 앙상한 뼈 이상의 의미가 있었다. 노인이 큰 고기를 낚고 싶어한 것은 단지 사람들의 비난 때문이 아니다. 자신의 어부 인생에 있어 자존심에 금이 가서 그랬다는 것도 아니다. 그보다 한 차원 높은 의미가 있다. 노인은 고기와 싸우는 것이 아니라 자기 자신과의 싸움을 하고 있었다. 그렇게 필사적으로 싸우던 노인은 비록 상어에게 청새치를 빼앗겼지만 결과에 대해 좌절하지 않고 오히려 만족했다. 그는 스스로 만들어 낸 결과에 만족했기 때문이 아닐까? 자신과의 싸움에서 이기는 것이 가장 힘든 이유는 큰 기회가 왔을 때 그것을 반드시 성공시켜 좋은 성과를 내는 것이 전부가 아니기 때문이다. 좋은 성과 보다는 자신과의 싸움에서 내가 한 일에 대해 스스로 만족하는 태도를 갖는 것이 중요하다. 나는 가끔 부모님의 반응을 위해서, 또는 다른 사람들의 시선 때문에 내가 원하지 않는 목표도 이뤄야겠다고 생각한 적이 있다. 그럴 때는 매번 시간도 오래 걸리고 내 능력을 온전히 발휘하지 못했다. 그러면서 결과만 좋기를 바랐다. 이 노인을 통해서 내가 간절히 원하는 것은 다른 사람을 위한 것이 아니라 나를 위한 것임을 다시 한 번 느꼈다. 그리고 다른 이들이 보기에는 하찮은 결과물일 지라도 노인처럼 온 힘을 다해 노력한 것은 나에게 그 이상의 의미로 다가 올 것이다. 인생의 목표는 누구나 다르겠지만, 행복을 위한 것이라면 그것이 목표가 될 것이다. 그것을 달성하는 과정 속에서, 그리고 달성했을 때 비로소 행복하다고 느낄 것이다. 고난이나 험난한 과정을 헤쳐 나갈 수 있다는 희망과, 그런 의연한 자세가 필요하다.

세상 사람들은 모두 인생이라는 바다 앞에 어부가 되어 다른 사람들에 의해 '살라오'로 불릴 때도 있고, 또는 언제나 운이 따르는 행운아라고 불릴 때도 있을 것이다. 하지만 가장 중요한 것은 언제나 희망을 따라 스스로 세운 기준에 만족할 줄 아는 것이다. 희망은 세상의 모든 재앙들을 이겨낼 힘을 가졌다. 살아가면서 마주치게 될 수많은 자신과의 싸움들을 겪어 낼 때마다 우리들의 눈앞엔 언제나 용맹하고 늠름한 사자가 위풍당당하게 서 있을 것이다.

ON GUERRILLA GARDENING

지은이 리처드 레이놀즈 | 출판사 들녘

2학년 6반 김주영

우리 집 마당엔 화분들로 가득하다. 대문을 감싸고 올라가는 덩굴장미와 은은한 꽃향기를 자랑하는 치자, 라일락. 여름마다 마당을 화사하게 해주는 분꽃과 내 입속으로 들어가는 고추, 방울토마토. 이외에도 이름 모를 수많은 식물이 할머니의 손에서 자라났다. 이렇게 가드닝을 좋아하시는 할머니 덕분에 나 또한 가드닝에 관심이 많았다. 그리고 그것이 내가 이 책을 고른 이유였다. 하지만 도서관 사서 선생님께서 추천해주신 여러 책 중에서 이 책을 고른 이유는 가드닝을 좋아해서 만은 아니었다.

게릴라란 일정한 진지 없이 불규칙적으로 벌이는 유격전 또는 그런 전법을 뜻하는 말이다. 전쟁과 관련된 이 단어가 도대체 어떤 이유에서 '가드닝'이란 전쟁과는 전혀 상관없는 단어와 합쳐질 수 있는 걸까. 전혀 상관관계가 없을 것 같은 두 단어의 조합으로 이루어진 제목이 내 흥미를 자극했고 그렇게 나는 이 책을 골랐다.

도저히 이해할 수 없을 것 같던 제목은 책을 읽은 지 얼마 지나지 않아 그 의미를 내 가슴 깊숙한 곳에 새겨 넣었다. 자원을 위한 싸움이자 땅 부족과 환경파괴와 기회의 낭비를 해결하려는 싸움: 표현의 자유와 공동체의 통합을 위한 싸움: 총 대신 꽃을 들고 남의 땅을 불법으로 꽃밭으로 가꾸는 게릴라 가드닝은 엄청나게 매력적인 싸움이었다. 많은 사람들이 자신들의 편의와 이익을 위해 나무를 잘라내고, 산과 들을 밀어내고 건물과 도로를 만드는 가운데 쓰레기로 가득한 빈 터에, 아무도 거들떠보지 않는 공터에, 도로변과 건물사이, 심지어는 지하철 승강장의 재떨이에까지, 게릴라 가드너들은 꽃을 심고 그곳을 가꾸어 나간다. 그들의 활동과 게릴라 가드닝의 목적 등에 대해 소개하는 이 책은 나를 게릴라 가드닝의 세계로 이끌었고 내 마음에 불을 지폈다.

물론 거기서 끝이 아니었다. 게릴라 가드닝에 대한 소개 후엔 나같은 초보자들도 바로 게릴라 가드닝에 참여할 수 있도록 주의사항과 토지 상태에 따라, 목적에 따라 심을 수 있는 식물의 종류와 특징, 필요한 무기와 그 방식에 대해서도 상세하게 소개해주었다.

특히 눈에 들어온 것은 씨앗 폭탄이었는데, 퇴비와 씨앗, 그 외의 것들을 섞어 다져서 만들어 적당한 곳에 투척하기만 하면 되는 씨앗 폭탄은 나처럼 무기를 살 돈이나 꾸준히 꽃밭을 가꿀 시간이 없는 사람에겐 딱 이라는 생각이 들었다.

점점 피폐해져만 가는 이 사회를 게릴라 가드닝을 통해 아름답게 가꾸어나가고 싶다. 많은 사람들에게 이 책을 권유하는 것과 씨앗폭탄을 시작으로 게릴라 가드닝에 동참하고자 한다. 승리만이 남는 이 전쟁에 많은 사람들이 참여했으면 좋겠다.

그들은 투쟁한다.

− 신갈나무 투쟁기를 읽고 −

지은이 차윤정 | 출판사 지성사

2학년 6반 정민주

　사실 나는 책을 접하기 전까지 신갈나무가 무엇인지도 몰랐다. 알고 있는 나무의 가짓수 또한 열 손가락 안에 셀 수 있을 정도로 나무의 '나' 자도 모르고 그저 숲을 좋아하는 내가 첫 장에서 마지막장까지 어렵지 않게 넘길 수 있었던 까닭은 나무의 일생이 마치 인간의 삶을 그려낸 소설 같았기 때문이다.

　이 책은 우리나라 숲의 주인공으로 자리 잡아가고 있는 신갈나무의 탄생과 성장, 그리고 죽음에 이르기까지, 한 나무의 일대기를 바탕으로 식물 전반에 대한 이해를 도와주면서 숲 또는 나무를 치열하고 역동적인 삶의 현장으로 보지 않고 그림 속의 정물처럼 대상화시켜 이해해야 한다고 지은이들은 생각한다. 동물과 달리 이동성이 없는 식물의 특성 탓으로 말이다.

　신갈나무의 작디작은 열매를 두고 '앞으로 죽는 날까지 한순간도 자유로울 수가 없다' 라고 표현한 것은 꼭 우리 인간들에게 던지는 말과 같지 않은 가? 단순한 식물 보고서가 아닌, 마치 인간의 삶을 보여주는 것과 같이 희노애락이 고루 묻어난다. 당장 눈앞의 이득과 편리함으로는 평생을 견뎌낼 수 없음을 알고 죽을 때 까지 과유불급을 고집하며 살아가는 신갈나무를 통해 늘 눈앞의 욕망과 욕심에 사로잡혀 이기와 쟁탈에 손을 뻗는 나약한 인간의 모습을 반성하게 된다. 평생을 식물과 함께 해온 작가의 인내와 그의 식물에 대한 진심어린 열정이 없었다면 신갈나무 투쟁기란 책은 태어나지 못하였을 것이다.

　나는 나무는 풍요로움과 너그러움의 상징이자 인자한 부모와 같은 인상을 품고 있는 것과는 달리 나무의 생장과는 전혀 어울릴 것 같지 않은 '투쟁기' 라는 말에 이끌렸다. 평생 동안 단 한 곳에 정착하여 온화한 햇빛아래 푸름을 머금은 채로 세상을 내려다보며 넉넉한 노인의 풍채로 살아갈 것만 같았던 나무의 일생은 나의 예상과는 너무도 달랐다. 뿌리를 내리는 것부터가 전쟁일 뿐만 아니라 나무에게 삶이란 갈등의 연속이었다.

가냘픈 열매로 시작해 여린 싹과 잎을 틔우고, 어느새 단단한 나무로 성장한 뒤에도 끊임없이 양분을 쟁탈하려는 동지 나무들과 곤충들, 그리고 혹독한 계절들과 재난에 맞서야 하는 것이 나무의 생장이었다. 아니 어쩌면 나무는 순리대로 '생장'하는 것이 아니라 그에 대항하는 모든 것들에 맞서 치열한 '생존'을 벌이고 있는 지도 모르겠다.

이제야 '투쟁기'라는 제목을 붙인 점에 공감이 든다. 또한 서정적인 문체와 어울리는 감각적인 디자인과 사진들만 보아도 이 대단한 나무들의 생장을 담기 위해 얼마나 많은 자연과 호흡하며 살아왔을지 알 수 있다.

이 책에는 식물에 관련한 풍성한 지식도 들어 있지만, 무엇보다도 단순한 텍스트를 뛰어 넘어, 글 속에서도 나무의 한결같은 풍요로움이 전해지는 것은 저자의 나무와 닮은 마음이 고스란히 배어 있기 때문일 것이다.

이 책의 마지막 책장을 덮고 나서, 나에게 숲은 더 이상 예전의 고요한 숲이 아니었다. 지금도 끊임없이 제 생명력을 다해 투쟁하는 에너지 가득한 나무들의 보금자리이자, 그들과 끊임없이 소통하는 자연의 터였다. 하나의 열매가 땅으로 떨어져 싹을 틔우고, 뿌리를 내리면서 치열한 생존 경쟁을 이겨내고, 숲의 한 일원으로서 제 역할을 다할 때 까지 살아가는 자연의 모습들이 인간이 겪는 삶의 모습과 본질은 크게 다르지 않음을 느끼면서, 묵묵한 그들의 '투쟁'을 응원한다. 나 또한 앞으로 인생을 살아감에 있어 욕심에 침묵하고 성장을 위해 최선을 다하는 '나무' 같은 사람이 되기 위해 무던히 노력해야겠다.

에필로그

　요즘 학생들은 책을 읽을 시간이 없다고 한다.

　요즘 학생들은 책 읽는 것을 싫어한다고 한다.

　모두 맞는 말이다. 그러나 모두 맞는 말이 아닐 수도 있다. 시간이 없어서 혹은 독서보다 더 매력적인 것들이 많아서 독서가 뒷전으로 밀린 것이 사실이기도 하지만 디지털 문명의 급습으로 인해 문자 매체가 사라질 것이라는 예견과 달리 여전히 글은 힘이 세다. 다만 예전보다 책을 가까이 하는 학생들이 적고, 책을 꼼꼼하고 풍성하게 즐길 수 있는 경험을 할 기회가 줄었을 뿐이다. 우리 학교는 그런 점에서 본다면 유행보다는 본질을 추구하는 다소 미련하고 촌티나는 짓을 두 해째 해오고 있다. 우리 학교가 고집스럽게 지속적으로 해 온 것은 바로 독서로 교사와 학생이 만나 소통하는 독서 멘토링, 교사 독서토론 동아리, 인문학 축제이다.

　책의 앞머리에 독서가 가진 힘을 이야기했다. 독서는 더디지만 본질에 닿을 수 있는 방법을 제시하고, 그 길을 함께 갈 친구를 만들어 준다. 함께 혹은 혼자서 걷는 길이 행복하고 따스한 이유는 책으로 찾은 길이기 때문이며, 책과 함께 걷는 길이기 때문이다.

　두 번째 독서 멘토링 책을 발간하는 일은 올해의 가장 큰 행운이며 기쁨 중 하나이다. 이런 기쁨을 함께 누릴 수 있게 도와 준 김승수 선생님과 수능을 치자마자 책 편집에 기꺼이 시간을 할애해준 손수빈, 최은희, 구재모, 김재성에게 고마움을 전하고 싶다.

2013년 12월 엮은이 교사 이주양

5 부록

—

우리들의
이 야 기

BOOK's

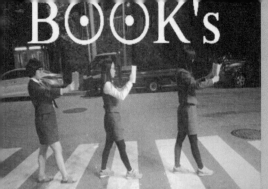

◀ BOOK's
어디서든 책 읽기를 권
장하며 찍은 사진

▲ 가을날 책읽는
모습의 아름다움과
서정적 모습을 표현

▶ 문학의 나무
친구들과 문학의 나무를 만들
었습니다.
더 많은 사람이 모여 문학의
숲이 이뤄지길 기대해봅니다.

▲ 책 읽는 군단
책 읽는 모습을 남학
생만의 색을 담아 재
밌게 표현

▲ 희생
친구들의 편안한 독서를 위해 자신의
몸을 희생한다.

▶ 연예인들의 대화(학생 김병
만, 교사 전지현)
선생님과 학생의 깊은 독서를 권
유하기 위함